Nell'ombra dell' invidia

di

Nicolette Browne-Brophy

Published by New Generation Publishing in 2019

Copyright © Nicolette Browne-Brophy 2019

First Edition

The author asserts the moral right under the Copyright, Designs and Patents Act 1988 to be identified as the author of this work.

All Rights reserved. No part of this publication may be reproduced, stored in a retrieval system or transmitted, in any form or by any means without the prior consent of the author, nor be otherwise circulated in any form of binding or cover other than that which it is published and without a similar condition being imposed on the subsequent purchaser.

ISBN: 978-1-78955-635-3

www.newgeneration-publishing.com

New Generation Publishing

Dedica

Questa novella é dedicata a tutti i miei studenti d'italiano al livello avanzato tra cui, Trish, Amanda, Elaine e Maria, le quali hanno condiviso con me l'inizio di questa storia, ma la persona che mi ha veramente aiutato ad avere l'immaginazione, la passione, e la determinazione di finire questa storia d'amore/giallo, é stata Jayne, una signora che mi ha dato l'appoggio di cui avevo veramente bisogno.

Nel cammino della vita, ognuno di noi ha un ruolo da realizzare, il mio consiglio a voi tutti é di percorrere il vostro con gioia, entusiasmo e coraggio e ricordate che alla fine tutto é destino.

Buona lettura.

Dedication

This novel is dedicated to all my advanced level Italian students including, Trish, Amanda, Elaine and Maria, who shared the beginning of this story with me, but the person who really helped me to have the imagination, the passion, and the determination to finish this romance/thriller, has been Jayne, a lady who has given me the support I have really needed.

In the journey of life, each of us has a role to play, my advice to you all is to tread yours with joy, enthusiasm and courage and remember that in the end everything is down to fate.

Enjoy.

Questa novella è una fiction. I nomi in questa storia, i personaggi, qualsiasi attività commerciale, luoghi, eventi, locali e incidenti sono i prodotti dell'immaginazione dell'autrice o sono stati usati in modo fittizio. Qualsiasi somiglianza con persone viventi o morte o perfino eventi reali è pura coincidenza.

This novel is a fiction. The names in this story, the characters, any commercial businesses, places, events, clubs and incidents are the products of the author's imagination or have been used in a fictitious way. Any resemblance to living or deceased people or even real events is pure coincidence.

Capitolo 1

Marianna non aveva dormito molto bene, si sentiva troppo eccitata. Erano solo le 6:15 della mattina e tra sei ore sarebbe andata a Bologna per incontrare Vincenzo Miele, un amico dai tempi di quando frequentava l'università a Bologna. Sette anni erano volati da quando si erano visti, un periodo abbastanza lungo per dimenticare una persona che scompare dalla vita giornaliera dell'altra.

Vincenzo aveva organizzato d'incontrare Marianna alle 13:30 per un pranzo al ristorante chiamato "La Nicchia", un ristorante famoso per le aragoste con gli spaghetti al sugo ed alquanto vicino alla stazione non lontano dal centro.

Vincenzo non si era mai sposato, mentre Marianna si era fidanzata da solo pochi mesi, ma non era in realtá felice. Marianna aveva conosciuto Vincenzo da quando era bambina ed una volta cresciuta, aveva avuto sempre un debole per lui, ma con la fine dell'Università e con i loro impegni lavorativi in differenti città, non si erano più visti.

Marianna aveva prenotato il treno delle 10:55 da Milano a Bologna, più o meno 65 minuti di viaggio. Il ristorante era all'angolo della stazione e Marianna non aveva nessunissima intenzione di far tardi. Prima della partenza però, Marianna era andata dal parrucchiere per farsi fare i capelli che erano neri come l'ebano, lunghi e belli. In più Marianna aveva scelto con gran cura il vestito che si sarebbe messa - una creazione di Max Mara in blu notte e bianco, uno dei suoi completi migliori - una bella borsa bianca con scarpe bianche e tacchi alti avrebbero completato la sua raffinatezza. Marianna sembrava una modella, alta e snella, paragonabile ad una dea greca. L'unica cosa che si era levata però, era il suo anello di fidanzamento!

Marianna era arrivata a Bologna ed i ricordi dei tempi trascorsi all'universitá avevano giá incominciato ad invaderle la sua mente. Gli amici di tanti anni fa – molti giá sposati con figli, altri divorziati, soli ed infelici. La vita cambia e Marianna non aveva nessunissima intenzione di fare lo stesso sbaglio. Vincenzo era dentista/ortodontista e si era fatto un nome nel suo campo . . . chissá se era ancora un bell'uomo? Non lo aveva visto da cosí tanto tempo, sembrava da una vita e l'attesa era snervante . . .

Dopo un giro per i negozi a Bologna e dopo aver fatto un pò di *shopping*, Marianna si era avviata al ristorante. Aveva il cuore in gola . . . cosa avrebbe detto a Vincenzo, quali parole avrebbe trovato per rompere il ghiaccio?

Farsi fare i capelli	*to have her hair done*
si era levata	*she had removed*
Un debole	*a soft spot*
impegni	*commitments*
All'angolo	*on the corner*
tacchi	*heels*
Snella	*slim*
infelici	*unhappy*
Sbaglio	*mistake*
snervante	*exhausting*
Da cosi tanto tempo	*for such a long time*
si era levata	*had removed*
Aveva il cuore in gola	*her heart was in her mouth*

Arrivata al ristorante, un cameriere le era andato incontro e Marianna aveva subito spiegato che un tavolo era stato prenotato a nome del Signor Vincenzo Miele. Il cameriere l'aveva accompagnata al suo tavolo ma Vincenzo non era ancora arrivato. Marianna si era sentita lí per lí un pò a disagio, ma senza esitazione era andata in bagno non solo per pettinarsi i capelli, ma per mettersi un pò più di rossetto e naturalmente il suo profumo preferito, *Lançome*.

Uscendo dal bagno, Marianna aveva notato che un uomo era seduto al suo tavolo vestito con un maglione color verde bottiglia, pantaloni beige scuro e scarpe color cioccolato. Un orologio d'oro brillava sul suo polso ed i riflessi del sole scintillavano intorno al tavolo. In quel momento Vincenzo si era girato e notando Marianna si era alzato andandole incontro abbracciandola con immenso affetto, al punto che Marianna poteva sentire il battito del suo cuore. Vincenzo era un uomo elegante ed affascinante!

"Ciao Marianna, com'é bello rivederti, come stai?" - Marianna era rimasta intossicata dall'odore del suo dopobarba e per un secondo incapace di rispondergli.

Incredibilmente il ghiaccio tra di loro non esisteva, c'era solo un immenso affetto caloroso. Vincenzo le aveva cominciato ad accarezzare la mano ed in quel momento tutti i ricordi di tanti anni fa, l'affiatamento e l'amore che avevano l'uno per l'altro avevano incominciato ad inondare la mente di Marianna con tantissimi bei ricordi.

L'insalata di carciofini sott'olio, pomodorini freschi e sugosi con funghi porcini, mozzarella, bresaola e pane fresco avevano fatto venire l'acquolina in bocca sia a Marianna che a Vincenzo - era la loro insalata preferita quando erano studenti universitari. Durante il loro pranzo, non avevano fatto altro che parlare di cosí tanti bei ricordi, dei tempi passati quando erano spensierati, di tante serate trascorse insieme con una buona bottiglia di vino locale e dei momenti quando non avevano studiato abbastanza per gli esami e la gran paura che entrambi avevano di essere bocciati.

Andato incontro	*had met her*
a nome del	*in the name of*
Un pó a disagio	*a tad uncomfortable*
Polso	*wrist*
Dopobarba	*aftershave*
Avevano fatto venire l'acquolina in bocca sia a Marianna che a Vincenzo	*had made both Mrianna and Vincenzo's mouths water*
essere bocciati	*to fail*
Spensierati	*carefree*

Poi il salmone alla griglia con un bel *soufflé* di spinaci li aveva catapultati nel presente, facendoli pensare alle loro carriere e per Marianna, in particolare, al suo fidanzamento recente con Riccardo Pace. "Che sbaglio!" erano le parole che le erano venute in mente e l'aspetto truce di Riccardo le aveva mandato un brivido giù per la spina dorsale. Dover affrontare un'altra lite con Riccardo non le allettava per niente!

Dando un'occhiata al suo orologio, Vincenzo aveva notato che erano giá le tre e mezzo . . . incredibilmente due ore erano volate e guardando Marianna con tenerezza, le aveva spiegato che doveva ritornare alla sua clinica perché uno dei suoi pazienti aveva un appuntamento alle 4:15 per farsi mettere l'apparecchio ai denti.

Il viso di Marianna era diventato leggermente serio ed alzandosi dalla sedia, il suo sguardo si era perduto momentaneamente in quei occhi cosí blu scuro paragonabili ad uno degli oceani più profondi del mondo. Vincenzo le aveva dato un bacio sulla guancia e con sorpresa le aveva sussurrato "Marianna, devo andare, cerchiamo di rivederci presto" e con passo deciso era andato verso l'uscita. Marianna si era riseduta e senza nemmeno accorgersene, le lacrime erano cominciate a rotolare giù sulle sue guancie. I rimpianti di ieri e la paura del domani l'avevano quasi soffocata e mentre stava aprendo la borsa per prendere il suo fazzoletto, era diventata improvvisamente consapevole del fatto che qualcuno stava vicino a lei. Alzando gli occhi Marianna era rimasta sorpresa da Vincenzo, il quale guardandola intensamente le aveva preso ambo le mani dicendole "Lo sai Marianna . . . non ho mai smesso di amarti . . . non voglio perderti una seconda volta. . . ti chiamerò stasera" . . . . e dandole un bacio sulla fronte si era riavviato verso la porta e con un ultimo sguardo aveva girato l'angolo . . .

Marianna aveva preso il treno delle 4:38 per un pelo – non si sentiva a suo agio, infatti, era irrequieta. Una cosa era certa, solo l'idea di ritornare a casa non le allettava per niente – le cose tra lei e Riccardo stavano andando a scatafascio e solo l'idea di dover rivedere e parlare con Riccardo la stava mandando in tilt. In un battibaleno Marianna aveva deciso di chiamare la mamma ma il suo cellulare non faceva altro che squillare - la segreteria era scattata, ma Marianna non era propensa a lasciarle un messaggio per la semplice ragione che le veniva troppo da piangere.

Il viaggio di ritorno sembrava essere stato breve, almeno non cosí lungo come quello dell'andata - il treno si era finalmente fermato alla stazione di Milano ed una volta scesa Marianna, invece di camminare, aveva cominciato a correre. Si sentiva euforica, si sentiva viva ed in una frazione di un secondo aveva preso la decisione di lasciare Riccardo. "Non ce la faccio più!" - erano le parole che aveva detto ad alta voce, sorprendendola e facendola sussultare. La decisione era stata cosí facile, cosí semplice – perché aveva lasciato passare cosí tanto tempo?

Aspetto truce	*grim look*
Allettava	*did not appeal [verb]*
Le veniva troppo da piangere	*she felt like crying*
la segreteria	*the answering machine*
Per un pelo	*by the skin of her teeth*
La stava mandando in tilt	*was sending her into a tail spin*
In un battibaleno	*in a flash*
stavano andando a scatafascio	*were going from bad to worse*
Non ce la faccio più	*I can't stand it any longer*

Capitolo 2

"Marianna . . . dove vai cosí di fretta?" – era Ginevra, una collega di Riccardo. "Perché corri?" - ma Marianna non aveva il fiato di risponderle, poteva solo salutarla con la mano continuando per il suo percorso. Ginevra era pettegola e Marianna non l'aveva mai potuta digerire! Diversi anni prima Ginevra aveva avuto una cotta per Riccardo e quando Marianna e Riccardo si erano fidanzati, Ginevra era stata l'unica a non far loro gli auguri.

Fermandosi per riprendere fiato e senza neanche pensarci due volte, Marianna aveva chiamato Riccardo, ma il suo cellulare era spento. "Mannaggia la miseria!" - aveva esclamato Marianna ad alta voce. Chissà, forse era il fato che stava forzando la sua mano a confrontarsi con Riccardo ed a farle riprendere finalmente il corso del suo vero destino. La paura l'aveva lasciata, si sentiva sicura di se stessa, fiduciosa ed in effetti non vedeva l'ora d'incontrare Riccardo per dirgli quello che veramente pensava di lui e particolarmente di sua sorella di cui lui era stato e sarebbe sempre stato completamente succube.

Marianna era finalmente ritornata a casa ma non era sorpresa dal fatto che Riccardo non c'era. "Dove sta?" si era chiesta ad alta voce, e dirigendosi in cucina, aveva preso dal frigorifero la bottiglia di vino della sera precedente. "Che strano . . ." aveva pensato - ieri si sentiva paurosa di vivere, timida e controllata da Riccardo, mentre oggi, solo 24 ore dopo, si sentiva capace di controllare la sua vita e pronta ad affrontare Riccardo con il coraggio che adesso sembrava di aver trovato. Bevendo il vino, un buon Trebbiano d'Abruzzo, Marianna piano piano aveva cominciato a riflettere e per la prima volta in tanto tempo, si era chiesta "Quando sono cominciate le cose ad andare a scatafascio cosi male?". . .

Sembrava solo ieri quando Marianna aveva incontrato Riccardo in una riunione a Milano negli uffici delle Assicurazioni Azzaneva.

Riccardo era uno dei vice-direttori incaricato di dare una presentazione su un rischio che quattro assicurazioni avrebbero condiviso ognuno il 25% per assicurare la stazione nucleare di Mihange situata nel cuore dell'Africa. In compartecipazione c'erano L'Air Bleu da Parigi, Sogolle da Bruxelles, Erusanti da Madrid e naturalmente le Assicurazioni Azzaneva per cui Marianna era la traduttrice/interprete.

---

pettegola	*gossip*
una cotta	*a crush*
Non far loro gli auguri	*not to wish them well*
senza neanche	*without even*
Mannaggia la miseria	*Damn and blast!*
chissà	*who knows*
Il fato	*fate*
Sicura di se stessa	*sure of herself*
non vedeva l'ora	*could not wait*
Succube	*dominated by*
A scatafascio	*to crumble*
di aver trovato	*to have found*
incaricato	*instructed*

Riccardo aveva subito notato come Marianna si destreggiava interpretando e palleggiando tra le tre lingue di cui lei era cosí fiera [Italiano, Inglese e Francese]. Dopo tale riunione Riccardo le aveva fatto i complimenti specialmente per il modo in cui le quattro assicurazioni avevano raggiunto un'accordo cosí lesto. Quella sera quando stavano accompagnando i rappresentanti delle varie assicurazioni a teatro, Riccardo le aveva chiesto di andare a cena fuori il sabato susseguente. Marianna aveva subito accettato.

Riccardo, alto e sicuro di se stesso, le aveva fatto una vera e buona impressione - entrambi erano fiduciosi, ambiziosi, belli e giovani.

Le cose erano cosí differenti al principio!

All'inizio, Riccardo era senza dubbio premuroso, rispettoso e pieno di attenzioni. Quando andava a prendere Marianna con la macchina, le inviava un messaggio via WhatsApp con le parole "sono qui". Marianna lo faceva aspettare non più di cinque minuti. Ci provava gusto nel prendersi il tempo per uscire da casa e vedere la sua espressione cambiare in un gran bel sorriso, ammirando come Marianna si era vestita per la serata e per lui. Riccardo era anche lui sempre elegante – portava spesso i completi di Valentino, cravatta di seta pura con le sue iniziali RP in fondo a sinistra, gemelli d'oro con un brillantino ed un Rolex sul suo polso completava il "*look*" di Riccardo Pace.

Premuroso fino all'ultimo, Riccardo le apriva lo sportello della macchina, le baciava la mano, poi la guancia ed in fine le labbra ma con tale tenerezza ed affetto da farle venire i brividi al collo. Riccardo era cosí differente! Quando la portava a cena fuori ed il cameriere li accompagnava al loro tavolo, al posto di Marianna c'era sempre una rosa rossa con un fiocco di raso intorno al gambo con un bigliettino minuscolo con la scritta "Per M da R". In quei tempi Vincenzo, il ragazzo dei tempi dell'unversitá, non era più nei suoi pensieri . . . c'era solo Riccardo!

Quasi un anno era volato da quando Marianna e Riccardo si erano messi insieme. Il loro amore li aveva avvinghiati l'uno all'altro come una rosa selvatica i cui rami si erano attorcigliati intorno ai loro corpi quasi mozzando il loro fiato.

Poco prima del loro primo anniversario, Riccardo le aveva fatto una gran bella sorpresa - un lungo *week-end* a Parigi. L'hotel dava sulla Senna e Riccardo aveva organizzato una cena su uno dei famosi *bateaux mouches*. La cena era stata favolosa – aragosta e champagne, *chateaubriand* con verdure miste ed un *dessert* di lamponi al cioccolato.

Quando un violinista era venuto vicino al loro tavolo, suonando "*La vie en Rose*", Riccardo si era alzato come se avesse voluto invitare Marianna a ballare. Invece, Riccardo si era inginocchiato davanti a lei, tirando fuori una scatoletta con un'anello che avrebbe fatto svenire chiunque, chiedendole di sposarlo e dichiarando come si era innamorato follemente di lei e come non avrebbe mai potuto immaginare la sua vita senza di lei.

---

lesto	*swift/quick*
andare a cena fuori	*go out for dinner*
la guancia	*the cheek*
ci provava gusto	*she took pleasure*
premuroso	*caring*
venire i brividi al collo	*shivers went down her neck*
gemelli d'oro	*gold cufflinks*
Mozzando il loro fiato	*taking their breath away*
lamponi	*raspberries*
innamorato follemente di lei	*how madly in love with her*

Marianna si era emozionata tanto ed abbracciandolo forte gli aveva sussurrato nell'orecchio "Sí"... e tra i singhiozzi riusciva solo a dire "Ti voglio cosí tanto bene..."

Una volta ritornati all'hotel, Marianna si era calmata. Riccardo si divertiva a guardare come Marianna non faceva altro che ammirare continuamente il suo nuovo anello di fidanzamento. Dopo una bella doccia calda e rilassante Marianna si era messa una camicia da notte di seta pura color avorio ricamata in rosa pallido con un bel merletto che aveva comprato dalle Galeries Lafayette. La vestaglia era uguale alla camicia da notte - il *negligé* avrebbe sedotto un angelo. Una cosa era certa quella notte non avrebbe dormito molto!

Una volta che Riccardo e Marianna erano ritornati da Parigi, ambo le loro famiglie avevano organizzato d'incontrarsi e trascorrere una serata insieme. Tutto sembrava andare a gonfie vele. L'anello, che Riccardo aveva dato a Marianna, era uno smeraldo ovale di quattro carati con brillantini tutti intorno - la loro felicità non aveva confini... od almeno Marianna cosí pensava.

La sorella maggiore di Riccardo aveva fatto una smorfia quando aveva visto l'anello di fidanzamento e Marianna aveva subito captato la grande antipatia reciproca che esisteva tra di loro - una cosa era piú che certa, Sabrina non aveva nulla in comune con Marianna eccetto Riccardo!

Per fortuna le occasioni per stare insieme erano poche e la freddezza tra le due donne era sempre più che lampante a tutti – infatti, non avevano mai nulla da dirsi. Sabrina era una donna non molto alta, non lavorava perché aveva due bambini piccoli ed appariva sempre trasandata. Il marito, un ometto leggermente più piccolo della moglie, aveva un lavoretto di nessunissima importanza per un'assicurazione non ben conosciuta e quindi Sabrina non poteva darsi alcun tono. Marianna aveva captato questo e da un lato le faceva un pò pena, ma una cosa era certa, non la poteva digerire.

Riccardo aveva raccontato a Marianna come la sorella era stata sempre calpestata e trattata male dal padre, un uomo di poche parole, burbero e severo. Valerio Pace, era stato un gran bell'uomo da giovane ed innammoratissimo della moglie, ma non aveva mai avuto molto affetto per i suoi figli.

Quando Marianna aveva per la prima volta incontrato la famiglia di Riccardo, Valerio, il padre di Riccardo, le aveva fatto subito tantissimi complimenti non solo per la sua eleganza ma anche per la sua bellezza, paragonandola ad una dea greca. Naturalmente non si era perduto l'occasione di farlo presente a Sabrina la figlia, paragonandola ad una zingara per antonomasia dovuto al pessimo gusto che aveva nel vestirsi, eclissandola completamente dall'occasione. Purtroppo tale apprezzamento era stato fatto ad alta voce davanti a tutti e Marianna si era sentita molto a disagio per Sabrina, mentre il suo sguardo sembrava serbare solo avversione e risentimento contro Marianna.

---

andare a gonfie vele	*going really well*
Captato	*picked up on*
da un lato	*on one hand*
un gran bell'uomo	*a very good looking man*
per antonomasia	*absolute*
eclissandola	*excluding her*

Sfortunatamente Agnese, la moglie di Valerio Pace era morta dopo aver subito un attacco di cuore che l'aveva lasciata menomata ed incapace di accudirsi. L'onere ed il dovere di accudire alla madre, era naturalmente caduto sulle spalle di Sabrina. Dopo alcune settimane Agnese, aveva avuto un ictus che le aveva levato completamente l'uso del lato destro del corpo. Dopo un calvario di due anni, Agnese aveva avuto un altro attacco di cuore, e dopo una breve degenza in ospedale, l'avevano trovata morta nel letto, una grazia non solo per Agnese, ma per tutti i familiari. L'unica consolazione che la sua povera famiglia poteva avere era che Agnese era morta nel sonno.

Al tempo della scomparsa della madre, Riccardo era piccolo e lui si era avvinghiato alla sorella per conforto e protezione. Sabrina lo proteggeva non solo dalla mancanza della loro mamma, ma dalla severitá e dalla disperazione del padre che aveva perduto per sempre l'amore della sua vita, la sua anima gemella con cui aveva condiviso una bella vita ma disgraziatamente non troppo lunga. Agnese aveva solo 54 anni quando era morta. Con il passar del tempo, l'unica cosa che i figli avevano capito, era che il loro padre aveva un forte risentimento verso i loro confronti come se la loro esistenza fosse stata solo una conseguenza diretta dell'atto fisico tra lui e la moglie e non per chi fossero, ne tantomeno per ciò che erano riusciti a realizzare nelle loro vite.

All'età di 19 anni Riccardo era andato all'universitá e dopo aver ottenuto la sua laurea in scienze politiche, aveva viaggiato per il mondo allontanandosi sempre di più dal padre ma non dalla sorella. Una volta ritornato a Milano, Riccardo era cambiato in meglio. Non era più il bambino che aveva paura di tutto e di tutti, era diventato un'uomo che era sicuro di se stesso, ma con ancora il gran bisogno di essere capito, amato e coccolato. Ormai Riccardo non aveva più il tempo materiale per visitare il padre ed il lavoro che aveva ottenuto con le Assicurazioni Azzaneva, lo aveva modellato nell'uomo che era diventato oggi.

Riccardo era ambizioso, elegante con una passione per le macchine sportive e decappottabili. C'era solo una cosa però, Riccardo era un perfezionista e non tollerava coloro che avevano un carattere debole ne tantomeno coloro che dovevano essere sorvegliati e guidati per mano. Marianna avrebbe scoperto, prima o poi, come avrebbe paragonato Riccardo a *Jekyl & Hyde* per i suoi improvvisi sbalzi d'umore e per come perdeva le staffe per i motivi i più insignificanti.

---

calvario	*suffering*
la sua anima gemella	*his soul mate*
verso i loro confronti	*against them*
Sicuro di se stesso	*sure of himself*
Perdeva le staffe	*used to lose his temper*

Capitolo 3

Le settimane erano volate da quando Marianna si era incontrata con Vincenzo, peró nonostante la distanza tra Milano e Bologna, Vincenzo trovava sempre il tempo materiale per andare a trovare Marianna di nascosto. Vincenzo sapeva che Marianna si era fidanzata con Riccardo ma dato il suo comportamento inaccettabile dovuto all'interferenza della sorella, Marianna si stava allontanando sempre di piú da Riccardo e lui non aveva più accennato, ne tantomeno suggerito una data per sposarsi. Era come se una nube scura si fosse formata nel lontano orizzonte ed il suono di un temporale a malapena udibile, già sembrava minacciare la tenerezza e la fragilità del loro amore che ora si era incominciato a frammentare poco per volta.

Un giorno, quando Marianna stava per incontrare Riccardo nel suo ufficio per discutere una riunione che avrebbero avuto il giorno susseguente, aveva notato Sabrina entrare nel suo ufficio. Naturalmente *era sul punto di entrare* per salutarla, quando le parole della sua futura cognata erano giunte alle sue orecchie:-

"Riccardo, so che sei *busy*, ma volevo solo ricordarti che é il compleanno di Michele questa domenica. Sarà *una cenetta semplice* con qualche suo amichetto, un paio di mie amiche e naturalmente ci sarà anche nostro padre. Non voglio scuse, solo una cosa però . . . ti prego *non portarti appresso* Marianna . . . non abbiamo mai nulla da dirci e francamente, tra te e me, e perdonami per quello *che ti sto per dire*, non la posso digerire affatto!!"

Riccardo non aveva reagito per niente alle parole di Sabrina che avevano annoiato Marianna in una maniera cosí incredibile, che l'affetto spontaneo che aveva per Riccardo sembrava, in quel momento, essersi congelato. Ritornata nel suo ufficio, Marianna si sentiva tradita. Era più che ovvio che Riccardo era totalmente *succube* di Sabrina e *ció* che la sorella le aveva detto non aveva causato nessunissima reazione in lui.

Marianna non aveva il coraggio di confrontarsi con Riccardo e si sentiva a disagio perché le sembrava *di aver orecchiato* fuori della porta del suo ufficio. Una cosa era certa, Marianna si sentiva terribilmente ferita e abbattuta.

Pochi giorni dopo la visita di Sabrina, Riccardo aveva ricevuto una bella promozione e di conseguenza aveva un nuovo titolo, quello di Direttore dell'Europa del Nord.

Riccardo era fiero e contentissimo di tale opportunitá e naturalmente aveva dato un piccolo ricevimento nell'ufficio che sarebbe stato il suo, dopo tutte le dovute modifiche e miglioramenti dettati da lui. Per il momento l'ufficio era vuoto con solo dei mobili vecchi che sarebbero stati rimpiazzati da quelli scelti da Riccardo.

Marianna, insieme con gli altri colleghi, era andata a brindare ed a congratularsi con Riccardo, ma quando era entrata nell'ufficio, aveva visto la famosa Ginevra che stava parlando con Riccardo. In pochi secondi, Marianna aveva notato come l'espressione di Riccardo stava cambiando e lo sguardo quasi giulivo di Ginevra l'aveva momentaneamente ghiacciata.

Stava priorpio per entrare	*she was about to enter*
una cenetta semplice	*a plain dinner*
Non portarti appresso	*don't bring with you*
Che ti sto per dire	*what I am about to tell you*
succube	*controlled*
ció	*what*
di aver orecchiato	*to have eavesdropped*

Con tutta la professionalitá che Marianna poteva e sapeva emanare, abbinata con la sua disinvoltura e magia, si era diretta verso Riccardo e con una voce sottile si era congratulata con lui, sussurrandogli nell'orecchio, che era orgogliosissima di lui. Per un momento Riccardo aveva messo il suo braccio intorno alla vita di Marianna, ma in una frazione di un secondo e con voce dura e curiosa le aveva chiesto - "Che stavi facendo alla Stazione di Milano l'altro giorno?"

Ginevra era quasi diventata una statua in attesa di una risposta da Marianna, il suo fiato momentaneamente sospeso per scoprire quale fosse il suo segreto. La sua espressione tesa, ma nello stesso tempo, ancora piú briosa ed ancora piú avida di scoprire quello che Marianna aveva fatto e la ragione per cui non aveva detto nulla a Riccardo!

"Ero andata a Bologna per incontrare degli amici dell'epoca della mia università, che non avevo visto da circa sette anni" . . . "niente a che fare con te Ginevra, ne tantomeno con Riccardo, dato che lui non mi conosceva sette anni fa" . . . "Va bene?" - "Quale altro dettaglio vuoi sapere Ginevra?" Lo sguardo delle due donne era di marmo. "O forse pensavi che avessi un amante!" aveva aggiunto Marianna. Le due donne sembravano essere diventate due iene pronte a sbranarsi.

"Basta!" – la voce di Riccardo era seria e priva di affetto. "Ginevra, sono sicuro che hai molto lavoro da fare questo pomeriggio . . . grazie per essere venuta" e prendendola per un braccio l'aveva quasi scaraventata fuori della porta senza far caso al fatto che un gran silenzio era piombato nell'ufficio.

Il viso di Riccardo era truce - in due passi aveva raggiunto Marianna e stringendole il braccio e dandole uno strattone le aveva detto sotto voce "Ricordati che un giorno sarai mia moglie . . . non voglio essere l'oggetto di pettegolezzi . . . Hai capito?!" Riccardo le aveva stretto il braccio così forte che le aveva lasciato le impronte delle sue dita.

Marianna si era sentita completamente annientata dal comportamento di Riccardo e la sua freddezza sembrava essere non solo senza cuore, ma distruttiva e rude.

Da quel giorno Marianna aveva smesso di telefonare l'ufficio di Riccardo non solo perché si era allontanata da lui, ma per la semplice ragione che, quando aveva veramente bisogno di parlare con lui, riusciva soltanto a sentire Silvana, la sua assistente, una donna di mezz'età, brava, affidabile, fedele e gentile. Riccardo ormai le rispondeva al telefono con un semplice "Si" e non più con le parole "Amore, dimmi . . ."

Una sera, quando Marianna stava preparando la cena, il telefono aveva squillato - "Marianna ciao, sono Silvana . . . il Signor Riccardo mi ha chiesto di lasciarti detto che gli dispiace molto ma non potrá venire a casa questa sera perchè ha troppi impegni lavorativi".

Il suo fiato momentaneamente sospeso	her breath momentarily held
truce	grim
Pronte a sbranarsi	ready to tear one another to shreds
strattone	tug
Senza far caso al fatto	without noticing
Pettegolezzi	tittle-tattle
di lasciarti detto	to let you know

Ringraziandola, Marianna non si sentiva completamente convinta da quello che le era stato detto ed in un attimo di follia aveva preso la macchina e guidando come una pazza si era diretta al suo ufficio, ma aveva trovato solo l'assistente. "Ciao Silvana, dov'é Riccardo?". Era più che palese che Silvana si sentiva mortificata dalla situazione in cui si trovava. La sua faccia era diventata rossa come un peperone.

"Il Signor Riccardo é dovuto andare a Roma questa sera per una riunione domani mattina alle 9:00 . . . ritornerà domani sera". "A Roma?" – Marianna si sentiva annientata. Riccardo non aveva avuto neanche la delicatezza di inviarle un text od un messaggio tramite *Whatsapp* per almeno risparmiarle il tempo materiale di dover cucinare per lui. "Grazie Silvana, spero Riccardo non ti abbia dato troppo lavoro da fare – ricordati, c'è sempre domani . . . vai a casa, sono già quasi le sette di sera" - "Grazie di cuore Marianna, buona serata" aveva risposto Silvana.

Fino a quel momento, Marianna era convinta che Riccardo fosse l'uomo per lei e che un giorno si sarebbero sposati ed avuto una loro famiglia, ma c'erano già troppi ostacoli da sormontare. C'era anche il fatto che la madre di Marianna le ricordava sempre ripetutamente "Riccardo non é l'uomo per te!" Le parole della madre sembravano essere ancora più convincenti adesso che Riccardo l'aveva completamente esclusa dai suoi impegni. Come si era permesso di lasciarle solo un messaggio tramite la sua assistente? In più c'era anche quella megera della sorella da considerare.

Riccardo era ambizioso e totalmente concentrato sul suo lavoro, ma questa volta si era comportato veramente male – non c'erano scuse per averla completamente ignorata! Perché era andato a Roma quando lei non era a conoscenza di nessunissima riunione. "Domani chiamo la segretaria di Piero Vatti", si era promessa. Piero Vatti era il capo di Riccardo. Da un lato Marianna preferiva non scoprire segreti o misteri, ma questa volta si sentiva troppo trascurata . . .

Marianna era ritornata a casa nervosa. Un bel bicchiere di vino l'avrebbe rilassata e calmata. Stanca ed un pò scoraggiata si era sdraiata sul divano quando inaspettatamente il campanello della porta aveva squillato. "Maledizione, e chi è adesso?", aveva esclamato, dirigendosi alla porta borbottando ed aprendo il portone con irruenza, aveva invece trovato Vincenzo con un enorme bouquet di gardenie bianche.

"Che fai qui?" - Marianna era sorpresa. Vincenzo, senza nessunissima esitazione, l'aveva presa in braccio dandole un bacio profondo ed invadente da farle quasi girar la testa.

"Bella, bella, bella" - Vincenzo era così felice di vederla. Portandola sempre in braccio, aveva dato una forte pedata al portone facendolo sbattere e si era avviato al salotto. "Vincenzo, per l'amor del cielo, mettimi giù!" "Mai, sei mia, tutta mia" coprendole la faccia, il collo e la spalla di tanti baci.

---

trascurata	*neglected*
Palese	*obvious*
sormontare	*overcome*
in un attimo di follia	*in a moment of madness*
Come si era permesso	*how could he*
Borbottando	*muttering*
con irruenza	*angrily*

"Ma sei pazzo . . . Riccardo potrebbe ritornare da un momento all'altro." "Ma non me ne potrebbe fregar di meno di Riccardo Pace . . . sono venuto qui perché avevo voglia di vederti, di trascorrere alcune ore insieme a te per dirti che mi manchi da morire!"

Da quando Marianna e Vincenzo si erano visti a Bologna per pranzo, non c'era mai stata la possibilitá di stare insieme, ma questa volta si sarebbero potuti riscoprirsi, riassaggiare il frutto che per loro era ormai diventato proibito e riaprire un nuovo capitolo nella loro vita.

Riccardo sembrava essersi allontanato questa volta un pò troppo e Marianna si era sentita non solo trascurata ma anche tradita per il semplice fatto che non aveva neanche avuto la delicatezza di dirle che aveva una riunione a Roma e con tale ragionamento, Marianna aveva cominciato a contraccambiare le attenzioni di Vincenzo lasciandosi trascinare dalle emozioni del momento. Vincenzo era un uomo dolce, affettuoso ed in quel momento, Marianna era il fulcro delle sue attenzioni. Perché resistere all'amore di un uomo che aveva amato tanti anni fa? Perché non ravvivare un amore che sembrava essersi smorzato ma la cui particella di brace non si era mai spenta?

Trascurata	*neglected*
particella di brace	*ember*
Smorzato	*extinguished*
Delicatezza	*decency*
Ma non me ne potrebbe fregar di meno	*but I couldn't care less*

Capitolo 4

La passione della notte aveva lasciato Marianna e Vincenzo rilassati ed intossicati dall'amore che avevano riscoperto e che aveva trasportato entrambi al settimo cielo.

L'odore del caffé aveva svegliato Marianna la quale aveva dormito placidamente senza nessun sentimento di rammarico. Girandosi tra le lenzuola, poteva giá vedersi con Vincenzo, vivere un altro tipo di vita ed in più c'era il fatto che andava molto d'accordo con la famiglia di Vincenzo. La mamma, Romina Miele, era una signora elegante, laureata in Geografia che aveva insegnato al liceo classico in Bologna, mentre il padre, Gabriele era vulcanologo e quindi viaggiava in tutto il mondo, vale a dire dove c'erano i vulcani, dove le sue prove potevano essere effettuate e tenere quelli più pericolosi sotto monitoraggio.

I genitori di Marianna conoscevano la mamma ed il papá di Vincenzo da quando i loro figli erano piccoli e quando i ragazzi frequentavano l'universitá, ambo le famiglie erano veramente eccitate al prospetto che i due ragazzi si fossero sposati, ma le loro carriere, i loro impegni lavorativi li avevano separati per tanto tempo, al punto che non si erano più visti. Il destino però, aveva trovato un modo per farli rincontrare. . . . per farli innamorare di nuovo, dando loro una seconda possibilità per ricoltivare il loro amore che in effetti non si era veramente mai spento . . .

Dopo aver salutato, abbracciato e baciato Vincenzo un milione di volte, Marianna gli aveva promesso che gli avrebbe telefonato dopo aver parlato con Riccardo. La decisione che Marianna aveva preso era stata di mollare Riccardo su due piedi. Dirigendosi in ufficio, aveva subito chiamato Riccardo. Silvana aveva risposto dicendo che Riccardo non era ancora arrivato. Marianna non era per nulla convinta che Riccardo fosse ancora a Roma. "Marcella ciao, sono Marianna come stai?" - in un momento di pazzia, Marianna aveva chiamato l'assistente personale del capo di Riccardo. "Ciao Marianna, cosa posso fare per te?" . . . "Sembra un'eternitá da quando ci siamo viste" - Marianna non era in vena di cominciare una conversazione lunga "Mi dispiace di disturbarti Marcella, ma sono alquanto preoccupata perché Riccardo non é ancora ritornato da Roma".

Marcella Apricena era una ragazza che Marianna conosceva e frequentava al di fuori del lavoro, ma con cui aveva poco a che fare in ufficio. "Dammi cinque minuti che chiamo l'ufficio di Roma e poi ti saprò dire meglio" - Marianna era nervosa e furibonda con Riccardo.

In mattinata, Marcella aveva finalmente richiamato . . . "Marianna . . . mi dispiace ma Riccardo non é andato all'ufficio di Roma." Marianna non riusciva a parlare. "Grazie Marcella e scusa per il disturbo, mi devo essere confusa . . ." In quel momento Marianna non aveva nessun rimpianto per quello che aveva fatto la notte precedente, ma era turbata dal fatto che Riccardo non le aveva detto nulla riguardo la sua riunione a Roma. Era più che lampante che le aveva mentito.

---

al settimo cielo	*seventh heaven*
liceo classico	*grammar school*
vale a dire	*that is to say*
al di fuori del lavoro	*outside of work*
Dopo aver salutato	*After saying goodbye*
mollare Riccardo su due piedi	*dropping Riccardo like a hot cake*
Nessun rimpianto	*no regrets*

Dirigendosi nuovamente all'ufficio di Riccardo, Marianna stava per interrogare Silvana, quando aveva visto Riccardo entrare.

"Com'é andata la riunione all'ufficio di Roma?" - Marianna aveva un'aspetto quasi trionfante. "Dopo parliamo" e con ciò Riccardo aveva dato una pedata alla porta del suo ufficio facendola sbattere.

Senza nessunissima esitazione, Marianna aveva seguito Riccardo nel suo ufficio. "Guai a te!" . . . "Francamente quello che fai o non fai non mi riguarda, non m'importa se sei stato a Roma o no - una cosa é certa, sono stanca del tuo comportamento, della tua freddezza . . ." Riccardo non aveva risposto, non trovava le parole adatte per dirle che era andato a Roma perché aveva scoperto che il padre si era messo insieme con una donna, che stava cercando di carpirgli tutto. In più, non le poteva dire nulla, dato che Sabrina gli aveva fatto promettere che non avrebbe detto niente a Marianna. "E cosí sia . . ." e con un'alzata di spalle Marianna era ritornata nel suo ufficio. Dopo la scenata che aveva fatto a Riccardo, un mal umore le impediva di lavorare. In più si trovava in una situazione complicata dal fatto che era andata a letto con Vincenzo.

La tachipirina che aveva preso per il mal di testa non aveva avuto nessunissimo effetto ed il dolore alle tempie stava peggiorando. Uscendo dal suo ufficio, non aveva fatto in tempo ad andare in bagno, lo stomaco era diventato troppo *bouleversé* e si era sentita male nel corridoio. Per fortuna una sua collega era venuta ad aiutarla ed insieme avevano pulito dove Marianna aveva rigettato. Marianna si sentiva cosí a disagio, cosí umiliata e senza accorgersene era scoppiata in un pianto dirotto. La collega, Marilù, le aveva consigliato di andare a casa aggiungendo - "Marianna un virus come il tuo si propaga in un ufficio come il nostro, rapidamente e parliamoci chiaro nessuno vuole star male con lo stomaco!" - ma Marianna non aveva risposto. "Che casino", pensava, "come cavolo ho fatto a trovarmi in questa situazione?" Il viaggio in macchina per andare a casa non finiva mai ed il traffico era congestionato. Finalmente, una volta arrivata a casa, Marianna si era sdraiata sul divano e nonostante la grande preoccupazione, si era addormentata.

Il rumore del portone d'ingresso che si apriva aveva svegliato Marianna, la quale si sentiva ancora ubriaca dal sonno, in più lo stomaco non si era ancora rimesso e Marianna si sentiva fragile. Riccardo la continuava a fissare e girandosi le aveva detto "È stata una giornata lunga e pesante . . . . dai, domani parliamo!"

"Che cosa?" ma prima che avesse la possibilitá di continuare, il cellulare di Marianna aveva squillato. "Mamma, Madonna santa, telefoni sempre nel momento più inopportuno!" – "Cerco di telefonarti a casa e non ci sei mai!" – "Cerco di chiamarti al cellulare e non rispondi mai o perché il dannato cellulare sta in borsa e non lo senti squillare o perché lo lasci a casa!" - il tono di Marianna era astioso.

Guai a te	*don't you dare*
Si era messo inseme	*he had started a relationship*
E cosi sia	*So be it*
Dopo la scenata	*after the outburst*
Scoppiata in un pianto dirotto	*burst into tears*
Che casino	*what a mess*
come cavolo	*how the hell*
Dai	*come on*
che cosa?	*what?*

"Ti ho comprato il cellulare proprio per questa ragione . . . per essere sempre in contatto con te! Non ho parole mamma, *faresti venire i nervi al padre eterno in terra!!!!!*" A questo punto Marianna era diventata isterica.

"Marianna!!" – "Come ti permetti!" – "Che ti é preso . . . recentemente sei diventata intollerante. *Che cosa ti é successo?*" il tono della voce della madre era preoccupato, inquisitorio, ma più che altro, austero.

Marianna era furibonda e girandosi verso Riccardo, aveva solo visto la porta chiudersi con violenza. Riccardo era stressato ed evidentemente stanco, ne tantomeno *propenso* ad ascoltarla *bisticciarsi* con la madre.

"Non ce la faccio più mamma" – Marianna era distrutta. "Dammi un quarto d'ora che vengo da te". Riattaccando il cellulare, era andata in bagno, prendendo il suo *maquillage*, deodorante e camicia da notte con indumenti intimi e si stava per avviare verso il portone, quando Riccardo l'aveva fermata.

"Dove vai?" le aveva chiesto Riccardo con *tono perentorio*. . . "A casa da mia madre . . . va bene?" e senza un'altra parola Marianna era uscita sbattendo il portone avviandosi con passo deciso verso la sua macchina.

La mamma distava solo 15 minuti di macchina e questa volta Marianna non vedeva l'ora di *sfogarsi* e di avere il consiglio e la guida di sua madre.

Riccardo era stanco e dopo una doccia non era propenso ad aspettare il ritorno di Marianna, per la semplice ragione che non voleva un'altra lite, ne voleva coricarsi a letto di mal umore.

La televisione era accesa solo per tenergli compagnia ma Riccardo era più interessato a cercare di leggere un rapporto dal reparto legale con cui avrebbe avuto una riunione il giorno susseguente, ma la sua lotta con il sonno era troppo forte e piano piano si era appisolato.

Lo squillo improvviso del cellulare aveva svegliato Riccardo di *soprassalto* - era Paola Trinci, la mamma di Marianna. "Ciao Riccardo, sono Paola . . . sono preoccupata . . . Marianna mi aveva detto che sarebbe venuta a trovarmi questa sera . . . l'aspettavo quasi due ore fa ma *fino ad ora non si é fatta ancora viva.*" . . . "Sta ancora da te?"

Faresti venire i nervi al padre eterno in terra	*you would make God lose his rag!*
Che ti é successo?	*what's happened to you*
maquillage	*make-up*
Propenso	*willing*
bisticciarsi	*quarrelling*
che ti é preso?	*what's got into you*
tono perentorio	*brusque tone*
Sfogarsi	*to let off steam*
Fino ad ora non si é fatta ancora viva	*she has not turned up as yet*
Soprassalto	*startled*
sta ancora da te	*is she still with you*

Riccardo era adesso completamente sveglio ed improvvisamente era anche lui diventato alquanto preoccupato. "Ma Marianna é uscita un paio di ore fa, stava venendo da te!" Il tono di Riccardo era agitato. Senza neanche pensarci due volte "Dammi 20 minuti, faccio alcune telefonate e poi vengo da te, va bene?".

Vestendosi di fretta, Riccardo si era precipitato giù e stava per partire con la sua macchina sportiva, quando aveva visto due poliziotti che si stavano avviando al suo portone. Uscendo nuovamente dalla macchina, Riccardo li aveva fermati chiedendo loro chi cercavano. "Chi é lei?" aveva chiesto uno dei poliziotti. "Sono il Signor Riccardo Pace, vivo qui con la mia fidanzata Marianna Trinci"

I poliziotti si erano guardati . . . "Mi potrebbe gentilmente confermare se la registrazione della macchina MI 24580, un'Alfa Romeo rossa, appartiene alla signorina Marianna Trinci?" - "Si, corretto, la registrazione appartiene a Marianna Trinci" aveva confermato Riccardo. "É successo qualcosa?"

"Signor Pace, mi dispiace di doverle avvisare che un incidente di macchina é avvenuto alle 20:40 di questa sera". Il poliziotto sembrava aver pena per Riccardo. "Cosa? . . . Dove?" Riccardo aveva quasi perduto l'equilibrio e con trepidazione e quasi balbettando aveva aggiunto "Come sta?"

"Mi dispiace . . . lo scontro ha coinvolto tre macchine . . . e le persone coinvolte nell'incidente sono state portate all'ospedale San Raffaele."

Riccardo era sbiancato e si era dovuto appoggiare allo sportello della macchina perché ambo le gambe sembravano aver perduto le forze per sorreggerlo . . .

"Prego, venga con noi, penso che sia meglio per noi di accompagnarla al San Raffaele . . ." "Grazie . . ." era l'unica parola che Riccardo aveva potuto dire. Il nodo alla gola stava diventando sempre più grande ed ormai non riusciva più a controllare le lacrime.

Marianna aveva solo 30 anni, era figlia unica ed i genitori vivevano solo per la figlia. I genitori erano giá settantenni. Lo strazio di dover andare a casa loro con tale notizia devastante era troppo per Riccardo.

Arrivato in ospedale con il cuore in gola, Riccardo, si era subito diretto al pronto soccorso. "La Signorina Marianna Trinci". La signorina seduta dietro la scrivania all'entrata del pronto soccorso sembrava avere tutto il tempo di questo mondo. Si vedeva che era una principiante ma Riccardo non aveva ne la pazienza ne la delicatezza di esserle gentile. "Cosa sta facendo, le ho detto la Signorina Marianna Trinci!!"

Si erano guardati	*had looked at one another*
la registrazione	*the number plate*
Balbettando	*stammering*
era sbiancato	*he had become pale*
Il nodo alla gola	*the lump in his throat*
Lo strazio	*the torment*
Pronto soccorso	*A & E*
Principiante	*novice*

"Mi scusi, ma non trovo il nome che mi ha dato", era lampante che la signorina si era impaurita dal tono della voce di Riccardo, il quale stava perdendo la ragione e con tono perentorio aveva esatto una persona di competenza. Un'altra impiegata era venuta ad aiutare la signorina e dopo una ricerca più approfondita, avevano finalmente trovato il nome di Marianna la quale era in sala operatoria con gravi lesioni interne.

Nel frattempo Riccardo aveva telefonato ai genitori di Marianna chiedendo loro di venire subito al San Raffaele.

Marianna era stata in sala operatoria per diverso tempo ma i chirurghi non riuscivano a fermare le emorragie interne. Finalmente dopo altre due ore e più di tre litri di trasfusioni di sangue, Marianna era ancora viva, ma solo per miracolo.

"Le prossime ore saranno cruciali per Marianna . . . andate pure a casa, vi faremo sapere se ci saranno dei cambiamenti" erano le parole cliniche del chirurgo che non aveva dato molta speranza ai poveri genitori di Marianna.

Riccardo li aveva abbracciati con affetto ed aveva promesso loro che sarebbe rimasto in ospedale nel caso Marianna si fosse svegliata.

Un'infermiera era venuta con un caffé latte per Riccardo e gli aveva chiesto se voleva andare a sedersi vicino a Marianna. L'infermiera aveva cercato di preparare Riccardo in anticipo, prima che vedesse la sua fidanzata collegata ad ogni tipo di tubatura per mantenerla in vita.

"Le deve parlare" – "L'ultimo senso é quello dell'udito"- "La deve riassicurare che si riprenderà presto". Riccardo non sembrava per niente convinto da ció che l'infermiera gli aveva detto, infatti si era spaventato quando aveva visto Marianna sdraiata nel letto priva di sensi, intubata e collegata ad un ventilatore artificiale la cui compressione ritmica l'aiutava a respirare.

Mentre le teneva la mano e la guardava, incapace di dirle una parola, lo squillo di un cellulare dal comodino aveva fatto scattare Riccardo che sembrava trovarsi in un mondo parallelo a quello della realtà.

Prendendo la borsa di Marianna, aveva cercato di rispondere al cellulare ma non aveva fatto in tempo. Il nome Vincenzo Miele era apparso. Senza neanche pensarci due volte, Riccardo aveva chiamato il numero ma non era pronto alle parole che stava per udire.

"Amore, ciao . . . come stai?" . . . Il fiato di Riccardo era stato mozzato momentaneamente da tali parole, ma era riuscito a radunare le forze "mi dispiace . . . sono Riccardo Pace, il fidanzato di Marianna Trinci . . . Lei è?"

"Io sono il Dottor Vincenzo Miele, un amico dai tempi della nostra università a Bologna, ci conosciamo da quando eravamo bambini e naturalmente la mia famiglia ed io siamo amici della famiglia di Marianna. Mi dispiace di averla disturbata, volevo solo parlare con Marianna."

Perdendo la ragione	*losing his rag*
Esatto	*demanded*
Nel frattempo	*in the meanwhile*
Andate pure a casa	*by all means go home*
Il fiato di Riccardo era stato mozzato	*Richard's breath had been taken away*

"Purtroppo non le posso passare Marianna ed in effetti non so come dirglielo ma Marianna é stata coinvolta in un incidente stradale ed é in coma al San Raffaele di Milano "Madonna mia, quando?! Avró parlato con Marianna solo poche ore fa . . . non ci posso credere" – Vincenzo era sconvolto.

"Questa sera, poco dopo le 8:20 . . . però non ho nessun dettaglio riguardo lo scontro" - Riccardo aveva risposto. Vincenzo era allibito ed a stento aveva aggiunto "I genitori di Marianna . . ." "Paola ed Amedeo stanno arrivando" - aveva risposto Riccardo, con la voce che diventava sempre più fredda e scostante.

"Quando posso venirla a trovare?" aveva continuato Vincenzo che era ormai inconsolabile. "Non lo so . . . domanderò ai dottori domani mattina e glielo farò sapere" e con ciò Riccardo aveva spento il cellulare scaraventandolo sul letto. Poi prendendo il cappotto si era avviato al corridoio e parlando con l'infermiera che faceva il turno notturno, le aveva detto che sarebbe andato a casa, poiché non poteva far nulla per Marianna.

Le parole di Vincenzo ronzavano nella mente di Riccardo. Una volta a casa non riusciva a trovar pace. L'idea di andare a letto non gli allettava per niente. Tale incubo aveva presentato a Riccardo la possibilità che forse avrebbe perduto Marianna e solo l'idea di non vederla più, di non stare più insieme con lei, lo stava giá terrorizzando.

La luce della mattina aveva svegliato Riccardo che si era addormentato, tutto rattrappito sul divano. Lo squillo del suo cellulare lo aveva scosso. Con trepidazione aveva risposto "Riccardo Pace" "Buon giorno Signor Pace, sono la capo infermiera del reparto terapia intensiva al San Raffaele, i genitori di Marianna mi hanno chiesto di telefonarle per chiederle di venire all'ospedale." "Che cosa é successo?" aveva chiesto Riccardo con timore.

"La condizione della Signorina Trinci è uguale, non c'è nessun cambiamento, ma vorremmo spegnere il ventilatore artificiale per vedere se può respirare da sola" aveva spiegato la capo infermiera. "Vengo subito" e con ciò Riccardo si era alzato cercando di vestirsi con fretta.

La giornata era bella e calda. Le strade erano piene di traffico, di gente che andava in ufficio; tutto sembrava essere normale, ma per Riccardo, il suo mondo sembrava pronto a crollargli attorno. "Vincenzo . . . chi cavolo era Vincenzo?" tale nome lo aveva incominciato a tormentare nuovamente.

Arrivato all'ospedale, Riccardo aveva salutato ed abbracciato ambo i genitori di Marianna. Dopo aver preso un caffé insieme con loro in uno dei corridoi dove c'era una zona d'attesa, il Dottor Piero Bartolomei li aveva incontrati e tutti insieme si erano diretti al reparto Terapia Intensiva. Con il consenso firmato dai genitori, il Dottore aveva spento il ventilatore artificiale.

---

dirglielo	*tell you about it*
glielo farò sapere	*will let you know*
ronzavano	*buzzed*
non gli allettava	*did not appeal to him*
Rattrappito	*curled up*
timore	*dread*
Reparto terapia intensiva	*intensive care unit*

Per un momento un silenzio profondo era piombato nella camera, finché un respiro debole, a malapena udibile, aveva dato una nuova speranza a tutti. Paola aveva abbracciato Amedeo, incapace di parlare. "Grazie a Dio" aveva esclamato il padre di Marianna.

"Vai pure a casa Riccardo, noi staremo qui per il resto della giornata." - "Ti faremo sapere se ci dovesse essere nessun cambiamento".

Mentre Riccardo stava uscendo dalla camera di Marianna, aveva notato un uomo alto che stava parlando con la capo infermiera. Le parole "Vincenzo!" avevano bloccato Riccardo, il quale era diventato come una statua.

Il nome Vincenzo Miele lo aveva tenuto sveglio quasi tutta la notte. Riccardo aveva bisogno di sapere chi fosse. Un sesto senso giá gli faceva capire che le cose non sarebbero state più le stesse. "Vincenzo, tesoro mio" - era Paola che in quel momento aveva visto Vincenzo e lo aveva abbracciato con immenso affetto. Paola non si era mai comportata con Riccardo in quella maniera, almeno non con quell'affetto spontaneo che aveva dimostrato per Vincenzo.

Amedeo li aveva raggiunti ma aveva notato lo sguardo di Riccardo, uno sguardo inquisitorio, uno sguardo d'invidia, uno sguardo di tristezza.

Paola non si era accorta che Riccardo li stava fissando - "Vincenzo vieni a vedere Marianna, chiediglielo tu di svegliarsi, ti prego". Tali parole avevano annientato ed in più ferito Riccardo, ma la stanchezza lo stava ammazzando e l'unica cosa che poteva fare era di ritornare a casa per dormire, per riacquisire la lucidità mentale di cui aveva cosí tanto bisogno, non solo per ragionare ma per trovare una soluzione alla situazione che era diventata adesso cosí complicata.

Capitolo 5

L'allarme aveva svegliato Riccardo il quale non aveva dormito molto bene. Sogni strani ed incubi vari avevano lasciato Riccardo con una fiacca indelebile. Appena le luci dell'alba erano sorte, Riccardo aveva pensato bene di prepararsi per andare all'ospedale a trovare Marianna e poi, eventualmente, dirigersi in ufficio. La necessitá di vedere Marianna era travolgente. Una volta arrivato al San Raffaele, Riccardo si era avviato alla camera di Marianna, mai pensando lontanamente che avrebbe trovato Vincenzo.

La porta non era del tutto chiusa ed attraverso lo spiraglio, Riccardo aveva visto la silhouette di un uomo seduto accanto al letto di Marianna. Le parole che stava per udire lo avrebbero sconvolto e reso ancora più geloso di quello che giá era . . .

"Marianna, amore mio . . . Perdonami . . . é tutta colpa mia . . . non mi sarei mai dovuto allontanare da te . . . " e prendendole la mano, baciandola con tutta la tenerezza di questo mondo, la voce di Vincenzo era diventata quasi tremolante "ti voglio cosí tanto bene, amore mio . . . ti prego . . . ritorna da me . . . fammi sentire la tua voce ancora una volta, ti supplico . . . queste ultime settimane sono state le migliori della mia vita da quando ci siamo rivisti. Ascoltami tesoro . . . questo é solo un piccolo contrattempo per noi. Non preoccuparti, io verrò ogni giorno per stare insieme con te e quando ti svegli potremo programmare una bella vacanza in qualsiasi parte del mondo . . . dove vuoi tu . . . e con il consenso dei tuoi genitori, ci sposeremo . . . avremo dei bambini bellissimi che rassomiglieranno tutti a te e vivremo felici e contenti per il resto del nostre vite. Promettimi una cosa però . . . ritorna da me . . . ti supplico" e baciandole la mano per l'ennesima volta, Vincenzo non aveva fatto in tempo ad asciugarsi le lacrime dalle guancie, che erano finite sul dorso della mano di Marianna.

Il dolore che Vincenzo sentiva era lo stesso dolore che stava annientando Riccardo. Le parole che Vincenzo aveva detto a Marianna sarebbero dovute essere le sue. C'era solo uno cosa, Riccardo trovava difficile esprimere il suo affetto. Le parole erano facili a dirsi, ma l'affetto era tutta un'altra cosa.

"Cosa facevi alla stazione di Milano?" Tali parole erano ritornate nella mente di Riccardo. Adesso era più che lampante che Marianna era andata a Bologna per incontrare Vincenzo. Come poteva Marianna tradirlo in tale maniera, quando lui le voleva cosí tanto bene?

Non era colpa sua se era incapace di esprimere il suo affetto. Marianna lo avrebbe dovuto capire. D'altronde le aveva comprato una macchina favolosa, un anello di fidanzamento meraviglioso e delle vacanze stupende. Sicuramente tutto ciò era più che sufficiente.

Riccardo si era seduto fuori della camera di Marianna, aspettando pazientemente che Vincenzo uscisse. Riccardo lo avrebbe preso a pugni, ma il suo autocontrollo ed il suo contegno lo stavano facendo ragionare.

"Il Signor Riccardo Pace?" erano le parole che avevano fatto sussultare Riccardo. "Si sono io", era Vincenzo che stava davanti a lui. "Penso che sia necessario per noi parlare." Il tono di Vincenzo era esigente, quasi al limite dell'arroganza!

D'altronde	*besides*
più che lampante	*more than obvious*
Avrebbe preso a pugni	*would have pummelled him*
Contegno	*character*
Sussultare	*startle*
Al limite dell'arroganza!	*bordering on arrogance*

In quel momento le forze avevano lasciato Riccardo ed alzando la testa stava, per la prima volta, guardando in faccia al suo rivale. Riccardo non si sentiva veramente in vena, ma senza neanche dire una parola aveva annuito con la testa. "Dove vuole andare a parlare?"

"C'é un piccolo bar al piano terra . . . non c'è nessuno a quest'ora. . .", Vincenzo sembrava aver abbracciato un atteggiamento impersonale. Si vedeva la tensione nelle sue mandibole.

"Come vuole . . ." Riccardo era propenso ad ascoltare la spiegazione che Vincenzo voleva dare.

"Desidera qualcosa da bere?" Vincenzo stava cercando di essere gentile e di mantenere la calma "No grazie . . . spero che quello che mi abbia da dire sia conciso e breve" aveva risposto Riccardo con freddezza.

"Non ho nessunissima intenzione di sprecarle il tempo" Vincenzo aveva risposto, adottando un atteggiamento freddo ed indifferente nei confronti di Riccardo. "Marianna ed io ci conosciamo da una vita . . . siamo andati alla stessa scuola e perfino alla stessa universitá. Le nostre famiglie si conoscono da quando noi eravamo bambini. Eravamo fratellini da piccoli, amici durante le scuole elementari, le medie, il liceo ed amici del cuore durante il nostro periodo all'universitá.

Una volta che ci siamo laureati, ci siamo, poco per volta allontanati. Marianna aveva trovato lavoro a Milano, mentre io mi ero impegnato a sviluppare il mio *business* nel campo dentistico specializzandomi in odontoiatria e ortodonzia. Il mio sbaglio é stato quello di escludere Marianna dalla mia vita mentre cercavo di costruire il mio *business*" . . . "Sono stato un vero deficiente!"

Riccardo ascoltava Vincenzo con intento "E poi?"

"Poi, per puro caso, avevo letto un articolo sul Messaggero che parlava di Marianna la quale lavorava come Traduttrice/Interprete per le Assicurazioni Azzaneva. Fu allora che mi misi in contatto con i suoi genitori, i quali, senza esitazione mi dettero il numero del cellulare di Marianna." Le mandibole di Riccardo erano diventate tese. "L'avrei dovuto fare anni fa, ma ogni volta che mi volevo mettere in contatto con lei, c'era sempre qualcosa che dovevo fare, impegni vari, riunioni, viaggi, conferenze ed era come se il destino mi stasse mettendo il bastone tra le ruote per impedirmi di rivederla e così gli anni sono volati. Non le posso spiegare com'é stato per me rivederla, riabbracciarla, e riamarla."

Riccardo si era alzato di scatto - "Come si permette di parlarmi in questa maniera?" . . . "Io sono il fidanzato di Marianna." – "Siamo fidanzati da quasi un anno, viviamo insieme, ci vogliamo sposare . . . cosa vuole da noi?"

Nei confronti di	*towards*
Amici del cuore	*best friends*
Non si sentiva veramente in vena	*He was not particularly feeling in the mood*
Un vero deficiente	*an absolute idiot*
Odontoiatria	*dentistry*
Ortodonzia	*orthodontics*
il bastone tra le ruote	*prevented me from*
per puro caso	*as chance would have it*
di scatto	*suddenly*
come si permette	*how dare you*

"Mi dispiace, ma... se lei non l'avesse trascurata, Marianna non avrebbe mai e poi mai lontanamente pensato di mollarla su due piedi!"

Riccardo aveva afferrato il cappotto di Vincenzo e stava per mollargli un cazzotto quando la voce di un infermiera lo aveva interrotto.

"Cosa sta succedendo qui?" – il tono della voce dell'infermiera era serio ed imperativo. "Chi siete?"

Vincenzo si era svincolato dalla morsa ferrea di Riccardo. "Sono Riccardo Pace, il fidanzato di Marianna Trinci" aveva esclamato Riccardo ad alta voce, come se volesse intimidire Vincenzo.

"Signor Pace, la signorina Marianna é sveglia" - ignorando Vincenzo, Riccardo si era diretto con fretta verso la camera di Marianna.

Il dottor Bartolomei stava rimuovendo il tubo dalla gola di Marianna la quale stava tossendo in maniera strana quasi gracchiante.

"Marianna!" Riccardo non riusciva a dirle altro. Marianna si era girata ma lo sguardo che aveva era indifferente, come se non l'avesse riconosciuto.

Guardando al Dottore, Riccardo stava per rivolgergli la parola quando il dottore lo aveva preso per un braccio ed accompagnandolo fuori della porta ed a sottovoce "Marianna ha bisogno di essere calma, di cominciare a realizzare quello che è successo e sapere che si riprenderà con tempo, ma per il momento non si deve assolutamente agitare."

"Perché non mi ha riconosciuto e non mi ha detto nulla?" aveva chiesto Riccardo con timore. "Signor Pace, deve capire che Marianna ha avuto un trauma enorme."... "Dia tempo al tempo".

Vincenzo era seduto fuori nel corridoio. Il suo aspetto pietoso stava aizzando Riccardo. "Dottore, telefonerò adesso ai genitori di Marianna e riferirò a loro quello che mi ha detto. Un'altra cosa, se mi potesse fare la gentilezza di non far entrare quell'individuo nella camera di Marianna" aveva esatto Riccardo..."Va bene Signor Pace, lo farò presente al personale di turno" - aveva risposto il dottore.

Girandosi verso Vincenzo, Riccardo gli aveva detto con tono perentorio "Vada pure a casa, nessuno ha bisogno di lei qui".

Vincenzo lo aveva completamente ignorato e rimanendo seduto aveva preso il suo cellulare dalla tasca del suo cappotto ed aveva chiamato i genitori di Marianna. "Paola... ciao cara, sono Vincenzo, non so se Riccardo ti ha chiamato ma Marianna è sveglia" "Ciao Vincenzo, si lo sappiamo, stiamo venendo adesso all'ospedale, grazie tesoro" aveva risposto Paola - "aspettaci lí cosí la vediamo insieme".

---

mai e poi mai lontanamente	*would have never ever*
mollargli un cazzotto	*to punch him*
morsa ferrea	*iron grip*
si era svincolato	*had freed himself*
in maniera strana quasi gracchiante.	*in a strange and almost croaking way*
Aveva esatto	*had requested*
Dia tempo al tempo	*give it time*
Stava aizzando	*was inflaming*
Tono perentorio	*dictatorial tone*

Vincenzo si era andato a prendere un caffè. Il nervosismo lo stava consumando. Non vedeva l'ora di vedere Paola ed Amedeo così da poter rivedere Marianna e starle vicino.

Finalmente dopo un'eternità, Paola ed Amedeo erano arrivati. "Vincenzo . . . tesoro mio, come stai?" "Bene grazie" aveva risposto Vincenzo. "Pensi che io possa vedere Marianna insieme con voi?" - "Senz'altro Vincenzo, quale sarebbe il problema?"

Riccardo era seduto vicino al letto di Marianna. "Amore mio" aveva detto Paola vedendo la figlia "Come ti senti?"

Marianna si era voltata ma lo sguardo indifferente aveva ghiacciato la mamma. "Riccardo?" . . . "Che c'é che non va?" La voce di Paola era ansiosa. "Amedeo?" . . . "Per favore chiama qualcuno" - Paola era scoppiata a piangere e Vincenzo non aveva esitato ad abbracciarla, cercando di calmarla.

Riccardo si era alzato di scatto, il nervosismo lo stava facendo camminare avanti e indietro come un'anima in pena. Ancora piangendo, Paola aveva suggerito a Vincenzo di sedersi vicino a Marianna. "Parlale, dille qualcosa" gli aveva chiesto Paola.

Lo sguardo di Riccardo era come quello di una iena che stava per sbranare la sua vittima. Senza una parola, Riccardo aveva afferrato Vincenzo per un braccio e lo aveva trascinato fuori della camera.

"Che cosa le avevo detto?" - aveva quasi urlato Riccardo "Lei non deve assolutamente intromettersi fra di noi. Se ne vada, altrimenti le spacco il grugno!!!"

"Francamente, e voglio essere più che onesto con lei, io non ho mai avuto a che fare con un cafone come lei!" - "Come si permette di alzare la voce fuori della camera di Marianna." – "Chi si crede di essere?" – "Avanti?" e con ciò i due uomini si erano quasi azzuffati. Con uno strattone, Vincenzo si era liberato dalla morsa di Riccardo e afferrandolo per un braccio lo aveva scortato fuori nel parcheggio macchine dove, con gusto, gli aveva dato uno spintone e stava per sferrargli un pugno quando una guardia di sicurezza era intervenuta.

"Basta, altrimenti chiamo la polizia" aveva urlato la guardia di sicurezza. I due uomini sembravano due gladiatori pronti a lottarsi fino all'ultimo.

Senz'altro	*without a doubt*
Che c'é che non va	*what is wrong*
Di scatto	*Suddenly*
Iena	*Hyena*
Intromettersi	*To come between us*
Cafone	*Peasant*
Strattone	*Tug*
Spintone	*Shove*
Un anima in pena	*A soul in torment*
Sbranare	*Devour*
Le spacco il grugno	*I'll smash your face*
Azzuffati	*Come to blows*
Morsa	*Vice*
Sferrargli un pugno	*Punch him*

"Non si preoccupi, non ho nessunissima intenzione di sporcarmi le mani!" e con ciò Vincenzo era rientrato nell'ospedale andando direttamente alla camera di Marianna. Amedeo era andato incontro a Vincenzo "Ma cosa c'è che non va con Riccardo?" "Dopo ne parliamo" aveva risposto Vincenzo e girandosi verso Marianna le aveva preso la mano baciandogliela. Marianna aveva aperto gli occhi e guardandolo a lungo gli aveva leggermente stretto la mano - gli occhi di Marianna erano vitrei; si vedeva che le droghe che il Dottore le aveva somministrato stavano incominciando ad avere il loro effetto.

Il Dottor Bartolomei aveva spiegato dettagliatamente che con l'aiuto dell'antidolorifico, Marianna si sarebbe sentita letargica e di conseguenza, non c'era nessun motivo per loro di preoccuparsi. L'unica cosa di cui Marianna aveva bisogno era il riposo assoluto e la tranquillità.

Sporcarmi le mani	*Dirty my hands*
Ne parliamo	*Talk about it*
Guardandolo a lungo	*Looking him a length*
dell'antidolorifico	*pain killer*

Capitolo 6

Amedeo e Paola avevano già preso la decisione di rimanere la notte, in caso Marianna avesse avuto bisogno di loro - Vincenzo era d'accordo ed aveva deciso di trascorrere un paio d'ore in più, tenendo loro compagnia.

Le ore erano volate e Vincenzo insieme con Amedeo e Paola avevano tenuto compagnia a Marianna parlando dei tempi quando loro erano bambini, delle loro avventure in campagna, dei loro giochi favoriti, delle merende stupende fatte in cucina e delle colazioni squisite mangiate all'alba in pineta, guardando il sole che faceva capolino attraverso le montagne rocciose. Vincenzo aveva goduto il tempo trascorso con Amedeo e Paola anche se Marianna sembrava dormire dolcemente nel letto come una principessa che era caduta sotto l'incantesimo di una regina malvagia.

Il brontolio improvviso proveniente dallo stomaco di Vincenzo, gli aveva fatto capire che le ore erano volate e che avendo saltato un pasto, gli era venuta una fame da lupo. Vincenzo si era scusato ed aveva riassicurato Amedeo che sarebbe ritornato più tardi con uno spuntino per tutti e tre. Paola lo aveva abbracciato ringraziandolo per l'appoggio che aveva dato loro, mentre per Vincenzo era stato un viaggio nel passato, rivivendo i ricordi di un'infanzia felice trascorsa con Marianna, che anche in quei tempi era il suo mondo.

Ritornando alla macchina, Vincenzo aveva notato che c'era dell'olio vicino alla ruota del lato sinistro della macchina. Inchinandosi per vedere cosa fosse il problema, aveva notato che il tubo del freno sembrava essere stato tagliato. Senza esitazione, Vincenzo aveva chiamato il servizio di emergenza sapendo che entro trenta minuti sarebbero arrivati. Un sospetto però era già cominciato a germogliare nella sua mente e Vincenzo aveva bisogno di sentire la conferma dal meccanico se in effetti il tubo si era staccato da solo o se qualcuno lo aveva tagliato con l'intenzione di causargli un'incidente. L'unica persona che gli era venuto in mente era Riccardo; ma poteva lui abbassarsi al punto di commettere un reato cosí meschino?

Vincenzo si era seduto in macchina per aspettare che il servizio di emergenza arrivasse, quando il suo cellulare aveva squillato improvvisamente. "Pronto chi parla?" "Pronto" . . . "Pronto" – ma nessuno aveva risposto, eppure qualcuno era in linea. Senza esitare Vincenzo aveva spento il cellulare pensando che fosse Riccardo.

Alzando gli occhi, Vincenzo aveva notato una donna in un'altra macchina che lo stava fissando. Uscendo dalla macchina, Vincenzo aveva cominciato a camminare verso la donna quando lo stridio improvviso delle ruote della macchina gli aveva fatto capire che la donna stava venendo verso di lui a tale velocità che Vincenzo si era dovuto buttare dietro una delle macchine parcheggiate per evitare di essere investito. "Chi era questa persona?" si era chiesto.

Un paio d'ore in più, tenendo loro compagnia.	*A couple of hours extra, keeping them company*
Delle merende	*some snacks*
Faceva capolino	*was peeping*
Incantesimo	*spell*
avendo saltato un pasto	*having a skipped meal*
una fame da lupo	*an overwhelming hunger*
Meschino	*mean*
Eppure	*and yet*

Per fortuna, nel momento che Vincenzo si era tuffato dietro una delle macchine parcheggiate, aveva notato che l'auto era una Lancia blu, ma non aveva fatto in tempo a leggere gli ultimi due numeri. La targa era MI 715 e mentre stava scrivendo il numero su una busta usata che aveva nella tasca del suo cappotto, una fitta alla testa gli aveva fatto capire che si era ferito e stava perdendo sangue.

Vincenzo era ritornato alla camera di Marianna, cercando di apparire calmo, ma in effetti, lo shock lo stava incominciando a far sentire male. Amedeo gli era venuto subito incontro realizzando che c'era qualcosa di grave, dato che Vincenzo aveva incominciato a tremare incontrollabilmente ed in più il cappotto beige che indossava era tutto sporco. Vincenzo aveva cercato di spiegare ad Amedeo cosa era successo, ma naturalmente non voleva che Paola lo sapesse perché non voleva che si preoccupasse per lui.

Amedeo aveva immediatamente chiamato un'infermiera spiegando cosa era successo a Vincenzo, mostrandole il graffio profondo sulla fronte e chiedendole di aiutarlo. L'infermiera aveva dato subito dell'acqua a Vincenzo ed accompagnandolo in una cameretta aveva cominciato a pulire la ferita sopra il sopracciglio sinistro, mettendo due grappette ed un cerotto per tenere la ferita coperta e pulita.

Con una scusa qualsiasi, Amedeo aveva detto a Paola che sarebbe andato a prendere qualcosa da mangiare per tutti, lasciando Vincenzo insieme con lei. Girandosi, Paola aveva esclamato "Madonna mia, che cosa hai fatto?" "Sono inciampato Paola, é solo un graffio – ti ricordi com'ero da piccolo, sempre con la testa tra le nuvole . . . nulla é cambiato" aveva risposto Vincenzo sedendosi vicino a Marianna.

Lo squillo improvviso del cellulare aveva fatto sobbalzare Vincenzo. "Che ti é successo Vincenzo? Tesoro mio, non farmi preoccupare, non ti ho mai visto cosí" - Vincenzo aveva risposto al cellulare ma nello stesso tempo aveva abbracciato Paola con l'altro braccio per riassicurarla ed avviandosi nel corridoio, il meccanico gli aveva confermato che era arrivato e che lo stava aspettando nel parcheggio macchine.

Ritornando in camera, Vincenzo si era scusato con Paola dicendole che doveva andare un attimo alla macchina per solo dieci minuti.

Il trauma dell'incidente aveva lasciato Vincenzo scosso e leggermente traballante, al punto che non si sentiva completamente sicuro sulle sue gambe. Una volta arrivato alla macchina, Vincenzo aveva parlato con il meccanico facendogli presente che era alquanto preoccupato che il tubo del freno sinistro si fosse staccato, dato che il liquido era tutto cosparso per terra vicino la ruota. Il meccanico si era subito sdraiato sotto la macchina e con una torcia potente aveva ispezionato il difetto. 'Signor Miele, mi dispiace ma il tubo del freno non si é staccato . . . qualcuno glielo ha tagliato con una lama tagliente."

Tuffato	*dived*
Una fitta	*a sharp pain*
Sopracciglio	*eyebrow*
Grappette	*strips*
Cerotto	*plaster*
Sono inciampato	*I tripped up*
Sobbalzare	*jolt/startle*
Traballante	*shaky*
Cosparso	*covered*
Facendogli presente	*pointing out to him*

Per un istante le parole del meccanico avevano gelato Vincenzo, ma nello stesso tempo aveva avuto la presenza di spirito di telefonare subito alla polizia per riportare l'incidente. Il poliziotto al telefono aveva consigliato a Vincenzo di rimanere al San Raffaele finché uno dei poliziotti di turno fosse arrivato per prendere degli appunti riguardo il crimine. Rivolgendosi al meccanico, Vincenzo gli aveva chiesto gentilmente di aspettare che la polizia arrivasse, non solo per confermare quello che aveva scoperto, ma per evidenziar loro ciò che era avvenuto prima che cominciasse con le sue dovute riparazioni.

Fortunatamente, non c'era voluto molto per la polizia ad arrivare. Il poliziotto aveva dato un'occhiata a quello che era stato fatto alla macchina e dopo aver interrogato il meccanico e preso alcuni appunti, aveva cominciato a parlare con Vincenzo, facendogli presente che i dati della registrazione della macchina erano stati inseriti nel loro sistema, ma con i due numeri mancanti c'era voluto un pò piú di tempo per ottenere la lista dei proprietari di macchine modelli Lancia color blu.

La lista non era lunga, c'erano circa tre o quattro pagine ed il poliziotto aveva chiesto a Vincenzo se poteva riconoscere uno dei nomi elencati nelle pagine.

Vincenzo non era veramente propenso ad esaminare la lista, ma per correttezza aveva preso il documento e cominciando a leggere i nomi, aveva iniziato a realizzare che ciò era per lui una gran perdita di tempo. Girando l'ultima pagina, stava per ridare la lista al poliziotto quando aveva notato che il terzo nome nella lista, era quello di Sabrina Pace, la sorella di Riccardo!

"Che cosa aveva a che fare Sabrina Pace con lui?" si era chiesto Vincenzo, quando lui non l'aveva mai incontrata! "Ha riconosciuto qualcuno nella lista Signor Miele?" aveva chiesto il poliziotto. Vincenzo si sentiva ansioso ed indicando il nome di Sabrina, aveva telefonato ad Amedeo, il padre di Marianna, per dirgli quello che era successo.

"Credo che questa persona sia la sorella del Signor Riccardo Pace, il fidanzato della signorina Marianna Trinci la quale é in ospedale dopo aver subito un incidente con la macchina." – "Naturalmente non sono sicuro se questa é la stessa persona che ha cercato di investirmi" – "non la conosco, effettivamente bisognerebbe scoprire se questa macchina è stata rubata e chi era la persona al volante, prima di emettere un mandato per l'arresto di Sabrina Pace."

Il poliziotto aveva subito telefonato la questura chiedendo uno dei suoi colleghi di contattare Sabrina Pace - in più aveva anche chiesto per un poliziotto di venire e rimanere fuori della camera di Marianna in caso le vite di Marianna e Vincenzo fossero ancora in pericolo, dato che lui sarebbe rimasto con la famiglia Trinci in ospedale.

La presenza di spirito	*inspiration*
Un'occhiata	*glance*
Finché uno dei poliziotti di turno	*until one of the policemen on duty*
Propenso	*inclined to*
Per correttezza	*in fairness*
Che cosa aveva a che fare Sabrina Pace con lui?	*What did Sabrina have to do with him?*
Aver subito un incidente con la macchina.	*Having suffered a car crash*
Al volante	*at the steering wheel*
Emettere un mandato	*issue a warrant*
La questura	*the police station*

Amedeo nel frattempo era ritornato all'ospedale con diverse cose sfiziose da mangiare, ma l'appetito di Vincenzo era svanito. Amedeo l'aveva abbracciato ed entrambi erano rientrati nell'ospedale.

Paola si era voltata ed alzandosi aveva esclamato "Madonna mia, ho una fame da morire. Che hai comprato Amedeo?" Vincenzo ed Amedeo si erano guardati ed aprendo il sacchetto di plastica, Paola aveva tirato fuori una coscia di pollo mangiandola con voracità. "Che vi è preso?" aveva continuato.

"Dai Vincenzo . . . ci sono degli arancini di riso, del pollo, del prosciutto e della mozzarella, olive e crostini di salmone . . . mangia qualcosa". Vincenzo aveva preso un crostino con il salmone e girandosi verso Marianna, aveva notato che lei dormiva serenamente. "Che fate, rimanete la notte?" aveva chiesto Vincenzo a sottovoce. Paola aveva annuito di si tra un boccone e l'altro, giacché era intenta a levarsi la gran fame che le era venuta.

Amedeo invece aveva chiesto a Vincenzo di andare a casa, sapendo che la mattina dopo lui avrebbe dovuto parlare con il suo avvocato a Bologna ed in effetti sarebbe stato molto meglio per lui di stare a casa, riposarsi e rilassarsi. Baciando Marianna ed abbracciando Paola ed Amedeo, Vincenzo aveva promesso di chiamarli in serata.

---

sfiziose	*delicious*
Nel frattempo	*in the meantime*
Arancini di riso	*rice balls*
Crostini di salmone	*salmon on toast*

Capitolo 7

Il viaggio di ritorno a Bologna era stato alquanto lungo e faticoso. L'autostrada del Sole era la via più diretta per andare da Milano a Bologna, un tragitto cui si era abituato da quando aveva ricominciato a vedersi con Marianna, ma una volta arrivato a casa, Vincenzo non si sentiva a suo agio, infatti, continuava ad essere irrequieto. Gli eventi della giornata lo avevano lasciato scosso e non capiva perchè la polizia non lo aveva ancora chiamato.

Dopo aver parlato con Amedeo per accertarsi che Marianna stasse bene, Vincenzo aveva deciso di farsi un bagno caldo per poi andare a letto con la speranza di dormire - un bel bagno caldo l'avrebbe certamente aiutato a rilassarsi.

L'appartamento sembrava avere un aspetto diverso, il salone sembrava più scuro del solito e lo scricchiolio del parquet lo stava rendendo ancora più irrequieto. Andando in camera, Vincenzo aveva notato che la finestra era leggermente aperta - forse la donna di servizio l'aveva lasciata aperta quando era venuta a fare le pulizie in giornata.

Andando in bagno, Vincenzo aveva aperto il rubinetto dell'acqua calda, quando, con la coda dell'occhio, aveva visto un movimento.

Girandosi di scatto aveva costatato che era solo la tenda nel corridoio che si muoveva, dato che c'era un venticello fresco che stava soffiando. "Oddio santo!" aveva esclamato. La gola di Vincenzo era diventata secca, il suo nervosismo era aumentato e per la prima volta nella sua vita si sentiva solo e vulnerabile.

"Ho bisogno di un cognac" aveva esclamato ad alta voce ed andando in cucina aveva aperto l'armadietto dove Vincenzo teneva una bella provvista di differenti liquori e cognac dalle varie nazioni dell'Europa che aveva recentemente visitato. La prima bottiglia che aveva trovato era un Martell Cognac XO e versandosi un bel bicchiere aveva bevuto il liquido in un sorso. Il calore del cognac sembrava avergli dato la forza di spirito ed il coraggio, di cui considerate le circostanze, aveva veramente bisogno.

Il cigolio improvviso della porta della sua stanza da letto gli aveva nuovamente mozzato il respiro. Questa volta Vincenzo era convinto che ci fosse qualcuno in casa. Senza neanche pensarci due volte si era diretto con passo deciso verso la porta della sua stanza da letto aprendola con tale violenza che il bibelot sul cassettone, situato dietro la porta, era caduto frantumandosi per terra.

"Maledizione?!" aveva urlato Vincenzo e sedendosi sul letto aveva notato che le sue mani stavano tremando.

Irrequieto	*retless*
scricchiolio	*creaking*
Per poi andare a letto	*to then go to bed*
Con la coda dell'occhio	*with the corner of his eye*
Cigolio	*creaking/grinding*
Mozzato il respiro	*took his breath away*
bibelot	*figurine*
cassettone	*tall chest of drawers*
frantumandosi	*shattering into pieces*
Maledizione	*damn*

"Oh Madonna santa!" – Vincenzo aveva realizzato in quel momento che aveva lasciato scorrere il rubinetto della vasca e correndo in bagno aveva fatto giusto in tempo a chiuderlo, altrimenti avrebbe veramente causato un danno non solo al suo pavimento, ma naturalmente al soffitto degli inquilini di sotto. Sfortunatamente il tappo si era incastrato nel foro della vasca dovuto al peso dell'acqua, e tirando la catena con forza, questa si era quasi staccata.

Vincenzo si stava per alzare per andare in cucina a prendere uno spago, quando aveva notato il riflesso del volto di una donna nell'acqua della vasca che lo stava guardando. Girandosi di scatto non aveva fatto in tempo ad alzarsi, che la lama del coltello era giá penetrata nella sua spalla destra.

L'odio ed il rancore che questa donna serbava nei suoi occhi sembrava averla resa completamente squilibrata. "Nessuno rovina la vita a mio fratello." ... "L'ho visto io come quella zoccola ha cambiato Riccardo, allontanandolo da me e mio padre. Marianna sarebbe dovuta schiattare nell'incidente stradale ed ora é lei che sta facendo del suo meglio per rovinare la vita a Riccardo ... adesso basta peró ... ha capito ... BASTA!" ed alzando il coltello Sabrina si era nuovamente avventata contro Vincenzo come una iena, cercando di pugnalarlo una seconda volta.

Lo squillo improvviso della porta aveva distratto momentaneamente Sabrina dando Vincenzo l'opportunità di darle uno spintone cosí forte che Sabrina aveva perduto l'equilibrio schiantandosi per terra violentemente. Vincenzo aveva avuto la forza di correre verso il portone aprendolo, ma le forze nelle sue gambe stavano incominciando a lasciarlo.

Crollando a terra, Vincenzo era completamente annientato dal dolore del taglio profondo nella spalla che ormai pulsava fuori il sangue come una fontanella.

Uno dei poliziotti aveva afferrato Sabrina forzandola per terra cercando di ammanetarla, ma una lotta si era scatenata tra il poliziotto e Sabrina, la quale era diventata non solo isterica, ma avendo ancora il coltello da cucina in mano, stava cercando disperatamente di ferirlo. L'altro poliziotto invece era andato ad aiutare Vincenzo con un asciugamano per cercare di frenare il sangue. "L'ambulanza sta venendo, non si preoccupi" aveva detto il poliziotto cercando di riassicurare Vincenzo, il quale si era appoggiato con la schiena al muro, completamente privo di energia e poco a poco la camera era cominciata a diventare sempre più scura.

"Sabrina ha un coltello ..." Vincenzo stava faticando a parlare. "Non so come abbia fatto a trovare il mio indirizzo ..." - aveva continuato Vincenzo a stento.

"É molto facile Signor Miele, la Signora Sabrina lo avrà trovato tramite la lista elettorale oppure con l'aiuto delle pagine bianche ..." aveva risposto il poliziotto. "Riccardo ... Pace?" aveva chiesto Vincenzo. "Il Signor Pace é in questura aiutandoci con le nostre indagini." "È stato proprio lui a dirci che forse Sabrina l'avrebbe seguito fino a Bologna". Ma Vincenzo non aveva risposto ...

Giusto in tempo	*just in time*
Il tappo	*the plug*
nel foro	*in the plug hole*
Zoccola	*bitch*
Schiattare	*perish*
Schiantandosi	*crashing*
Stava faticando a parlare	*was struggling to speak*
A stento	*with difficulty*
È stato proprio lui	*it was really him*

Capitolo 8

"Signor Miele"... "Signor Miele..." - erano le parole che sembravano venire da lontano, mischiate con stridii e suoni strani, ma Vincenzo era incapace di rispondere. Delle luci lo stavano abbagliando... c'era troppa confusione nella sua testa e poco a poco tutto si era nuovamente annerito.

Il dolore acuto ed improvviso alla spalla aveva svegliato Vincenzo con un lamento. Guardandosi attorno, non aveva nessunissima idea di dove fosse. Cercando di muoversi nel letto, Vincenzo aveva realizzato che il dolore non gli permetteva di muoversi troppo. In più, il braccio sinistro era collegato ad un flebo. Solo allora aveva capito che era stato ricoverato in ospedale... ma quale?

Il *flashback* improvviso di Sabrina pugnalandolo nella spalla destra lo aveva fatto respirare con fatica. "Oh mamma..." aveva esclamato Vincenzo.

"Come si sente?" - erano le parole che avevano sorpreso Vincenzo. "Mi scusi ma dove sono?...La spalla mi fa un male pazzesco..." - aveva risposto Vincenzo. "Okay, mi dia un minuto che vado a prendere subito la morfina - le darò una dose minima per togliere il dolore... il Policlinico Santa Orsola!", l'infermiera sembrava essere dolce e premurosa.

Quando l'infermiera era ritornata con la morfina, Vincenzo era impaziente di sapere se qualcuno nell'ospedale aveva cercato di mettersi in contattato i suoi genitori. "Non ho idea" aveva risposto l'infermiera "ma domanderò all'altro personale di turno che mi sostituirà tra un paio d'ore".

"Mi perdoni" aveva aggiunto Vincenzo "mi potrebbe passare il cappotto per favore?" – "Dovrei avere il mio cellulare nella tasca sinistra, grazie".

Vincenzo aveva bisogno di parlare con il padre per fargli sapere cosa gli era successo e per riassicurarlo che era stato ricoverato al Policlinico Santa Orsola. "Che cosa dico a mia madre?" erano le parole che erano venute in mente a Vincenzo "come posso trovare le parole adatte per dirle quello che mi è successo, senza impaurirla troppo?"

"Pronto... Papà?..." "Vincenzo... ciao, che mi racconti?" aveva risposto il padre, completamente ignaro di quello che Vincenzo aveva attraversato. "Papà, non ti sconvolgere troppo, ma sono stato ricoverato al Policlinico Santa Orsola..." "Oh Madonna mia, perchè... che cosa ti è successo?" – il padre aveva risposto con batticuore.

Stridii	*screeching noises*
Attorno	*around*
Fa un male pazzesco	*it is extemely painful*
Premurosa	*caring*

"Papà lo sai che tempo fa mi sono incominciato a rivedere con Marianna Trinci?" "Si . . ." aveva risposto il padre con apprensione, aspettando che Vincenzo continuasse con la sua trama. "Come giá sai . . . le cose tra Riccardo e Marianna erano da tempo cominciate ad andare da male in peggio, ma per farla breve, la ragione per cui sono finito in ospedale è perchè non avrei mai e poi mai immaginato che la sorella di Riccardo fosse lontanamente psicopatica" - Vincenzo aveva cercato di rimanere calmo, nonostante il fatto che poco per volta un affanno stava prendendo possesso del suo torace. "Prima ha cercato di investirmi con la macchina nel parcheggio del San Raffaele a Milano, dove Marianna è stata ricoverata dopo un incidente di macchina e poi mi ha pugnalato alla spalla destra nel mio appartamento, perché cercava di proteggere il fratello dal fatto che Marianna l'avrebbe eventualmente lasciato" - Vincenzo aveva respirato nuovamente con affanno - "Come puoi immaginare, nei suoi occhi, io sono il colpevole che ha allontanto Marianna dal fratello!"

Il padre non aveva interrotto Vincenzo, infatti lo aveva fatto parlare per far si che si fosse sfogato, ma era più che ovvio che Gabriele era stato sciocccato da tale notizia. "Ed é stata arrestata?" aveva chiesto il padre con ansia. "Si, la polizia ha fatto proprio in tempo a venire al mio appartamento. Solo adesso mi rendo conto come sono stato fortunato. Credimi papá quando ti dico che ha fatto del suo meglio per uccidermi!!"

Il padre aveva cercato del suo meglio di non reagire a quello che il figlio gli aveva rivelato - "Dammi dieci minuti che parlo con tua madre. Hai bisogno di qualcosa?"- "Grazie papá, giusto delle riviste per passare il tempo, dato che non ho nessunissima idea di quanto tempo rimarrò qui in ospedale." Vincenzo si sentiva giá sollevato dal fatto che era riuscito a parlare con suo padre, ma nello stesso tempo una gran debolezza era cominciata a piombargli addosso insieme con un tremore che sembrava essersi manifestato nell'addome propagandosi rapidamente per tutto il corpo. Forse Vincenzo si era troppo agitato, o forse era dovuto al fatto che si sentiva ansioso di parlare con Amedeo per sapere come stesse Marianna ed anche per il fatto che voleva informarlo degli eventi della serata precedente.

Un sonno pesante senza mercé aveva preso possesso di Vincenzo il quale, senza nessuna resistenza, si era lasciato trasportare non solo dal tepore delle coperte ma anche dal rilassamento improvviso, in una tranquillità splendida di cui aveva cosí tanto bisogno.

Quattro ore erano volate in pochi secondi che avevano sorpreso e scioccato Vincenzo, per la semplice ragione che non aveva ancora parlato con il padre di Marianna.

"Amedeo? Ciao sono Vincenzo, come sta Marianna?" "Ciao Vincenzo .... Marianna é la stessa però mi sorprende che fino ad ora Riccardo non si è fatto vivo" - era lampante che il padre di Marianna non aveva nessunissima idea di quello che gli era successo. "Scusami un'attimo! . . . Vincenzo, c'é un poliziotto che vuole parlare con me, dammi due minuti per capire quello che vuole e ti richiamo". Vincenzo non aveva fatto in tempo a dirgli quello che gli era successo, che Amedeo aveva già spento il suo cellulare.

Tempo fa	*some time ago*
A rivedere con	*started seeing again*
Torace	*chest*
Trama	*tale*
Da male in peggio	*from bad to worse*
Per farla breve	*in short*
Mai e poi mai	*never ever*
Lontanamente	*remotely*
Ha fatto proprio in tempo	*made it just in time*
Addome	*tummy*

Sospirando ed alzando gli occhi al cielo, Vincenzo aveva notato per la prima volta come la sua cameretta nel Policlinico Santa Orsola non era molto accogliente, infatti era alquanto spartana.

Un silenzio snervante era piombato nel corridoio, ma una nuova onda di stanchezza allucinante stava piombando addosso a Vincenzo il quale si era rannicchiato nuovamente nel letto tirandosi le coperte su fino intorno al collo ed il sonno lo aveva nuovamente trasportato in un'altra dimensione di pace e tranquillità. Uno scossone improvviso aveva svegliato Vincenzo di soprassalto, trovandosi Riccardo vicino al suo letto.

"Come si permette di svegliarmi in questa maniera barbara?" e senza esitazione Vincenzo aveva spinto il pulsante per avere l'assistenza di un'infermiera.

Riccardo Pace sembrava essere sottomesso ed eccessivamente rispettoso. "Vincenzo . . . Signor Miele" aveva continuato Riccardo "non ho parole per porgerle le mie scuse le più rispettose, le più sincere . . .".

Le parole di Riccardo avevano infastidito Vincenzo ancora di più al punto che quando l'infermiera era venuta per vedere cosa Vincenzo volesse, lui le aveva esatto di scortare Riccardo fuori dalla sua camera con l'istruzione esplicita di non dar lui più il permesso di visitarlo.

Questa volta però Vincenzo si era agitato troppo ed il tremore era ritornato, ma questa volta era ritornato in una maniera aggressiva al punto che non aveva fatto in tempo a spingere il pulsante che era crollato per terra scuotendosi come se avesse avuto un attacco epilettico. Il tonfo era stato così forte che le infermiere erano corse nella cameretta di Vincenzo ed immediatamente avevano spinto il pulsante d'emergenza.

Un silenzio snervante	*an unnerving silence*
Uno scossone improvviso	*a sudden jolt*
Porgerle le mie scuse	*offer you my apologies*

Capitolo 9

Vincenzo aveva perduto i sensi facendo andare in panico uno dei dottori che prendendo il suo polso, aveva chiesto subito per un termometro per misurargli la temperatura. Vincenzo aveva una febbre altissima – infatti, poco più di 42 ed era più che lampante che un'infezione si stava propagando per il corpo, ma causata da cosa?

Il dottore di turno aveva subito ordinato che una fialetta di sangue fosse prelevata ed inviata per un'analisi immediata – Vincenzo era grave! "Quand'è stata cambiata la fasciatura alla ferita del Signor Miele?" aveva chiesto il dottore con un tono perentorio. "Ieri mattina . . . ecco qui i dati", aveva risposto l'infermiera che aveva uno sguardo alquanto preoccupato. "Vediamo quello che sta succedendo" e rimuovendo la fasciatura, la ferita era tutta infiammata con tutti punti bianchi indicando la presenza di un'infezione che, se trascurata, avrebbe potuto causare la setticemia.

"Presto, mi porti diverse fialette di penicillina da somministrare per via endovenosa ogni quattro ore." –"La febbre deve essere ridotta al più presto." – "Questo è stato uno shock anafilattico dovuto all'infezione che è entrata nel sangue." "Ho bisogno che un'infermiera sia seduta vicino al Signor Miele per le prossime ore per tenerlo sott'occhio".

"Con permesso" erano le parole di due persone di mezz'età che erano entrate nella stanza di Vincenzo. "Salve, noi siamo i genitori di Vincenzo Miele, come sta nostro figlio?"

"Buon giorno Signora . . . Signor Miele, sono il Dottor Ernesto Gentile. Sarò più che onesto, vostro figlio ha una febbre alquanto alta" – "La ragione è dovuta ad un infezione che si è sviluppata nella ferita – si dovrebbe riprendere entro i prossimi giorni - l'infermiera ha già somministrato la prima fialetta di penicillina e la seconda verrá somministrata tra circa tre ore.

Nonostante vostro figlio abbia perduto i sensi dopo aver subito uno shock anafilattico, sono sicuro che entro domani si comincerà a riprendere." – "In considerazione del fatto che il signor Vincenzo sta adesso dormendo, vi suggerirei di andare a casa . . . domani sarà mia premura di telefonarvi per farvi sapere se c'é nessun miglioramento". Il dottore era serio ed aveva un aspetto alquanto preoccupato. La mamma di Vincenzo si era avvinghiata al marito. "Madonna mia, prima Marianna ed adesso Vincenzo" e rivolgendosi al dottore "Possiamo rimanere la notte vicino a nostro figlio?" aveva chiesto Romina con un nodo alla gola.

"Certamente" aveva risposto il dottore – "abbiamo una brandina che possiamo mettere ai piedi del letto del Signor Vincenzo e lí c'é una poltroncina." "Perfetto" aveva risposto il padre.

Lo squillo del cellulare di Vincenzo aveva fatto sussultare l'infermiera la quale lo aveva subito passato a Romina.

"Pronto . . . chi parla?" - aveva chiesto Romina.

"Pronto, mi dispiace forse ho chiamato il numero sblagliato . . . cercavo il Signor Vincenzo Miele"

Era più che lampante	*It was blatantly obvious*
La fasciatura	*the bandage*
Fialetta di sanguea	*small vial of blood*
Nonostante	*although*
Tenerlo sott'occhio	*keep an eye on him*
Premura	*priority*
Per via endovenosa	*intravenously*
Brandina	*camp bed*

"Amedeo?" - "Sono Romina . . ." e con tali parole aveva dovuto passare il cellulare a Gabriele perchè non riusciva più a parlare.

"Pronto Amedeo, sono Gabriele, mi dispiace stiamo qui con Vincenzo in ospedale." Amedeo era preoccupato per Romina la quale era scoppiata a piangere. "Vincenzo ha avuto una complicazione – la ferita è andata in suppurazione." – "Per fortuna gli hanno giá somministrato la penicillina." Gabriele si era alzato ed era andato nel corridoio prima di aggiungere - "Purtroppo Vincenzo è crollato poco prima del nostro arrivo, dovuto ad uno shock anafilattico. Al momento é in uno stato d'incoscienza e come ti potrai imaginare, sono alquanto preoccupato non solo per mio figlio ma anche per Romina." Gabriele si sentiva annientato.

"Non ci posso credere . . . avrò parlato con Vincenzo una quarantina di minuti fa. Dio Santo! Stavo ritelefonando per raccontare a Vincenzo che il poliziotto che era venuto a parlarmi, mi ha dato un resoconto dettagliato di quello che gli è successo. In verità non avrei mai e poi mai pensato che la sorella di Riccardo si fosse comportata in tale maniera – è veramente andata di testa – non ho parole!"

"Come sta Marianna?" aveva chiesto Gabriele. "Marianna è sveglia però pensava che io fossi un dottore – quindi ti puoi immaginare come si è sentita Paola - lei è adesso convinta che nostra figlia abbia forse perduto la memoria." – "Questo pomeriggio un neurologo, il Dottor Silvestro Simoncelli, dovrebbe venire a vedere Marianna." – "Dicono che è un asso nel suo campo." – "Sarà interessante sentire quello che ci avrà da dire" - Il tono di Amedeo era alquanto apprensivo.

"Amedeo, ti saluto." – "Abbraccia Marianna da parte nostra e teniamoci in contatto." e con ciò i due padri si erano lasciati promettendosi di rimanere in contatto.

Le ore erano volate e l'infermiera era entrata nella cameretta di Vincenzo per somministrargli la seconda fialetta di penicillina e prendendo il termometro per vedere se la febbre era scesa, Romina aveva colto l'occasione di parlarle – "Come sta nostro figlio?" – la sua voce era piena di speranza. "Adesso vediamo se c'è un miglioramento" - Quei pochi secondi di attesa erano sembrati ore "Allora, la febbre sta diminuendo lentamente . . . è poco più di 40 . . . vediamo cosa la notte ci porterà" e con ciò l'infermiera era uscita.

Romina aveva tirato un sospiro di sollievo e le parole "la febbre sta diminuendo lentamente" l'avevano sollevata.

Suppurazione	*infection*
É veramente andata di testa	*she has gone out of her mind*
Un asso nel suo campo	*he is brilliant in his work*

Trovando un cartoncino non ancora usato in borsa, Romina aveva pensato di scrivere due parole a suo figlio:

"Figlio mio caro, sono stata sempre cosí orgogliosa
di te – guarisci presto tesoro e cerchiamo di superare
questo momento insieme. Un consiglio però, agisci
sempre in maniera che, chiunque guardandoti negli
occhi, specchio della tua anima, possano leggervi
l'onestà del tuo cuore, la rettitudine della tua anima,
il giovanile, generoso slancio del tuo pensiero.
                                                                            Mamma"

Le luci dell'alba stavano facendo capolino attraverso le persiane della cameretta di Vincenzo quando Romina aveva notato che Vincenzo era sveglio. Erano solo le 5:45 della mattina e tutto era calmo.

"Tesoro mio, come ti senti?" – Vincenzo appariva calmo e rilassato "Mi sento come se un camion mi avesse investito . . . é andato via Riccardo? "Tesoro mio, ma Riccardo è andato via ieri pomeriggio . . ." aveva risposto la madre.

"Non mi posso far capace come quell'uomo abbia avuto la sfrontatezza inaudita di venire a visitarmi, quando quella megera di sua sorella ha fatto del suo meglio per distruggere la vita di Marianna e la mia! Mamma . . . per favore oggi chiama l'avvocato Zonchi . . . voglio vederlo il più presto possibile."

Romina era silenziosa. "Che cos'é questo bigliettino?" aveva chiesto Vincenzo. "Mamma perché mi hai scritto queste parole?"

"Tesoro mio, ti conosco fin troppo bene . . ." aveva risposto la madre "potevo giá prevedere la tua reazione e come avresti reagito a quello che ti é stato fatto. Tuo padre ha tutte le intenzioni di questo mondo di far querela alla sorella di Riccardo Pace. Non ti preoccupare. L'unica cosa che devi fare é di riprenderti, di stare meglio e poi poco per volta, di riprendere in mano le redini della tua vita".

"Mamma . . . per favore . . . non sono più un bambino . . . sono un uomo
. . . non é il fatto che mi voglio vendicare . . . voglio solo vedere che quella donna ottenga la giustizia che si merita . . . e suo fratello non deve avere più niente a che fare con Marianna. Appena mi danno l'okay di andare a casa, cercherò del mio meglio di essere sempre vicino a Marianna, di darle il mio appoggio e la mia guida. Ho intenzioni di sposarla mamma, ed il piú presto possibile . . . le voglio cosí tanto bene".

La rettitudine della tua anima	*the righteousness of your soul*
guarisci presto	*get better soon*
agisci	*act*
generoso slancio del tuo pensiero	*generous impulse of your thinking*
un camion mi avesse investito	*a lorry has hit me*
é andato via	*has he gone*
la sfrontatezza inaudita	*the incredible audacity*
ti conosco fin troppo bene	*I know you only too well*

Romina aveva preso la mano di Vincenzo e baciandola aveva detto solo una parola - "Finalmente..."

Vincenzo si era un pò commosso e stringendo la mano della mamma, le aveva chiesto per qualcosa da bere.

---

        commosso   *moved*

Capitolo 10

Le prime ore del pomeriggio avevano portato una gran sonnolenza a Vincenzo, il quale poco a poco si era addormentato. Il sonno profondo lo aveva trasportato al giorno delle sue nozze. Vincenzo si vedeva vestito in un *frac*, con pantoloni rigati ed una cravatta argentata tenuta da uno spillo con una bella perla grande. Nel sogno vedeva la madre vestita in un vestito celeste di *voile* non solo ricamato ma anche adornato con pietre color acqua marina, un bello scialle di *voile*, scarpe e borsa dello stesso colore. Nel sogno Vincenzo le baciava la mano con orgoglio ed affetto. La madre era bellissima ed elegantissima. Una vera signora. I genitori erano pronti ad andare in chiesa insieme con lui ed una macchina li aspettava giù fuori la portineria del loro palazzo. La casa era addobbata di fiori bianchi e rosa e l'eccitamento in casa era incredibile.

Arrivati in chiesa, Vincenzo era stato raggiunto dal suo *compare d'anello*. La chiesa era piena di gente; Vincenzo, insieme con i suoi genitori, avevano salutato così tante persone che conoscevano, quando l'organo della chiesa aveva incominciato a suonare la marcia nuziale di Mendelssohn, annunciando l'arrivo della sposa con il suo *entourage*. Voltandosi, Vincenzo aveva visto la sua sposa entrare in chiesa accompagnata dal padre. Il vestito di Marianna era risplendente – sembrava una principessa, una fata . . . la corona che portava reggeva il velo che le nascondeva il viso parzialmente, però la silhouette era quella di Marianna. Il cuore di Vincenzo era così colmo di felicità che non voleva e non poteva commuoversi troppo.

Una volta all'altare, il padre di Marianna l'aveva baciata sulla guancia ed aveva passato la mano della figlia a Vincenzo. Il sacerdote era pronto per sposarli ed una volta le parole "vi dichiaro marito e moglie" erano state pronunciate, Vincenzo aveva alzato il velo di Marianna pronto ad abbracciarla e baciarla. Ma non era Marianna era invece una vecchia che rassomigliava ad una strega la quale sorridente, mostrava un unico dente pendente ed ingiallito e con ció Vincenzo si era svegliato di soprassalto urlando il nome di Marianna.

"É solo un brutto sogno, Vincenzo . . . tesoro mio, svegliati . . . è solo un incubo". Romina era vicino al suo letto e con sorpresa Vincenzo aveva notato che nella camera c'era anche Amedeo che lo stava fissando.

"Vincenzo, cosa sono i sogni?" – Vincenzo aveva guardato Amedeo con uno sguardo inquisitorio – "I sogni sono *le idee del dí*, guaste e corrotte!" Vincenzo non aveva risposto. Si sentiva spaesato ed in più non aveva capito la ragione di tale domanda.

Amedeo era sorridente. "Marianna non ha fatto altro che chiedere di te, non vede l'ora di rivederti." – "Solo una cosa però, non le abbiamo detto che stai in ospedale . . . ne tantomeno quello che hai attraversato . . . non volevamo preoccuparla . . ." – aveva aggiunto il padre di Marianna.

"Grazie Amedeo" aveva risposto Vincenzo "hai fatto bene", e dopo una pausa piccola, Vincenzo aveva continuato "Amedeo . . . sono io che non vedo l'ora di rivedere Marianna, di riabbracciarla" e prendendo la mano di Romina, Vincenzo aveva aggiunto "Amedeo, nella presenza di mia madre, posso chiederti il permesso di sposare Marianna . . . le ho voluto sempre così tanto bene, fin da quando ero piccolo."

"Figlio mio" – aveva risposto Amedeo. Romina aveva già incominciato a singhiozzare . . . ma questa volta erano lacrime di gioia.

Frac	*top hat & tails*
Compare d'anello	*best man*
Le idee del dí	*the ideas of the day {dí – old italian]*

"Ma tu dimmi . . . chi l'avrebbe mai detto che questo moccioso mi avesse chiesto il permesso di sposare mia figlia un giorno!" aveva continuato Amedeo. Nel frattempo Gabriele aveva abbracciato il figlio, poi Romina ed in fine Amedeo.

"Amedeo, allora andiamo . . . vorrei comprare una bella bottiglia di champagne." – "Non ti dimenticare che devi chiamare Paola per dirle che i prossimi mesi saranno i più belli della nostra vita" – "Ascoltami . . . tra te e me . . . per quanto riguarda le spese matrimoniali . . . penso che come i padri di questi due marmocchi, potremo fare a metá, che ne dici . . . sei d'accordo . . .?" Per un momento il volto di Amedeo era serio.

"Gabriele . . . ma ci mancherebbe altro." - "T'immagini come le nostre mogli organizzeranno i ricevimenti, le feste, i saloni di bellezza, tutti i vestiti, il guardaroba per lo sposo e la sposa, tutti i regali, le bomboniere e tutto il resto?" – "Madonna santa . . . ci spelleranno vivi!" e con ciò i due padri erano scoppiati a ridere.

Le nubi che avevano oscurato il sole per cosí tanto tempo avevano finalmente cominciato a disperdersi. La tempesta che aveva minacciato la loro serenità si stava allontanando portando con se la bufera di una disperazione che grazie a Dio apparteneva ormai nel passato.

Moccioso	*little squirt*
Ma ci mancherebbe altro	*God forbid*
Ci spelleranno vivi	*they will skin us alive*

Capitolo 11

In serata Amedeo era ritornato a Milano per andare da Marianna in ospedale e trascorrere un po' di ore con lei.

Una volta arrivato, Paola gli era andata incontro con un sorriso che Amedeo non aveva visto da giorni. "Non ho ancora detto nulla a Marianna." – "Come sta Vincenzo?"

"Pupattola!" aveva detto il padre a Marianna, un vezzeggiativo che usava quando era piccola.

"Papà . . . che mi dici?" – "Vincenzo mi ha chiesto di darti un bacio, non vede l'ora di rivederti e di parlarti".

Ansimante, Marianna aveva chiesto al padre "Che dico a Riccardo?"

"Ci penso io a Riccardo . . . tu devi fare solo una cosa . . . rimetterti in salute e stare bene". Il padre era diventato serio.

"Allora . . . tesori miei, io devo andare, ho un marea di cose da fare. Paola, hai bisogno di qualcosa? . . . Io ho da fare qualche chiamata da casa e poi ritornerò più tardi . . . casomai porterò delle cose sfiziose dalla pizzicheria. Che ne dite ragazze?" Amedeo si sentiva euforico.

"Dai, ti accompagno alla macchina" e rivoltandosi a Marianna, Paola aveva aggiunto "Tesoro mio, il tempo di fare quattro passi, andare in bagno e prendermi qualcosa da bere . . . vuoi qualcosa?"

"No grazie mamma" – mi sento un pò stanca e sdraiandosi nel letto, Marianna si era voltata per appisolarsi.

Camminando insieme con il marito, Paola aveva chiesto "Come sta Vincenzo?" "Sta benino . . . povero Cristo . . . mi ha fatto una pena unica quando l'ho visto . . . specialmente quando mi ha chiesto il permesso di sposare Marianna." – "Come potrai ben imaginare, Romina è ai minimi termini" e con ciò aveva abbracciato e salutato Paola.

Una volta che Amedeo aveva salutato sua moglie, era salito in macchina per ritornare a casa, mentre Paola non aveva fatto altro che ritornare in ospedale per stare con la loro figlia. Quando però era ritornata nella camera di Marianna, aveva avuto lo shock di trovare Riccardo che stava parlando con la figlia.

Rivolgendosi a Riccardo, Paola aveva chiesto con tono perentorio "Cosa fai qui?" e prendendo il cellulare che aveva in tasca, aveva subito chiamato Amedeo. Riccardo non aveva fatto altro che avventarsi verso Paola togliendoglielo con forza. "Dammi almeno l'opportunità di parlare con Marianna." – "Non pensi che io abbia il diritto di sapere come sta?"

Un vezzeggiativo	*a term of endearment*
Casomai	*any case*
Sta benino	*he is okay/so so*
Mi ha fatto una pena unica	*I felt so sorry for him*
Ai minimi termini	*is exhausted*
Tono perentorio	*imperative tone*
Avventarsi	*pouncing*
togliendoglielo	*taking it from her*

"Dopo quello che ha fatto tua sorella?" aveva risposto Paola – "Marianna è stata in coma per cosí tanti giorni . . . è un miracolo che è stata salvata dai chirurghi e tu hai la spudoratezza di venire a trovarla come se nulla fosse? Come ti permetti?" La voce di Paola era diventata tremolante. "Marianna non si deve assolutamente stressare. Lasciaci in pace" e con ciò aveva preso Riccardo per un braccio ed accompagnandolo fuori nel corridoio aveva continuato "mia figlia è stata quasi per morire . . . se tua sorella è malata di mente, ce l'avresti dovuto dire . . . e se Amedeo sapesse che sei qui, avrebbe già chiamato le guardie di sicurezza dell'ospedale per farti buttare fuori. Ridammi il cellulare e chiederò ad Amedeo di telefonarti in serata!"

Riccardo era annientato. "Non è colpa mia se Sabrina ha perduto le staffe." – "Nessuno della mia famiglia avrebbe mai e poi mai immaginato lontanamente che Sabrina fosse malata di mente" – "Una cosa è certa, io sono il fidanzato di Marianna e non ho nessunissima intenzione di rinunciare a Marianna". La voce di Riccardo era diventata seria e quasi cattiva e con un ultimo sguardo diretto a Marianna, si era voltato inviandosi verso l'uscita.

Marianna era chiaramente sconvolta dalla visita di Riccardo. La mamma aveva chiamato subito un'infermiera per vedere se aveva bisogno di qualcosa. "Non lo voglio più vedere mamma!" – "Riccardo mi fa paura." Marianna si stava agitando sempre di più.

Fuori il crepuscolo aveva portato con se una nuova onda di preoccupazioni e poco per volta, il buio, con il suo mantello scuro, stava prendendo possesso delle strade e degli edifici circostanti. Paola non si sapeva far capace come Marianna si era ripresa dopo l'incidente di macchina. I medici erano stati anche loro sorpresi da come Marianna era rimasta aggrappata alla vita con tale tenacia che nessuno riteneva possibile. Riccardo non aveva assolutamente il diritto di minacciare la sua debolezza, né il suo stato d'animo cosí fragile.

Paola era cosí assorta nei suoi pensieri che l'odore sterile del disinfettante, quello che aleggiava tra le pareti bianche dell'ospedale, le aveva incominciato a dare fastidio ed in più il puzzo stantivo dei fiori la stava facendo sentire male. I suoi pensieri si erano rivolti al momento quando lei ed Amedeo avevano dovuto affrontare la probabilità di perdere Marianna ed il ricordo di quel momento, la possibilità del triste onere di dover scegliere una bara per il funerale, l'avevano fatta scoppiare a piangere.

"Mamma . . . non piangere . . . cosa posso fare per te?" Marianna si stava preoccupando. "Dammi il tuo cellulare che chiamo papà" e prendendole la mano, Marianna stava cercando di consolare la madre. In quel momento Amedeo era entrato in camera. "Papà . . . grazie a Dio" aveva esclamato Marianna.

---

spudoratezza	*sheer audacity*
Perduto le staffe	*flew off the handle*
sconvolta	*devastated*
è stata quasi per morire	*she almost died*
ce l'avresti dovuto dire	*you should have told us about it*
crepuscolo	*dusk*
Assorta	*absorbed*
Odore sterile	*sterile stench*
Aleggiava	*lingered*

"E che é successo?" – "Non fatemi stare in pena per l'amor del cielo!" aveva risposto Amedeo.

Paola sembrava far fatica a respirare ed Amedeo aveva subito schiacciato il pulsante per assistenza. Rivolgendosi a Marianna, il padre le aveva chiesto nuovamente "Che é successo?"

"Riccardo é venuto a trovarmi, voleva vedere come stavo e se avevo bisogno di qualcosa. In più mi aveva fatto le scuse dicendomi che non avrebbe mai e poi mai pensato che sua sorella si fosse comportata in tale maniera" e guardando il padre intensamente aveva aggiunto "che ha fatto Sabrina a Vincenzo?"

Prima che il padre potesse rispondere, un medico era giunto in camera per vedere quale fosse il problema. "Dottore, mia moglie sembra avere fatica a respirare, la può aiutare?"

"Signora prego, mi faccia sentire il battito del suo cuore" e prendendole il suo polso e mettendosi il suo stetoscopio aveva aggiunto "un attimo che le faccio prendere la pressione del sangue dall'infermiera" e con un cenno del capo ad Amedeo, gli aveva indicato di seguirlo.

I due uomini erano andati nel corridoio, "Credo che sua moglie si sia agitata troppo, infatti ho potuto ascoltare un soffio al cuore, cioé un rumore particolare dovuto al passaggio del sangue attraverso le valvole. Il flusso non è più laminare, ossia silenzioso, ma é diventato turbolento e quindi percepibile. Vorrei tenerla qui per la notte ed effettuare delle prove, come per esempio un elettrocardiogramma e fare delle analisi del sangue – è meglio prevenire che curare – come si suol dire"

"Madonna santa, prima mia figlia ed adesso mia moglie in ospedale!"

"Papá... papà" aveva urlato Marianna "é mamma..."

Ambo gli uomini erano corsi nella camera di Marianna – il medico aveva subito chiamato per assistenza – tre persone erano corse con un carrello e portando Paola nella cameretta accanto avevano incominciato ad effettuare la rianimazione cardiopolmonare. Non c'era voluto molto per rianimare Paola, ma lo *shock* per Amedeo era stato troppo.

Senza esitazione, Amedeo aveva preso il cellulare "Pronto... Daniele? Sono Amedeo... devo vederti il più presto possibile." "Certamente, che é successo?" aveva risposto Daniele. "Posso venire da te tra un paio di ore?" La voce di Amedeo era esigente. "Scusami Amedeo, ma non possiamo aspettare fino a domani mattina?" – "Potresti venire direttamente al mio studio legale per le otto, che ne pensi?" – per un momento Amedeo era silenzioso "Va bene, domani alle otto al tuo studio, Grazie Daniele" e con ciò aveva spento il suo cellulare.

Cioé	*that is/i.e.*
Ossia	*that is to say*
Soffio al cuore	*a heart murmur*
Percepibile	*perceivable*
Il flusso non è più laminare	*the flow is no longer smooth*
Come si suol dire	*as they say*

Capitolo 12

Grazie a Dio lo studio del suo avvocato, distava solo cinque minuti dall'ospedale dove Marianna ed adesso anche Paola erano ricoverate. Amedeo si sentiva giá alleviato dal fatto che aveva fatto il primo passo per sistemare una situazione che, per il momento, sembrava essersi scatenata sulla sua famiglia senza pietá.

"Come sta mia moglie?" - aveva chiesto Amedeo "Signor Trinci, sua moglie ha avuto un arresto cardiaco . . . se non fosse stata in ospedale, non penso proprio che l'avremmo salvata – si è trovata nel posto giusto al momento giusto – con riposo, tranquillità e nessunissimo *stress*, vedrá che si riprenderá. Dopo il mio resoconto scritto, chiamerò il cardiologo di questo ospedale per una sua consulenza – la terrò comunque aggiornata".

"La ringrazio di cuore Dottore. Come lei già sa, mia moglie non é più ventenne, é settantenne e . . . ." – Amedeo non poteva più parlare . . . il nodo alla gola gli aveva impedito di continuare. Il dottore gli aveva stretto il braccio rincuorandolo nuovamente "Parleremo domani" e con ciò lo aveva lasciato.

Ringraziando il dottore, Amedeo si era diretto alla camera di Marianna, dove la figlia sembrava essersi appisolata, ma solo il rumore quasi impercettibile di una persona che si sedeva nella poltrona accanto al letto aveva svegliato Marianna. "Papá . . . come sta mamma?" la voce di Marianna era agitata. "Tesoro mio . . . mamma é ancora con noi grazie a Dio . . ." e dandole un bacio sulla guancia l'aveva abbracciata con affetto.

"Mi dispiace di averti svegliato tesoro . . . riaddormentati . . . tranquilla".

Marianna si era subito lasciata trasportare dal sonno in un mondo silenzioso e sereno mentre Amedeo aveva cercato al meglio di riposarsi sulla poltrona, ma ogni volta che si girava o si muoveva, le molle, che erano tutte arrugginite, cigolavano in una maniera spaventosa.

I rumori della mattina avevano annunciato una nuova giornata. Marianna aveva dormito bene e si sentiva, per la prima volta in tanto tempo, energetica e pronta ad affrontare la vita.

"Buongiorno papá, come stai?" aveva chiesto Marianna. "Ma . . . non mi posso lamentare . . . che ore sono?" aveva risposto il padre. "Sono solo le 6:50 della mattina papá". "Vuoi un caffé?" Amedeo non funzionava senza la sua dose di caffeina. "Volentieri papá, grazie"

Aprendo le tende della sua camera e voltandosi per ritornare al letto, Marianna si era trovata Riccardo in camera. Senza esitare Marianna aveva subito schiacciato il pulsante per assistenza, quando, per fortuna, il padre era ritornato in camera con due caffé. Riuscendo subito dalla camera, Amedeo si era diretto alla *reception*, dove l'infermiera di turno lo aveva assicurato che un'altra infermiera sarebbe subito andata da Marianna. Senza esitare Amedeo aveva chiamato per due guardie di sicurezza per far si che Riccardo Pace fosse accompagnato in una stanza privata.

Scatenata	*unleashed*
Resoconto	*report*
Sistemare una situazione	*rectify a situation*
Arrugginite	*rusty*
Appisolata	*dozed off*
Cigolavano	*creaked*
Per far si che	*to ensure that*

"Sai cosa mi manca di più Marianna?" aveva chiesto Riccardo "Avere qualcuno in casa con cui parlare, qualcuno che mi conosce meglio di chiunque altro . . . e quella persona sei tu . . . per la semplice ragione che sapevi sempre cosa dirmi, come comprendermi e darmi i consigli che solo tu sapevi dare. Anche quando ero di mal umore, sapevi sempre di cosa stessi parlando, anche quando non mi spiegavo bene e perfino quando non sapevo spiegarmi, eri sempre li per me ed ora che non stiamo più insieme . . . mi manchi terribilmente. Per favore Marianna, ti supplico, non buttar via quello che abbiamo costruito insieme." Marianna lo continuava a guardare con freddezza.

"Non hai però accennato al fatto che tua sorella si è sempre intromessa tra di noi e **tu** non hai fatto altro che darle il tuo permesso passivo di farmi sempre calpestare! Fammiti dare un esempio . . . tempo fa, quando tua sorella venne a trovarti in ufficio personalmente per invitarti a cena per il compleanno di Michele, ti chiese di non invitarmi perché non sapeva mai cosa dirmi, calcando sul fatto che non mi poteva sopportare. Per puro caso io ero venuta al tuo ufficio per parlare di una riunione che avrebbe dato il tuo capo, quando l'avevo vista entrare. Non volendo disturbarti però e senza farlo apposta, avevo ascoltato la vostra conversazione. **Tu** mi avresti dovuto difendere . . ."

Marianna aspettava disperatamente per una sua risposta, ma Riccardo aveva abbassato la testa. ". . . Immagino che Sabrina sia al corrente del fatto che io sono finita in ospedale, ma non si é mai degnata di venirmi a trovare o mandarmi un bigliettino od un messaggio "Cane come stai?" Marianna si stava agitando troppo . . . "Che ci siamo fidanzati a fare Riccardo? Quando avresti preso la decisione di scegliere una data per il nostro matrimonio? Quando avresti avuto il coraggio di affrontare tua sorella e dirle di non romperci più i coglioni? Fammiti dare un altro esempio. Quando volevi dare un piccolo ricevimento per il nostro fidanzamento da "Attilio", il ristorante il più chic di Milano, tua sorella ti ha convinto invece di invitare parenti ed amici stretti a casa di tuo padre, perchè nella sua idea era uno spreco di denaro intrattenere una ventina di persone in un ristorante cosí costoso e **TU** non hai fatto altro che abbassare la testa ed ubbidire come al solito. Sei il suo leccaculo personale! Mi fai schifo, mi fai ribbrezzo!"

Amedeo era ritornato in camera con due ufficiali di sicurezza. Amedeo era furibondo e per la prima volta nella sua vita, il suo *self control* gli stava mancando. Le due guardie avevano subito afferrato Riccardo bruscamente e senza dire una parola lo avevano accompagnato in una camera privata.

"Papà dov'é Vincenzo? Perché non viene a trovarmi? – Marianna aveva incominciato a piangere. Il padre l'aveva abbracciata e dolcemente le aveva detto che sarebbe ritornato subito dopo aver parlato con Riccardo.

Fammiti dare	*let me give you*
Di cosa stessi parlando	*what I might be talking about*
Venne	*came*
Non si é mai degnata	*she never bothered*
Cane come stai?	*How are you worthless?*
Romperci più i coglioni	*to no longer get on our wick*
Leccaculo	*arse-licker*

Avviandosi alla camera dove Riccardo l'aspettava, Amedeo era pronto a sbranarlo, ma il suo *self control* insieme con la sua professionalità ed il modo in cui si era sempre destreggiato, stavano ritornando ad assisterlo ed aprendo la porta con veemenza, la sua voce aveva adottato un tono perentorio ed alquanto miaccioso.

"Più tardi ho una riunione con l'avvocato di famiglia . . . ti confermo Riccardo che ho tutte le intenzioni di farti querela, non solo a te ma anche a tua sorella – sarà mia premura ed in più la mia promessa di far sí che tua sorella finisca in un manicomio vita natural durante. Mi sono spiegato bene?"

Amedeo aveva continuato "Poi per quanto ti riguarda, se ti dovessi azzardare di venire vicino a mia figlia o a mia moglie, allora farò emettere dal mio avvocato un'ordinanza restrittiva e se avessi la malvagia idea di venire vicino a mia figlia o mia moglie, saresti arrestato su due piedi – non so se ne sei al corrente, ma Paola è crollata dopo la tua visita e se non si fosse trovata in ospedale, non penso che sarebbe qui con noi oggi!!"

Riccardo si era messo la testa tra le mani.

"Mi dispiace Amedeo ed hai perfettamente ragione . . . non posso scusare mia sorella per quello che ha fatto . . . e non era la mia intenzione di causare nessun male a tua moglie. Mettiti nei miei panni per un momento . . . io non sono responsabile per le azioni di mia sorella . . . non avrei mai e poi mai immaginato che le avesse dato di volta il cervello. In più quando sono venuto a trovare Marianna lo scorso giorno, era perchè volevo vederla, stare con lei, proteggerla, riassicurarla . . . Quando ho preso il cellulare di tua moglie era perché volevo avere solo cinque minuti di tempo per stare con Marianna, non altro. Se avessi saputo che Paola sarebbe crollata, me ne sarei andato via subito! Non so se lo realizzi, ma io non ho nessun'idea di come far fronte alla vita senza Marianna . . . ammetto che ho i miei difetti, ma una cosa é certa . . . adoro Marianna. Recentemente le cose tra di noi non stavano andando a gonfie vele, non sono un deficiente. Il fatto che il mio nuovo ruolo esigeva quasi tutto il mio tempo aveva senz'altro sciupato il nostro rapporto, ma le cose sarebbero migliorate ed era sempre la mia intenzione di sposare Marianna." Per un secondo Riccardo aveva fatto pena ad Amedeo.

"Hai raccontato a Marianna quello che Sabrina ha cercato di farle? Od hai preferito d'ignorare il tutto. Hai raccontato a Marianna cosa Sabrina ha cercato di fare a Vincenzo? Od hai preferito di ignorare anche quel fatto." Amedeo sembrava essere diventato un inquisitore.

"Non ho avuto il coraggio di dirle nulla Amedeo, come potevo . . . in questi ultimi momenti, qui con te, ho capito che a volte le persone, quelle che ti sono le più vicine, cambiano e non sempre lo fanno per il meglio - per amore di mia sorella io ho perduto tutto.

Sbranarlo	*tear him to pieces*
Di far si che	*to ensure that*
un ordinanza restrittiva	*a restraining order*
non so se ne sei al corrente	*I am not sure whether you are aware*
mettiti nei miei panni	*place yourself in my shoes*
le avesse dato di volta il cervello	*she would have lost her marbles*
far fronte alla	*to face up to*

"Domani andrò al nostro appartamento, porterò degli scatoloni con me e comincerò a mettere via quei pochi frammenti della mia vita trascorsa insieme con Marianna che senz'altro finiranno in un garage od in un immondezzaio per non riemergere più, un dimenticatoio nel quale non meritavo di finire. Questo per me sará come un congedo frettoloso ed inaspettato da una vita che mi ero creata insieme con Marianna."

Troppa invidia, troppa gelosia e da una persona che una volta era stata per me la mia guida, la mia salvezza ed adesso la mia rovina" ed alzandosi Riccardo aveva fatto un'ultima domanda "Posso avere il permesso di andare via adesso?".

Amedeo si sentiva annientato, ma Riccardo era stato sempre un fantoccio su una stringa che aveva dato sempre il permesso a sua sorella di controllarlo. Adesso era giunta l'ora di raccogliere il frutto della sua stupidità ed ingenuità.

"Vai pure Riccardo . . ." aveva risposto Amedeo sapendo che non l'avebbe più rivisto. Come avrebbe fatto Riccardo ad andare avanti da solo? Chi avrebbe riempito la voragine che Marianna avrebbe lasciato?

Amedeo poteva quasi immaginare come Riccardo si sarebbe aggirato per le stanze del suo appartamento come un ebete, totalmente svuotato. Un giorno avrebbe dovuto fare i conti con sua sorella per quello che non solo lei gli aveva causato, ma per capire come fare per andare avanti - ma ormai non era più il suo problema, lui aveva le sue responsabilità, quelle di accudire e proteggere sua moglie e sua figlia.

Ritornando da Marianna, Amedeo l'aveva abbracciata e rassicurata che Riccardo era andato via. "Gli dovrai ridare l'anello Marianna" le aveva consigliato il padre. "L'anello sta nell'appartamento papá, Riccardo sa dov'è" – aveva risposto Marianna.

Frammenti	*moments/pieces*
Scatoloni	*big boxes*
ebete	*idiot*
Era giunta l'ora	*the time had come*
fare i conti con	*deal with*
Dimenticatoio	*oblivion*
fantoccio	*puppet*
congedo frettoloso ed inaspettato	*a hasty & unexpected departure*
voragine	*abyss*
ingenuità	*naivity*

Capitolo 13

"Con permesso . . ." era Vincenzo che era arrivato. Il viso di Marianna era raggiante. "Ragazzi, io vado da Paola" e con ció Amedeo li aveva lasciati.

"Amore mio, che mi dici?" Vincenzo aveva abbracciato Marianna. "Che hai fatto al sopracciglio?" Marianna si era preoccupata "E che hai fatto alla spalla?"

"Tutte queste domande . . . che ti é preso?" Vincenzo non sapeva se dirle la veritá o no, dato che non era al corrente di quello che Marianna sapeva.

"Come sta mamma tua?" aveva continuato Vincenzo. "Mamma sta nell'altra camera; se mi prendi la sedia a rotelle possiamo andare a trovarla insieme". La faccia di Vincenzo era sbiancata.

"La sedia a rotelle?" – Vincenzo era scioccato. "Tesoro mio, io sono stata a letto per diversi giorni e naturalmente le mie gambe si sono indebolite al punto che dopo aver fatto due passi, mi sento completamente esausta." Marianna aveva cercato al meglio di sorvolare sul fatto che sarebbe rimasta in ospedale per diverso tempo per riprendersi dalle lesioni interne che aveva subito nello scontro di macchina.

"Perdonami amore, non ci sto con la testa oggi!" - Vincenzo si sentiva annientato – solo il pensiero che Marianna era nelle prime fasi di una lunga convalescenza, gli aveva annodato lo stomaco.

"Dai . . . andiamo da mamma" – Marianna si era seduta nella sedia a rotelle e con le labbra gli aveva soffiato un bacio. Vincenzo stava per spingere la sedia a rotelle quando un'infermiera era entrata per prendere la pressione del sangue di Marianna e darle le medicine giornaliere.

"Stavamo per andare dalla Signora Trinci" aveva detto Vincenzo. "Nessun problema, vada pure ed in due minuti accompagnerò Marianna da sua madre, non si preoccupi" aveva risposto l'infermiera.

Vincenzo si era avviato giù per il corridoio, pensando che stava andando nella sala d'attesa, quando Amedeo, vedendolo passare dalla camera dove si trovava, lo aveva chiamato.

"E che é successo? Amedeo non mi hai fatto sapere nulla". Vincenzo si era preoccupato. "Figlio mio, Paola si é agitata troppo ieri sera, quando Riccardo é venuto a visitare Marianna e dopo un confronto verbale e fisico alquanto infuocato, Paola ha avuto un arresto cardiaco e se non fosse stato per il fatto che si trovava in ospedale, credo che l'avremmo perduta".

"Ma questo é un continuo – io non ne posso più di questo tizio e ne tantomeno di quella megera di sua sorella." – "Grazie a dio Sabrina é stata ammessa in un ospedale psichiatrico dove la terranno fino a quando sarà ora per la causa d'iniziare." – "Che facciamo però per quanto riguarda il fratello?" Vincenzo appariva alquanto preoccupato.

Non ci sto con la testa oggi	*I am not with it today*
Alquanto infuocato	*somewhat fiery*
Ma questo é un continuo	*but this is non stop*
La terranno fino a quando	*they will keep until when*

"Tranquillo, tranquillo!" – "Tanto tra una ventina di minuti ho un appuntamento con il mio avvocato di famiglia." – "Ti ricordi Daniele?" Vincenzo aveva alzato le spalle. "Ti prendeva sempre in giro quando veniva a casa nostra . . . ti chiamava sempre un bel guaglione" Amedeo stava cercando di tirar su il morale di Vincenzo.

"Vagamente . . . stiamo ormai parlando di più di venti anni fa!" aveva risposto Vincenzo.

"Cambiando soggetto Amedeo, che cosa é stato detto a Marianna riguardo il fatto che sono finito in ospedale?" Vincenzo era ansioso.

"Marianna non sa nulla e per il momento, non sa neanche che Sabrina é stata arrestata per il tentato omicidio di due persone." – "In più, credo implicitamente che sarebbe un vero schock per Marianna se venisse a sapere che Sabrina aveva fatto del suo meglio per pugnalarti a morte." "Quello che devi capire è che Marianna ha lottato diverso tempo per rimanere in vita ed ogni giorno che passa, ringrazio Dio per non avercela portata via." – "In più tra ieri ed oggi il fatto che Riccardo si é presentato di punto in bianco, ha demoralizzato Marianna e la vedo ancora di più abbattuta." – aveva risposto Amedeo.

"Amedeo . . . sono più che sicuro che il suo morale migliorerá quando riceverá il primo cesto di fiori che dovrebbe arrivare tra poco. Infatti, ho ordinato quattro cesti di fiori, rose bianche, rose rosse, fiori esotici, e camelie miste." – "Ogni cesto dovrebbe arrivare ogni mezz'ora, infatti, il primo cesto dovrebbe arrivare da un momento all'altro".

"Gesù, Giuseppe e Maria . . . chissà quanto avrai speso!" aveva risposto Amedeo.

"Ma t'immagini!" – "In più ho chiesto a mio padre il permesso di avere l'anello di mia nonna, perché quando Marianna starà meglio le chiederò di sposarmi. Ti ricordi l'anello di mia nonna Lina? Un rubino enorme con i due brillanti – il disegno é moderno e potrá essere aggiustato in caso fosse troppo largo per il suo dito" – la gioia di Vincenzo stava aumentando . . . "Quanto tempo pensi Marianna rimarrà in ospedale?"

"Dio solo lo sa figlio mio!" aveva risposto Amedeo con tristezza e prima che potesse continuare, la voce di Marianna dal corridoio aveva esclamato "Che gran belle rose!"

L'infermiera aveva accompagnato Marianna nella camera di Paola seduta nella sua sedia a rotelle e parzialmente nascosta tra i rami di una trentina di rose bianche in un cestino avvolto da un fiocco enorme di raso bianco. "Amore mio, grazie di cuore, le rose sono bellissime e cosí grandi." – "Sono una meraviglia!" Marianna era raggiante. "Per cosí poco, la mia gioia é di vedere il tuo sorriso e ringrazio tutti gli dei, tutti i santi e tutte le madonne per averti ritrovato e per avermi dato una seconda possibilità di averti qui con me, qui con noi" e dandole un bacio sulla guancia, Marianna lo aveva abbracciato con la tenerezza e l'affetto di sempre.

"Fiori per la Signorina Trinci . . ." – un'infermiera aveva accompagnato un ragazzo giovane che portava un cesto di camelie miste bellissime.

"Io sono la Signorina Trinci" aveva detto Marianna "Per lei Signorina" ed il ragazzo aveva dato il cesto di camelie a Marianna. Il viso di Marianna era un ritratto di sorpresa ed aprendo il bigliettino "Per la mia dolce Marianna con l'affetto e l'amore di sempre, Vincenzo"

Ti prendeva sempre in giro	*always made fun of you*
guaglione	*kid*
Tirar su il morale	*cheer up*
Per non avercela portata via	*not to have taken her away from us*
Di punto in bianco	*out of the blue*
Chissà	*God knows*

"Un altro cesto di fiori! Oh Madonna mia!" ed aprendo le braccia, Marianna si era avvinghiata a Vincenzo come quando era bambina.

Vincenzo l'aveva abbracciata sussurrandole nell'orecchio "Ti voglio cosí tanto bene amore mio", mentre Amedeo e Paola si guardavano con orgoglio e gioia.

Girandosi, Vincenzo aveva notato come i genitori di Marianna li stavano guardando. "Belli!" - aveva esclamato Paola . . . Marianna era ancora avvinghiata a Vincenzo come se avesse paura di perderlo.

"Sono una meraviglia, grazie Vincenzo" la voce di Marianna era un pò tremolante. "Mi sento come una persona importante e famosa . . . come un'attrice o una cantante!" aveva continuato Marianna.

In quel momento una signorina era entrata nella camera di Paola portando un vasoio con del caffé ed un piatto di biscotti e fettine di pan di Spagna.

"Ho pensato che avevamo bisogno di qualcosa da bere e mangiare, solo per mantenere la fame a bada – peccato che non potevo ordinare champagne ed ostriche, ma non penso che mi avrebbero dato il permesso!" aveva aggiunto Vincenzo.

"Bravo Vincenzo!" aveva esclamato Amedeo prendendosi una fettina di pan di Spagna. "Quando usciremo dall'ospedale allora ci faremo una bella scorpacciata di ostriche e champagne alla casa in campagna. Che ne dite ragazzi?" e prima che Amedeo potesse continuare . . .

"Fiori per la Signora Paola Trinci" un ragazzo era stato accompagnato dalla capo infermiera nella camera di Paola. Un cesto di circa una quarantina di rose rosse, erano state consegnate a Paola, la quale era rimasta così sorpresa che poteva dire solo "Siete sicuro che sono per me?"

"Lei è la Signora Trinci, la Signora Paola Trinci?" aveva chiesto il ragazzo. "Si, si sono io" aveva risposto Paola eccitata . . . "ed allora non ci sono dubbi". Il ragazzo le aveva passato le rose ed augurandole una buona giornata era andato via.

Aprendo il bigliettino, Paola aveva esclamato "Vincenzo, amore mio, sempre così premuroso" e Vincenzo si era avvicinato abbracciandola con tenerezza. Amedeo aveva alzato le braccia e sospirando aveva pronunciato "Nient'altro?!". "Lascialo stare" aveva risposto Paola – "Quale pensiero hai avuto tu per me? . . . niente come al solito!!"

"Hmmmmm . . ." la faccia di Amedeo era un poema. "Mi dispiace di dovervi lasciare ma io ho un appuntamento con Daniele e non ho nessunissima intenzione di far tardi". Baciando la moglie ed abbracciando la figlia, Amedeo era uscito.

"Tesoro mio, in effetti, me ne devo andare anch'io dato che devo volare a Chicago domani mattina per un tirocinio che durerà un paio di settimane con varie conferenze, però ti prometto che farò una scappata da te domani mattina prima di partire e quando ritornerò, sarai la prima persona che chiamerò" Vincenzo aveva abbracciato Marianna e voltandosi verso Paola, le aveva soffiato un bacio.

Nel giro di un paio di minuti entrambi gli uomini erano andati via. Marianna si era avvicinata alla madre, la quale le aveva sorriso e stringendole la mano le aveva detto "Dai, che domani rivedrai Vincenzo".

Fettine di pan di Spagna	*sponge slices*
Mantenere la fame a bada	*keeping hunger at bay*
Peccato che	*shame that*
Faremo una bella scorpacciata	*we will pig out on*
Era un poema	*was a picture*
Me ne devo andare	*I have to go*

Capitolo 14

Il rumore di un carrello che passava nel corridoio aveva fatto girare Marianna, la quale, realizzando che era il carrello che vendeva bibite varie, caramelle, giornali e riviste, si era subito diretta a vedere quello che poteva comprare.

"Vuoi qualcosa mamma?" - aveva chiesto Marianna "Si grazie tesoro." – *Casomai* potresti comprarmi un succo di frutta ed il Messaggero per favore?" aveva risposto Paola. "Va bene mamma" ed avviandosi Marianna aveva comprato anche un pò di caramelle ed un paio di riviste.

Ritornando nella sua camera per prendere il borsellino, Marianna aveva notato un cesto enorme di fiori esotici che stavano sul suo comodino. Aprendo il biglietino, le parole l'avevano nuovamente addolcita "Perchè ti voglio cosí tanto bene, Vincenzo" – Marianna si sentiva felice, lusingata e venerata ed alzandosi dalla sedia a rotelle per mettere il biglietino sul comodino, senza volerlo aveva fatto cascare i giornali insieme con le caramelle ed il succo d'arancio per terra.

Appoggiandosi sul letto, Marianna si era chinata per terra per raccogliere il tutto, quando la sua attenzione era stata attirata da una fotografia sul Messaggero il cui volto le appariva familiare, ma avendo lasciato gli occhiali sul letto della madre, non riusciva a vedere bene chi fosse.

Realizzando che non poteva assolutamente camminare fino alla camera della madre, Marianna si era riseduta nella sua sedia a rotelle ed avendo finalmente raggiunto la camera della madre e prendendo gli occhiali dal comodino, aveva riconosciuto la fotografia sul Messaggero. Incuriosita, Marianna aveva incominciato a leggere l'articolo:-

"La notte dello scorso 11 Settembre, i Carabinieri della Stazione di Bologna, in collaborazione con quelli di Borgonuovo, hanno tratto in arresto una 40enne residente a Milano.

La donna infatti, al culmine di una lite avuta con il fratello Riccardo Pace per questioni familiari, ha aggredito il Dottor Vincenzo Miele in uno dei parcheggi dell'Ospedale San Raffaele, cercando d'investirlo con la sua macchina.

Non soddisfatta Sabrina Pace, sposata con due bambini, ha seguito il Dottor Miele ed aspettandolo in agguato nel suo appartamento a Bologna, lo ha assalito con un coltello da cucina ferendolo seriamente alla spalla. Fortunatamente il Signor Riccardo Pace, avendo dischiuso la possibilitá che la sorella fosse andata al domicilio del Dottor Miele, aveva subito avvertito la polizia."

Mentre l'aggreditrice ha cercato disperatamente di svincolarsi da uno dei poliziotti che sono venuti a soccorrere il Dottor Miele, il Dottore è stato trasportato al Policlinico Santa Orsola dove é stato subito ricoverato in prognosi riservata.

Si teme che Sabrina Pace é stata anche responsabile per aver causato un incidente d'auto coinvolgendo la fidanzata del Signor Pace. Dietro tale gesto *ci sarebbero liti riguardo il fidanzamento tra il Signor Riccardo Pace e la Signorina Marianna Trinci.*

Casomai	*if anything/if need be*
Prognosi riservata	*critical condition*
Dietro tale gesto	*behind such act*

> *Ora la 40enne risponde del reato di due tentati d'omicidio, lesioni personali e resistenza ad un agente di polizia ed è stata condotta nella Casa Circondariale vicino Bologna.*
>
> *Procedimenti giudiziari dovrebbero iniziare entro le prossime settimane – nel frattempo Sabrina Pace rimarrà nella custodia di un ospedale psichiatrico nelle vicinanze di Bologna."*

Marianna non credeva ai suoi occhi ne tantomeno a quello che aveva letto!!! L'unica domanda che continuava a tormentare la sua mente era "Perché?" Marianna non si era mai comportata male nei confronti di Sabrina eppure questa donna l'odiava a morte.

La mamma sembrava dormire tranquillamente e non volendola disturbare, Marianna le aveva lasciato le riviste sul suo letto e con la sedia a rotelle, si era riavviata in camera sua per riflettere e cercare di capire il fulmine a cielo aperto che l'aveva colpita senza nessun preavviso.

Chi avrebbe mai e poi mai immaginato che Sabrina Pace l'avesse odiata cosí tanto, al punto che avrebbe fatto qualsiasi cosa per toglierla dalla vita di Riccardo, fino al punto di volerla eliminare? Marianna si sentiva in uno stato di shock e prendendo il cellulare aveva inviato un messaggio a Riccardo "Per favore chiamami dopo aver letto il Messaggero - la fotografia di Sabrina è in prima pagina."

Sdraiandosi sul letto Marianna era stata avvinghiata da una stanchezza allucinante, ma il sonno l'evadeva e non riusciva neanche a chiudere gli occhi dato che poteva vedere solo l'immagine di Sabrina, la cui sola espressione le faceva paura!

Riflettendo e cercando di capire la situazione in cui si trovava, Marianna aveva realizzato, che la ragione per cui ne Vincenzo ne Riccardo le avevano detto nulla, era perché non avrebbero saputo come raccontarle una storia cosí bizzarra.

L'unica cosa che poteva fare era di dimenticare completamente quello che aveva letto e di focalizzarsi completamente sulla possibilità di una nuova vita con Vincenzo, che lo conosceva da quando aveva cinque anni.

Casa Circondariale	*prison*
Nei confronti di	*towards*
Fulmine a cielo aperto	*a bolt out of the blue*
Qualsiasi cosa	*Anything*

Capitolo 15

Per la prima volta in tanto tempo, infatti da più di vent'anni, i pensieri di Marianna l'avevano trasportata alla sua infanzia trascorsa in gran parte con Vincenzo, che era quasi rassomigliabile ad una favola che si può leggere solo nei libri scritti per i bambini. Vincenzo era stato sempre molto protettivo di Marianna ed ambo i loro genitori erano stati sempre molto fieri di loro due.

I ricordi della sua infanzia avevano cominciato a trasportarla nel passato, tranquillizzandola e facendola sentire amata e protetta. I suoi ricordi la stavano avvolgendo in un manto protettivo, dandole una serenità accogliente ed avvolgendola in un tepore magnifico.

Iniziando il suo viaggio nel passato, Marianna cercava di attraversare una foschia che si era formata nella sua mente, offuscando leggermente il ricordo lontano di un pomeriggio quando Marianna e Vincenzo stavano giocando a nascondino nel giardino della casa in campagna.

Le parole della mamma di Vincenzo, la quale stava parlando con Paola, erano giunte alle orecchie di Marianna, "Chissà se un giorno questi due marmocchi si sposeranno?" e notando che Marianna le stava guardando, le due mamme erano scoppiate a ridere.

Marianna aveva ascoltato i piani delle due mamme e per il suo cervello piccolo, sposarsi con Vincenzo significava solo un bel vestito bianco, tanti regali e naturalmente le feste. La mente di una bambina non aveva nessun concetto del vero significato del matrimonio.

Poco prima del Ferragosto, Marianna e Vincenzo si stavano preparando per fare la loro prima comunione insieme nella parrocchia del villaggio dove andavano ogni Domenica ad ascoltare la Santa Messa.

Marianna era eccitata, aveva già ricevuto tanti regali, ma non vedeva l'ora di essere vestita tutta in bianco ed incontrare Vincenzo in chiesa.

Il giorno della sua prima comunione, Marianna sembrava una fata. Tutti i parenti ed amici di ambo le famiglie erano venuti a vedere Marianna e Vincenzo ricevere la loro prima comunione e trascorrere con loro una bella giornata. La chiesa era piena di gente, poiché tutti in paese conoscevano i due bambini.

Vincenzo l'aspettava in chiesa con la sua mamma ed il suo papà. Marianna si era leggermente impaurita da tutta la gente che era venuta a vederli fare la loro prima comunione insieme, ma avendo visto Vincenzo, Marianna sapeva che non aveva nulla da temere perché aveva lui al suo lato. Perché il destino li aveva fatti separare per così tanto tempo? L'unica ragione che le veniva in mente era che doveva scoprire ciò che aveva perso e ritrovato, solo per apprezzare come il destino era stato generoso nei suoi confronti.

Marmocchi	*kids*
offuscando	*clouding/obfuscating*
Ferragosto	*Celebrated on 15th August 'The Assumption'*
	Also means Feriae Augusti meaning holidays
	introduced by Emperor August in 18 BC
Fata	*fairy*

Capitolo 16

Aprendo gli occhi, Marianna si era ritrovata nel presente e schiacciando il pulsante, Marianna voleva sapere dall'infermiera se la sua degenza in ospedale sarebbe stata ancora per settimane o solo per altri pochi giorni.

Marianna fremeva – l'unico pensiero che le ronzava nella mente era la gran voglia di evadere, perfino scappare dall'ospedale che lí per lí sembrava essere ormai diventato la sua prigione. "Signorina mi dica . . ." era una delle infermiere che era venuta a vedere cosa Marianna volesse.

"Quando mi manderanno a casa?" aveva chiesto Marianna con veemenza.

"Un attimo, il tempo di prendere il suo *dossier* che ritorno subito" – l'infermiera sembrava essere dolce e premurosa.

Marianna era agitata, una smania l'aveva afferrata e stava per schiacciare il pulsante nuovamente, quando l'infermiera era ritornata con il suo *dossier*.

"Allora, vediamo cosa ha scritto il dottore . . ." – però mentre leggeva le note, il cercapersone dell'infermiera aveva suonato. "Mi scusi, siamo molto *busy* oggi, é uno di quei giorni purtroppo . . .", e con ciò l'infermiera era quasi corsa dalla camera di Marianna per scoprire quale fosse l'emergenza.

Marianna aveva alzato gli occhi al cielo – "Oddio santo . . ." sospirando quasi ad alta voce ma nello stesso tempo realizzando che l'infermiera aveva lasciato il suo *dossier* sul letto. Incuriosita Marianna lo aveva aperto cercando di leggere le note scritte dal dottore. La calligrafia del dottore era pessima, ma nonostante ciò e con tanta pazienza, Marianna aveva incominciato a leggere . . .

"La paziente, Marianna Trinci, è stata ricoverata in ospedale urgentemente in seguito ad uno scontro di macchina avvenuto in data 6 Settembre alle ore 19:10."

"La paziente ha subito un trauma penetrante alla parte superiore sinistra dell'addome, dovuto ad un pezzo di vetro che ha strappato un buco in diversi vasi sanguigni. Uso della chirurgia mininvasiva è stata la più sicura per effettuare l'operazione dato che la paziente aveva già perso diverso sangue."

"Trasfusioni: poco più di tre litri di sangue"

"Pressione del sangue: bassa"

"Globuli bianchi – normale"

"Nessuna traccia d'infezione"

"Ulteriori analisi del sangue hanno rivelato che la paziente è nelle prime fasi di gestazione – 7/8 settimane."

"Riposo assoluto - Ecografia da essere eseguita entro il termine della sedicesima settimana."

Cercapersone	*pager*
Chirurgia mininvasiva	*keyhole surgery*
Vasi sanguigni	*blood vessels*
Ecografia	*ultrasound scan*

"Degenza consigliata – fino alla 12esima settimana di gestazione."

Marianna aveva richiuso il dossier e sdraiandosi sul letto aveva incominciato a riflettere. Una domanda però aveva incominciato a ronzarle nella testa "Che cosa avrebbe detto ai suoi genitori e naturalmente a Vincenzo . . . e se loro erano giá al corrente della sua gravidanza, cosa avrebbe fatto allora?

Il bambino era senz'altro di Vincenzo ma in quell'istante un'onda d'incertezza aveva invaso la sua mente, al punto che il dubbio si era germogliato e lentamente sviluppato nella possibilitá che forse il bambino potesse essere di Riccardo . . . e se ció fosse stato il caso, come si sarebbe sentita allora?

Richiudendo il dossier, Marianna si era nuovamente sdraiata sul letto in attesa che l'infermiera ritornasse, curiosa di quello che le avrebbe detto.

Marianna era cosí assorta nei suoi pensieri che non aveva fatto caso al fatto che l'infermiera era ritornata in camera.

"Allora, Signorina . . . vediamo cosa ha scritto il dottore" - l'infermiera aveva aperto il dossier, ma non si era accorta come Marianna la stava fissando.

"Tutto sta procedendo bene . . . il dottore verrá a parlarle entro la tarda mattinata e prendendo in considerazione quello che ha attraversato . . . si sta riprendendo abbastanza bene. Allora, vediamo cosa ci dice la pressione del sangue, e se non le dispiace . . . si potrebbe mettere il termometro in bocca per favore . . . ?"

Marianna continuava a fissarla, ma l'infermiera era completamente ignara del fatto che Marianna era giá consapevole del fatto che era in attesa di un piccino.

"La pressione del sangue é piú o meno normale pur essendo leggermente bassa. La temperatura é 36,5 – quindi non ha febbre. Se mi potesse dare un campione della sua orina per favore" . . . l'infermiera le aveva dato un vasetto di plastica ". . . e se non le dispiace, vorrei anche prelevare una fialetta di sangue" aveva continuato l'infermiera. "Per quale ragione?" aveva chiesto Marianna. "Mica sono in cinta?"

L'infermiera aveva guardato Marianna momentaneamente, ma con disinvoltura le aveva risposto "Sto seguendo solo le instruzioni del medico . . . naturalmente avrá l'occasione di parlare con il dottore di turno quando verrá più tardi".

"Grazie mille" e con ció Marianna si era sdraiata nuovamente sul letto cominciandosi a sentire leggermente stanca, dato che l'eccitamento della notizia che aveva scoperto personalmente dal suo dossier, l'aveva agitata un pò troppo. L'euforia del momento stava cercando di convincerla a telefonare a Vincenzo, ma un sesto senso le aveva consigliato di aspettare.

Degenza	*hospitalization*
Entro la tradi mattinata	*later on in the morning*
Disinvoltura	*ease*
Un sesto senso	*a sixth sense*
Il dottore di turno	*the duty doctor*
Mica	*it's not like*

Capitolo 17

I minuti si erano tramutati in ore e Marianna era avida di scoprire dal dottore la maniera in cui le avrebbe rivelato la notizia della sua dolce attesa.

Una smania stava incominciando ad invadere la sua persona, quando il suo cellulare aveva squillato.

Marianna si era lí per lí congelata dalla voce di Riccardo che sembrava essere, in quel momento, quella del Riccardo di una volta.

"Dimmi . . ." la voce di Marianna era secca e distante.

"Non posso fare altro che porgerti nuovamente le mie scuse per ciò che ti ha fatto mia sorella . . . non avrei mai e poi mai pensato che la storia si trapelasse sui giornali . . . mi dispiace veramente" - la voce di Riccardo sembrava onesta con una vaga sensazione di disperazione.

"Dimmi come stai . . ." – "Cosa hanno detto i dottori? . . ." Riccardo aveva continunato con esitazione. Ma Marianna non era propensa a parlare con Riccardo "Dovrei vedere il dottore in mattinata . . . Ti saluto Riccardo . . . mi sento molto stanca" e con ciò Marianna aveva spento il suo cellulare.

Una morsa aveva afferrato lo stomaco di Marianna ricordando quanto era stata innamorata di Riccardo, ma la pietá che ora sentiva per lui era lancinante. D'altronde lui si era lasciato calpestare e controllare da Sabrina tutta la sua vita, era debole e non era più degno di far parte della sua vita, specialmente adesso che c'era un piccino in viaggio.

Un'altra ondata di dubbio aveva invaso ed oscurato la mente di Marianna riguardo la paternitá del bambino e la necessitá di parlare con qualcheduno la stava logrando. Una cosa era certa però, per il momento la sua gravidanza sarebbe rimasta un segreto.

Il rumore improvviso della porta che si stava aprendo aveva fatto sussultare Marianna la quale era completamente assorta nei suoi pensieri.

"Perdonami, lo so che non dovrei essere qui nella tua camera", Riccardo si era inginocchiato al lato del letto di Marianna ". . . ma quando mi hai detto che eri molto stanca, mi sono veramente preoccupato . . . come stai Marianna?"

"Riccardo, non dovresti essere qui" aveva risposto Marianna sospirando e mentre si stava per alzare il dottore era entrato con il suo dossier.

"Buon giorno! Sono il dottore di turno, il dottor Pietrangelis . . . allora, come si sente? Ho letto le sue note e sono abbastanza soddisfatto con il suo progresso – penso che per la fine della settimana lei potrá andare a casa, ma solo se mi promette che non si strapazzerá troppo. Se non le dispiace, vorrei esaminarla adesso, quindi se potesse sdraiarsi sul letto per favore . . ."

Il dottore aveva cominciato a palpare il suo addome - ". . . dovrà essere accudita per le prossime settimane e riposare il momento che si sente stanca."

Dimmi	*Tell me*
Porgerti nuovamente le mie scuse	*I can only offer you once again my apologies*
che la storia si trapelasse sui giornali	*would have made it to the newspapers*
lancinante	*stabbing/piercing*
Un piccino in viaggio	*A little one on the way*

Il dottore aveva preso il suo stetoscopio e mentre ascoltava il battito del suo cuore e poi i polmoni, aveva continuato "C'è una cosa molto importante che le devo dire . . . che **vi** devo dire . . . lei è all'ottava settimana di gestazione . . . quindi le ripeto ancora che non deve assolutamente agitarsi, ma riposarsi ogni giorno, fare delle piccole passeggiate, mangiare bene e pensare alla creatura che porta." – "L'ospedale le scriverà entro la fine del mese per inviarle l'appuntamento per la sua prima ecografia . . . le posso solo ripetere che lei è stata veramente fortunata a non perdere il bambino e con ciò ho solo da porgervi le mie congratulazioni" – "Adesso le scrivo una prescrizione per le vitamine che dovrà prendere come l'acido folico, la vitamina C, la vitamina D e la vitamina A – l'infermiera le farà recapitare il tutto. Buona giornata e di nuovo . . . tanti auguri a voi due."

Marianna, la quale era già pallida, sembrava essersi sbiancata ancora di più, rimanendo immobile sul letto come se un incanto l'avesse impietrita.

"Mi scusi dottore, di quante settimane ha detto che era Marianna?" aveva chiesto Riccardo con tono deciso. "Circa otto settimane, forse anche nove – sapremo molto di più quando faremo la prima ecografia" aveva risposto il dottore e con ciò aveva aperto la porta non realizzando cosa aveva causato in quell'istante.

Rivolgendosi verso Marianna, Riccardo si era alzato di scatto e con parole fredde e scostanti aveva esclamato "Quindi non é mio vero?" la faccia truce di Riccardo aveva, momentaneamente, impaurito Marianna la quale, senza nessunissima esitazione, aveva subito chiamato il numero del padre al cellulare.

"Non ti preoccupare . . . me ne vado" e dandole una guardata di disprezzo, Riccardo se ne era andato, sbattendo la porta con violenza.

"Pronto . . . mamma?" – Marianna stava cercando di non piangere "Amore mio cosa c'é? - la mamma si era momentaneamente preoccupata. "Mamma . . . quando io ero in coma, cosa ti hanno detto i dottori riguardo le mie condizioni fisiche?"

"Tesoro mio, quando eri in coma, papá ed io eravamo preoccupatissimi. Ogni giorno che passava, eravamo grati che eri ancora qui con noi. Vincenzo veniva ogni giorno a trovarti e come noi era disperato. Non puoi immaginare come ci siamo sentiti quando il dottore ci ha dato la notizia che eri in attesa di un piccino, ma per correttezza non abbiamo mai detto niente ne a Riccardo ne a Vincenzo, per la semplice ragione che non volevamo causare dei problemi per te. Dimmi una cosa peró amore, chi é il papá?"

Marianna si era sentita leggermente a disagio e con una voce sottile aveva risposto "Vincenzo". La mamma aveva cominciato ad urlare con gioia "Lo sapevo . . . lo sapevo" ma Marianna aveva interrotto la madre urlando "Riccardo l'ha scoperto cinque minuti fa quando quel deficiente del dottore lo ha annunciato pensando che fosse il padre!" La madre si era azzittita per pochi secondi ". . . e che ti ha detto?" Un mal umore aveva afferrato Marianna ed una morsa aveva incominciato a stringerle la testa sempre di più "Mi ha trattato come una sgualtrina!" e con ciò aveva spento il suo cellulare.

Me ne vado	*I am going to go*
Se ne era andato	*he had left*
Sgualtrina	*whore*

Capitolo 18

Marianna si sentiva distrutta, demoralizzata, sola e senza esitazione aveva preso il cellulare "Quando vieni papá?" aveva chiesto Marianna con una voce sottile e quasi tremolante. "Che c'è?" il padre aveva subito captato che c'era qualcosa che non andava.

"Mi sento cosí sola papá . . ." ed improvvisamente un nodo alla gola le aveva impedito di continuare "Tesoro mio . . . vengo subito . . ." la voce del padre aveva acquistato un tono preoccupato.

Marianna aveva spento il suo cellulare ed era scoppiata in un pianto dirotto, singhiozzando senza controllo. Un'infermiera, che stava passando la camera di Marianna, aveva sentito i singhiozzi forti di Marianna ed incuriosita era entrata per vedere quello che era successo. "Con permesso . . . Signorina che é successo?" – "Vuole che chiamo qualcuno per lei?" – " Perché sta piangendo?"

Marianna si era voltata di scatto verso il comodino per prendere un fazzoletto quando, senza volerlo, aveva perduto l'equilibrio cadendo per terra.

Il tonfo era stato alquanto forte e Marianna aveva sbattuto la testa contro lo spigolo del comodino. Lí per lí Marianna era rimasta leggermente stordita, ma una fitta acuta era quello che le aveva mozzato il fiato. Toccandosi la tempia dove aveva sbattuto, Marianna aveva realizzato che la mano era bagnata e guardandola aveva constatato che era tutta coperta di sangue.

L'infermiera aveva subito schiacciato il pulsante per assistenza e prendendo l'asciugamano per tamponarle la ferita, le aveva detto "Torno subito", peró prima di uscire, le aveva preso la mano per tenere l'asciugamano stretto alla testa ed era corsa in infermeria per prendere della tintura di iodio con della garza.

"Voglio mamma" erano le parole che Marianna aveva sussurrato, ma nessuno era lí con lei per ascoltarla. L'infermiera era ritornata insieme con il dottore il quale aveva subito aiutato Marianna a sedersi sul letto.

"Che cosa é successo?" aveva chiesto il dottore incuriosito . . . "Deve stare attenta adesso . . . come le ho giá detto non può permettersi di prendersi paure o di cadere . . ." e con ciò le aveva girato la testa per vedere cosa Marianna si era fatta. "É solo un taglietto! Nulla di grave" e girandosi verso una delle infermiere il dottore aveva chiesto "Antonella per favore accompagna la signorina Marianna in infermeria, puliscile la ferita con dell'acqua ossigenata e mettile due grappette." – "In più, prima dell'ora di pranzo, dalle due pasticche di tachipirina perché senz'altro le verrá un bel mal di testa!"

"Okay . . . tutto a posto allora . . . qualsiasi cosa chiami pure per assistenza, tanto le infermiere stanno sempre in giro" e con ciò il dottore era uscito dalla camera di Marianna.

"Grazie mille Dottore . . ." - la voce di Marianna era sottile come quella di una bambina che era stata un pò monella . . .

Che c'è	*What is the matter*
Dell'acqua ossiggenata	*some disinfectant [H_2O_2]*
grappette	*surgical staples*
qualsiasi cosa chiami pure per assistenza	*call for assistance should you need anything*
monella	*naughty*

Dopo una decina di minuti, un'altra delle infermiere di turno era ritornata con la sedia a rotelle per accompagnare Marianna in infermeria, ma quello che Marianna non aveva notato era che la persona che era venuta a prenderla non era un'infermiera.

Sedendosi sulla sedia a rotelle e tenendosi la testa con una mano, Marianna aveva notato che la persona, che la stava spingendo, aveva passato il corridoio con l'insegna "Infermeria" e stava, in effetti, camminando frettolosamente . . . "Dove mi sta portando?" e cercando di voltarsi Marianna aveva visto solo una mano che le stava coprendo il naso e la bocca con dell'ovatta bagnata il cui liquido la stava facendo sentire strana e sonnolente finchè le tenebre avevano preso pieno possesso dei suoi occhi.

"Buon giorno" – "Mi scusi mi potrebbe dire dov'é mia figlia, la Signorina Marianna Trinci?" – "Sono in questo momento andato in camera sua e non l'ho trovata . . ." - il padre di Marianna era leggermente agitato.

L'infermiera che aveva aiutato Marianna aveva risposto subito "Guardi sua figlia dovrebbe ritornare da un momento all'altro dall'infermeria . . . non si preoccupi - questa mattina la Signorina Marianna ha perduto l'equilibrio mentre cercava di alzarsi dal letto ed é caduta sbattendosi la testa contro lo spigolo del comodino . . . le staranno mettendo due grappette in infermeria, le assicuro nulla di grave. Il dottore l'ha già vista e non c'è assolutamente niente da preoccuparsi - tranquillo."

"Oh Madonna santa . . . ma questo è un continuo con mia figlia . . . per favore mi dica pure dov'é l'infermeria?" aveva risposto il padre con impazienza. "Guardi, l'infermeria è alla destra di quella porta alla fine del corridoio e poi la prima porta a sinistra." – l'infermiera era stata premurosa e carina. Ringraziandola, il padre si era subito avviato verso l'infermeria, ma nonostante l'infermiera gli avesse detto che Marianna aveva solo sbattuto la testa, Amedeo non riusciva a capire il senso di presagio che lo aveva invaso, un presentimento che non aveva mai provato in vita sua.

Il corridoio sembrava essere lungo e non molto accogliente. Le pareti ingiallite dal tempo erano vuote, quasi ostili ed il puzzo di disinfettante che aleggiava dapertutto, era alquanto stomachevole.

Entrando in infermeria, Amedeo aveva solo trovato una persona che sembrava essere molto indaffarata a mettere a posto vari pacchetti di medicinali in alcuni degli armadietti bianchi che coprivano la parete intera del lato sinistro della stanza. Amedeo si era incominciato leggermente a sentire a disagio di dover disturbare la signora che era completamente assorta nel suo lavoro.

"Mi scusi . . . mi scusi . . . cerco la Signorina Marianna Trinci" – "Mi hanno detto che mia figlia é stata portata qui solo pochi minuti fa" – Amedeo era nervoso ed ansioso. "Come può vedere, non c'é nessuno! Chi le ha detto di venire qui?" - aveva risposto l'infermiera altezzosamente e con tono annoiato.

La faccia di Amedeo era diventata seria . . . "Questa é l'infermeria . . . si o no!!" La voce di Amedeo era secca, imperativa ed esigente. "Certo!" le aveva risposto la signora che ormai aveva assunto un aspetto assai seccato.

Da un momento all'altro   *any moment*
assai seccato   *extremely annoyed*

Uscendo dall'infermeria, Amedeo si era ridiretto nuovamente al reparto, dove sua figlia era ricoverata. Il sangue nelle sue vene stava giá cominciando a bollire. Quello che lo stava però veramente annoiando era il fatto che si era momentaneamente lasciato intimorire da quella donna in infermeria, la quale non aveva avuto neanche un grammo di educazione ne rispetto verso i suoi confronti. "Ho bisogno di parlare con qualcuno di competenza!" La voce di Amedeo era diventata imperativa e ghiacciante.

"Signor Trinci, sono il Dottor Pietrangelis, come la posso aiutare?" "Dov'é mia figlia?" – "Una cosa é più che certa, non é in infermeria!"

"Antonella, per favore accompagna il Signor Trinci in infermeria e cerca di capire dove hanno portato la Signorina Marianna" – l'infermiera aveva subito ubbidito al Dottor Pietrangelis e girandosi verso Amedeo "Prego, venga con me . . ."

"Grazie, non voglio dare fastidio a nessuno, ma sono andato in infermeria e mia figlia non era lí" – "c'era solo una persona che si è comportata in una maniera inaccettabile nei miei confronti" - aveva risposto Amedeo.

Entrando nuovamente in infermeria, la stessa signora si era voltata e con insofferenza aveva esclamato "Le ho già detto che qui non c'è nessuno!!"

"Al tempo" aveva risposto Antonella repentinamente "Il Dottor Pietrangelis aveva chiesto per la sua paziente, la Signorina Trinci, di essere accompagnata in infermeria questa mattina . . . stiamo parlando solo di circa 15 minuti fa. Vorrei solo accertarmi che in effetti è venuta qui."

"Allora . . ." - la signora si era ormai inviperita "Io sono qui dalle nove di questa mattina, e nessuno, **ripeto nessuno** é venuto qui . . . mi dispiace per lei, forse la sua paziente è stata portata in un'altra parte dell'ospedale! Una cosa é certa, qui non c'é **NESSUNO!!!**"

A questo punto Amedeo, il quale stava per perdere le staffe, aveva subito chiesto ad Antonella di chiamare il servizio di sicurezza.

Quasi correndo, Antonella era ritornata al suo reparto e chiamando il Dottor Pietrangelis, lo aveva subito aggiornato di ció che era accaduto, facendogli presente che il Signor Trinci esigeva l'assistenza del servizio di sicurezza.

"Antonella, per favore, domanda al reparto di sicurezza, di farci avere il video della televisione a circuito chiuso delle ultime due ore di tutte le uscite principali dell'ospedale, cosí possiamo vedere chi e dove Marianna é stata portata." Il tono della voce del Dottor Pietrangelis aveva assunto un tono imperativo ed esigente.

Rivolgendosi verso un'altra infermiera, il Dottor Pietrangelis aveva continuato "Raissa, chiama la polizia per favore e calca sul fatto che é veramente urgente!"

"Dottor Pietrangelis, non voglio che nessuno riferisca a mia moglie il fatto che mia figlia è sparita, mi sono spiegato bene?" – "É troppo fragile e non credo che il suo cuore sarebbe in grado di . . ." ma in quel momento una delle guardie dal reparto sicurezza aveva interrotto Amedeo "Dottor Pietrangelis, il mio capo mi ha chiesto se può venire al suo ufficio, abbiamo tutti i nastri di tutte le uscite di sicurezza dalle 6:00 di questa mattina fino ad ora."

Al tempo	*Just a moment*
inviperita	*furious*
di ció che era accaduto	*of what had happened*
calca sul fatto che	*ensure you underline the fact*
fino ad ora	*until now*

"Signor Trinci, prego venga con me, vediamo cosa possiamo scoprire dalla cassetta principale che ha registrato il via vai di tutte le persone che sono venute in ospedale questa mattina" - il Dottor Pietrangelis si stava dirigendo verso il suo ufficio privato quando un signore in divisa era uscito da una porta laterale correndo verso di loro.

"Dottor Pietrangelis, grazie a Dio, venga . . . penso che abbiamo individuato la Signorina Trinci su una delle cassette . . . venga . . . venga"

Il Dottor Pietrangelis ed Amedeo avevano precipitosamente seguito la guardia. Entrando nell'ufficio, avevano trovato il capo del reparto intento a guardare il video. "Ciao Marcello, come stai?" – "Ti presento il Signor Amedeo Trinci, il padre della Signorina Marianna - Cosa hai scoperto?" Il Dottor Pietrangelis era eccitato.

Dopo una stretta di mano, Marcello aveva riavvolto il nastro e premendo il bottone 'play' aveva continuato - "fate attenzione . . . tra qualche istante dovreste vedere la Signorina Trinci che appare addormentata sulla sua sedia a rotelle che viene spinta da questo individuo . . . lo riconosce Signor Trinci?"

Amedeo era completamente focalizzato ed intento a guardare lo schermo, quando . . . "Eugenio!" Amedeo aveva riconosciuto l'uomo che stava spingendo la sedia a rotelle che reggeva la figlia, la quale appariva dormire dolcemente, ma era più che lampante che non era un sonno profondo e tranquillo, ma in effetti un sonno indotto, dato che Marianna era incosciente.

"Chi é Eugenio?" aveva chiesto il Dottor Pietrangelis

"Eugenio è il marito di Sabrina Pace, la sorella dell'ex-fidanzato di mia figlia, Riccardo Pace . . . vi prego . . . é della massima importanza che la polizia venga contattata immediatamente . . ." e mentre Amedeo parlava le sue gambe avevano cominciato a traballare. "Una sedia per il Signor Trinci" aveva urlato il Dottor Pietrangelis. "Marcello . . . chiama Antonella e per favore, chiedile di chiamare subito la polizia e di mandare due poliziotti qui in ospedale il più presto possibile!".

---

il via vai	*the comings and goings*
una stretta di mano	*a handshake*
Venga contattata	*should be contacted*
venga contattata immediatamente	*should be contacted immediately*

Capitolo 19

"Grazie . . . grazie" Amedeo aveva risposto accasciondosi sulla sedia. "Le forze sembrano avermi lasciato" aveva continuato Amedeo.

"Ma è più che naturale . . . deve essere stato per lei uno shock vedere sua figlia rapita da questo individuo che lei conosce . . . vuole che qualcuno vada a parlare con sua moglie?"

"Madonna mia non ho il coraggio di darle tale notizia . . . e se dovesse soffrire un'altro attacco di cuore . . . non penso che potrei affrontare la mia vita senza di lei . . ." aveva continuato Amedeo con timore nella sua voce.

"Non si preoccupi, con il suo permesso andrò io a parlare con sua moglie direttamente, altrimenti il suo silenzio potrebbe causare un problema tra di voi ancora più grande" e con ciò il Dottor Pietrangelis era uscito dalla camera.

Amedeo si era messo la testa tra le mani e per la prima volta non riusciva a capire come era stato incapace di proteggere la sua famiglia, ma nello stesso tempo realizzando che sarebbe stato completamente impossibile per una persona normale come lui, prevedere le azioni di una persona che aveva perduto la ragione.

Paola era nella sua camera, leggendo un romanzo e bevendo un caffé latte quando il Dottor Pietrangelis era entrato dandole il buon giorno. "Dottore buongiorno a lei, come sta?"

"Signora Paola, la vedo bene oggi, come si sente?" – il Dottor Pietrangelis si sentiva già leggermente a disagio solo pensando all'onere che aveva deciso di accollarsi.

"Non vedo l'ora di tornare a casa, mi sento bene e non so perchè, ma oggi ho un'energia incredibile, mi creda potrei scalare il Cervino" aveva risposto Paola.

Il dottore si era seduto sul bordo del letto e prendendole la mano "Signora Paola vorrei parlarle riguardo sua figlia." La faccia di Paola era diventata momentaneamente seria.

"Dottore, non si preoccupi . . . ho giá parlato con Marianna questa mattina presto, lo so che Marianna si sente un pò giù, direi perfino leggermente depressa e come madre la capisco più che bene . . . ha ormai una smania di evadere da questo ospedale e di incominciare la sua vita insieme con Vincenzo e naturalmente ha adesso il piccino da considerare. Come può imaginare, io sono al settimo cielo, per la semplice ragione che avrò un nuovo titolo tra qualche mese . . . quello di nonna" e gli occhi di Paola sembravano essersi accesi dall'eccitazione al solo prospetto di avere la dolce responsibilità di accudire ed aiutare Marianna con il suo pupo.

Il Dottor Pietrangelis si era congratulato con lei e stava per continuare quando Amedeo era entrato in camera.

"Paola . . . che cosa ti ha detto il Dottor Pietrangelis?" – Amedeo era ansimante. "Stavamo parlando di Marianna, perchè?" aveva risposto Paola.

Tra di voi	*between the two of you*
la testa tra le mani	*his head in his hands*
la vedo bene oggi	*you look well*
Cervino	*Matterhorn*
Si sente un pò giù	*is feeling a bit low*
pupo	*baby*

"Ascoltami" . . . "Questa mattina Marianna é caduta dal letto sbattendo la testa contro lo spigolo del comodino" . . . "si é fatta solo un taglietto vicino al sopracciglio, nulla di grave. Marianna sarebbe dovuta essere accompagnata in infermeria per avere la ferita disinfettata per poi avere due grappette . . . ma quando sono arrivato in infermeria, lei non c'era . . . non era mai stata portata in infermeria. Con l'aiuto del personale dall'ufficio di sicurezza, abbiamo guardato tutti i videi di tutte le entrate dell'ospedale ed entro poco tempo abbiamo scoperto che Marianna é stata portata via . . . da . . . Eugenio!"

". . . E chi cavolo é Eugenio?" aveva risposto Paola. La fronte di Amedeo era coperta di gocce di sudore e prendendo un fazzolettino di carta dal comodino di Paola si era asciugato la fronte. " Dai . . . dimmi chi cavolo é Eugenio?" Paola si stava arrabbiando.

"Ti ricordi quando andammo a quel piccolo ricevimento dato alla casa del padre di Riccardo Pace per l'occasione del suo fidanzamento a Marianna?"

"Si lo ricordo molto bene e ricordo anche quella strega della sorella di Riccardo con quell'ometto immondo del marito . . . come si chiamava? - aveva chiesto Paola.

"Eugenio!" - aveva risposto Amedeo leggermente seccato . . . "E che cavolo vuole con nostra figlia?" - aveva continuato Paola che ormai si era cominciata ad agitare.

"Paola . . . per favore . . . ascoltami . . . pochi minuti fá sono venuto al corrente del fatto che Sabrina è scomparsa dall'ospedale psichiatrico dove era stata ricoverata. Nella mia opinione é più che ovvio che Eugenio ha aiutato Sabrina a scappare, ma quello che non capisco è perchè lui ha rapito Marianna?" Amedeo si era seduto su una sedia, continuando ad asciugarsi la fronte. Le sue mani stavano tremando.

Paola si era alzata dal letto e prendendo il cellulare del marito aveva esclamato - "Ora chiamo Moretti, le cose non possono assolutamente continuare in questa maniera." – "Ci vuole sempre una donna per sistemare le cose . . . Madonna Santa . . . é proprio vero, non si può mai stare tranquilli!"

"Il Signor Moretti per favore, sono la Signora Paola Trinci, la prego di fargli presente che é molto urgente". Paola aveva incominciato a camminare su e giù per la stanza come una pantera nera pronta a sbranare la sua preda. "Si . . . pronto . . . buon giorno Signor Moretti . . . come sta?" Paola aveva assunto il tono di voce di una volta quando era la capo della sua azienda e per un istante sembrava essere ringiovanita, audace ed il cento per cento sicura di se stessa.

Per poi avere	*to then have*
chi cavolo	*who the hell*
Andammo	*we went*
Quell'ometto immondo del marito	*that repulsive little shrimp of her husband*
per sistemare le cose	*to sort things out*
é proprio vero, non si può mai stare tranquilli	*it is really true you can never feel at eaze*
fargli presente	*point out to him*
su e giù	*up and down*
di una volta	*of long ago*

"É tanto tempo che non ci sentiamo . . ." aveva continuato Paola "Amedeo ed io abbiamo bisogno del suo aiuto . . . Per il momento io mi trovo in ospedale. Non è la mia intenzione di sprecare il suo tempo materiale con troppe spiegazioni . . . in breve Marianna é stata rapita questa mattina da un individuo chiamato Eugenio Dolesi. Se potesse venire a casa nostra questo pomeriggio . . . diciamo verso le 4 . . . la metterò al corrente di tutto ció che ha bisogno" Moretti l'aveva ascoltata attentamente "Perfetto . . . a più tardi"

Amedeo aveva continuato a guardare la moglie con ammirazione e rivoltandosi verso il Dottor Pietrangelis, aveva sussurrato "Quando mia moglie é in vena, é irrefrenabile!"

"Allora, Dottore, io ho bisogno di andare a casa oggi, non voglio storie." Paola aveva guardato il dottore seriamente "Se non le dispiace, avrei bisogno che qualcuno mi stampasse l'imagine di questo Eugenio Dolesi portando via mia figlia sulla sedia a rotelle." – "Imagino che la potrá ottenere dal reparto sicurezza e farmela recapitare entro questa sera, d'accordo?" Paola era diventata esigente.

Il Dottore l'aveva guardata . . . "Non si deve agitare troppo . . . non si può permettere di ridursi ai minimi termini . . . di esaurirsi . . . di sfinirsi . . . mi capisce?" - Paola si era girata e guardandolo seriamente aveva risposto "Stiamo parlando di mia figlia!" e con ciò aveva preso i suoi vestiti dall'armadio ed era andata in bagno per prepararsi.

"Le posso fare una domanda Signor Amedeo?" – "Chi é Moretti?" aveva chiesto il Dottor Pietrangelis. "Moretti é un investigatore privato . . . da giovane lavorava per la polizia. Ricordo Moretti quando era ventenne . . . una persona molto ambiziosa, tanto che la sera studiava per laurearsi in scienza forense e dopo aver ottenuto la sua laurea, era eventualmente diventato, dopo diversi anni, ispettore . . . infatti uno dei migliori. Quando io l'ho conosciuto, Moretti aveva lasciato la polizia per incominciare il suo *business* come investigatore privato."

"Mi fa immenso piacere sapere che avete una persona cosí formidabile alle vostre spalle che senz'altro vi aiuterá a sormontare questo periodo cosí difficile."

Con ciò, il Dottor Pietrangelis si era scusato ed uscendo dalla camera di Paola, si era subito avviato al reparto sicurezza per vedere se c'era la possibilitá di ottenere un'imagine di Eugenio Dolesi per Paola Trinci.

Nel frattempo Paola si era vestita e prendendo le sue ultime cose dal comodino, aveva chiuso la valigietta e rivolgendosi verso Amedeo "Allora . . . andiamo?" - Amedeo aveva preso la valigietta e dandole un bacio sulla guancia aveva risposto "Okay . . . andiamo". Anche dopo 35 anni insieme, Amedeo era ancora innamorato di Paola ed ovvio al mondo intero che era immensamente orgoglioso di lei, al punto che tali sentimenti lo lasciavano sempre stupito.

Riflettendo su come si sentiva in quel momento, un pensiero temerario gli era saltato in mente - il destino sembrava essere stato crudele con lui, era come se gli dei stessero testando la sua felicitá, ma invece di soccomberlo, Amedeo si sentiva forte e pronto ad affrontare questo nuovo capitolo, questa nuova prova che la vita lo aveva sfidato ad accettare.

---

in vena	*on top form*
irrefrenabile	*unstoppable*
non voglio storie	*I don't want any excuses*
farmela recapitare entro questa sera	*let me have it by this evening*
ridursi ai minimi termini	*exhaust yourself beyond belief*
mi fa immenso piacere	*I am delighted to learn*

Capitolo 20

La giornata era volata e Paola si era preparata mentalmente a ricevere Moretti e discutere con lui quello che bisognava fare per trovare Marianna. Paola aveva perfino trovato le fotografie della serata del fidanzamento tra Marianna e Riccardo. Fortunatamente ce ne erano un paio con Eugenio e con Sabrina. Paola aveva anche trovato il messaggio inviatole da Marianna con l'indirizzo di Sabrina. In più c'era anche una foto scattata fuori la casa dei Dolesi con Marianna tutta sorridente che stava andando loro incontro. Grazie a Dio la targa della macchina di Sabrina, parcheggiata al lato della casa, era più che visibile.

Paola si sentiva trionfante e fremeva dalla voglia di parlare con Moretti. L'unica cosa che non poteva fare era di pensare troppo a Marianna, nella sua mente la poteva solo vedere sorridente e contenta. Questa era l'unica immagine che le dava il coraggio di andare avanti, l'unica maniera in cui poteva aiutarla.

"Per l'amor di Dio, ti vuoi sedere!" - erano le parole di Amedeo che si stava esaurendo, giusto guardando la moglie intenta a radunare qualsiasi briciola d'informazione che potesse aiutare Moretti a trovare la loro figlia.

"Amedeo, lasciami stare!" – "Non capisci che questa é l'unica maniera che posso far fronte a questo momento?" – "Non realizzi che mi sento come un'anima in pena, un'anima che non può trovare pace!" – "Nostra figlia e tu siete le uniche due ragioni che mi spronano a far fronte a questa vita, che in questi ultimi momenti é diventata una vita d'inferno!" – "L'unica cosa che ti posso chiedere è di avere un grammo di pazienza . . . non altro" Paola sembrava che stasse per scoppiare a piangere quando il campanello della porta aveva squillato.

"Moretti!" aveva esclamato Paola sedendosi sulla poltrona.

Amedeo si era diretto verso il portone di casa. Moretti era un uomo di statura robusta, sessantenne e di aspetto serio. Era un uomo molto rispettoso e levandosi il cappello, era entrato salutando Amedeo e chiedendo della "Signora Paola".

Amedeo lo aveva accompagnato in salotto e prima di sedersi aveva offerto a Moretti un caffé. "Mi conosce fin troppo bene Signor Amedeo, volentieri grazie" e rivolgendosi verso Paola, Moretti le aveva sorriso "Signora Paola, beh . . . cosa mi racconta allora? . . . Che é successo?"

Paola si era alzata ed in un momento di debolezza era riuscita a dire solo "É nostra figlia!" - e con ció Paola era scoppiata in un pianto dirotto. Tutta la tensione e lo stress che si erano accumulati sulle sue spalle erano diventati troppo per lei al punto che l'avevano travolta. Moretti aveva avuto la delicatezza di lasciare Paola sfogarsi prima di farle un'altra domanda.

"Cosa è successo a Marianna?" Moretti aveva adottato un atteggiamento premuroso e sincero.

"Al principio di quest'anno Marianna si é fidanzata con un ragazzo impiegato nella stessa compagnia di assicurazioni dove mia figlia lavora. Si conoscevano solo da pochi mesi quando Riccardo la portò a Parigi per chiederle di sposarlo. Ne Amedeo ne io eravamo esattamente contenti di questa unione, ma per amore di Marianna abbiamo fatto buon viso a cattiva sorte."

---

ti vuoi sedere	*sit down*
lasciami stare	*leave me alone*
abbiamo fatto buon viso a cattiva sorte.	*We tried to put on a brave face*

Paola si era alzata per andare alla scrivania dove c'erano le fotografie che aveva trovato "Ho messo insieme queste poche fotografie scattate il giorno del fidanzamento ufficiale tra Riccardo e Marianna per evidenziarle chi è Sabrina Pace ed Eugenio Dolesi." Paola aveva avuto la presenza di spirito di incollare le foto su un foglio di carta, scrivendo i nomi delle persone, l'indirizzo dove la festa era stata data, la targa della macchina appartenente a Sabrina e perfino il numero di telefono della loro casa.

Paola si era riseduta aspettando che Moretti le dicesse qualcosa che potesse riassicurarla e darle la speranza che Marianna sarebbe ritornata da loro sana e salva. Nel frattempo Moretti aveva preso il suo taccuino ed aveva meticolosamente preso degli appunti.

"Allora, per prima cosa . . . avrei bisogno del vostro permesso di rilasciare la foto di Marianna alla polizia e far loro presente che devono incominciare a fare le loro ricerche dovute con effetto immediato." Moretti non realizzava come il suo atteggiamento stava aiutando Paola, dandole il coraggio di cui aveva così tanto bisogno.

"Secondo, contatterò Riccardo Pace per ottenere il suo permesso di rilasciare il numero della targa della macchina di sua sorella alla polizia e di darmi il permesso di andare a visitare suo padre. Inoltre organizzerò un incontro con padre e figlio per avere più informazioni riguardo il carattere della Signora Sabrina e parlerò anche con l'ospedale dove era ricoverata. Per ultimo dovrò crearmi un profilo sul carattere del Signor Eugenio".

Paola era completamente affascinata dal tono della voce che Moretti aveva adottato e la maniera con cui si stava destreggiando.

"In più chiederò a Riccardo Pace informazioni sul marito di Sabrina . . . mi ha detto che si chiama . . . Eugenio Dolesi . . . vero?" Paola aveva accennato di si con la testa "Le prometto che la chiamerò ogni giorno per tenerla informata di qualsiasi cosa . . . anche se non ho nulla da riportarle la chiamerò ugualmente".

Bevendo l'ultimo sorso di caffé, Moretti si era alzato e augurando loro una buona giornata, aveva aggiunto "Forza e coraggio!"

La mezz'ora che Moretti aveva speso con Amedeo e Paola era volata in un battibaleno e Paola non aveva la più pallida idea di come avrebbe fatto ad affrontare il resto della giornata.

---

taccuino	*notepad*
dovute	*appropriate*
Aveva accennatodi si con la testa	*had nodded 'yes' with her head*
Forza e coraggio	*Strength & courage [Pull yourself together]*

Capitolo 21

I raggi di sole che facevano capolino attraverso le persiane semi-chiuse della stanza di Marianna, l'avevano svegliata delicatamente. Marianna si sentiva intontita e non aveva nessunissima idea di dove fosse. Una cosa era più che certa, non era più nella cameretta dell'ospedale.

Alzandosi con difficoltà, ed aggrappandosi alla spagliera del letto e poi ad una poltroncina vicino al suo letto, Marianna aveva raggiunto la finestra ed aprendo le persiane, aveva scoperto che si trovava in una valle chiusa da colline boschive, sorridenti nei colori dell'autunno. La tranquillità ed il silenzio che regnavano erano inquietanti al punto che Marianna si era incominciata a sentire leggermente male.

Ritornando al suo letto e sdraiandosi, Marianna aveva cercato di rilassarsi, più che altro perché il suo stomaco cominciava a darle fastidio e Marianna odiava avere lo stomaco *bouleversé*, per la semplice ragione che le veniva tanta paura quando si sentiva male e rigettava.

Marianna aveva chiuso gli occhi e rilassandosi e rimanendo immobile, il mal di stomaco era poco per volta andato via.

Marianna si sentiva sola, e rialzandosi lentamente, era ritornata alla finestra per dare una seconda occhiata al paesaggio che l'aveva cosí tanto incuriosita. Sporgendosi dalla finestra, Marianna poteva vedere il giardino chiuso da siepi, un cane che dormiva placidamente attaccato ad una catena alquanto grossa, dei pulcini che si davano da fare nelle aiuole raspando la terra ed un contadino che lavorava in un frutteto di albicocche accanto alla casa.

Marianna aveva cercato di gridare con tutta la forza "Mi scusi . . . mi può aiutare?" - ma il contadino non l'aveva sentita e Marianna si sentiva giá debole, ma con un ultimo sforzo aveva gridato "Aiuto!"

Questa volta il contadino l'aveva udita e girandosi aveva incominciato a camminare verso la casa, dove stava Marianna. "Signorina . . . come posso aiutarla? Che c'é che non va?"

"Dove sono?" aveva chiesto Marianna con una voce tremolante. Il contadino, che ormai aveva assunto uno sguardo uno pò sbalordito aveva risposto "Signorina, é in montagna vicino Sondrio . . . qual'é il problema?"

"Io sono la Signorina Marianna Trinci . . . per favore . . . la supplico chiami la polizia . . .", ma in quel momento la porta della sua camera si era aperta e Sabrina era entrata con un vasoio.

"Via dalla finestra!" – Sabrina aveva la faccia truce e dandole uno strattone, Marianna aveva fatto in tempo a raggiungere la poltroncina perché altrimenti sarebbe caduta per terra.

"Ti ho portato del latte con dei biscotti" la voce di Sabrina era fredda e scostante, il suo aspetto era quello di una vipera che stava per mordere la sua preda.

"Non ho fame!" Marianna si sentiva ai minimi termini . . .

I raggi di sole che facevano capolino	*the sun rays that were peeping through*
si davano da fare	*were busying themselves*
Aveva fatto in tempo	*had managed to*

"Ma non me ne potrebbe fregar di meno!" Sabrina la guardava con disdegno - i suoi occhi erano diventati come due fissure ed il suo sguardo era pieno di odio. Dopo alcuni istanti, Sabrina era uscita dalla camera sbattendo la porta furiosamente - il suono della chiave che girava nella serratura le aveva fatto realizzare che era prigioniera.

Ritornando alla finestra per vedere se il contadino fosse ancora lí, Marianna non aveva trovato nessuno. Le lacrime calde le stavano bagnando le guancie e Marianna era scoppiata in un pianto, singhiozzando incontrollabilmente.

'Oh Dio mio!" Marianna era sconvolta, si sentiva terribilmente sola, ma quello che le faceva ancora più paura era il fatto che Sabrina era nella stessa casa e Marianna non aveva la più pallida idea di quello che stesse pianificando per lei.

Moretti era ritornato in ufficio ed aveva già preparato sulla lavagna un diagramma evidenziando la scomparsa di Marianna, lasciando istruzioni per i suoi colleghi di fare diverse telefonate alla lista di persone che aveva elencato nelle sue istruzioni.

Per Paola l'attesa era snervante e senza fine. Per la prima volta Paola aveva fatto si che il suo cellulare fosse acceso e sempre con lei. La sfuriata di Marianna quando lei aveva dimenticato il cellulare a casa, era ancora vivida nella sua mente. Adesso la necessità di averlo sempre con lei era ancora più importante.

"Signora Paola buongiorno, sono Moretti, giusto per farle sapere che le ricerche cominceranno oggi in mattinata e sono fiducioso che entro domani cominceremo ad ottenere dei risultati. Le prometto che le ritelefonerò entro domani sera . . . vediamo prima cosa domani ci porterà – nel frattempo ho bisogno che lei sia positiva e che si mantenga occupata". Le parole di Moretti le avevano dato non solo coraggio ma la speranza che le occorreva per far fronte al domani. "La ringrazio di cuore, non so cosa farei senza di lei" Paola era veramente grata di avere una persona come Moretti alle sue spalle ed era più che sicura che Moretti avrebbe trovato Marianna. La fiducia che Moretti emanava era quello di cui lei aveva bisogno per sopravvivere questo episodio.

Ma non me ne potrebbe fregar di meno   *I couldn't give a hoot*
Entro domani sera   *by tomorrow evening*
non so cosa farei senza di lei   *I don't know what I would do without you*
sopravvivere questo episodio   *survive this episode*

Capitolo 22

Marianna si era appisolata durante le prime ore del pomeriggio ed era stato solo il brontolio dello stomaco che l'aveva svegliata facendole realizzare che aveva fame. I biscotti che Sabrina le aveva lasciato cominciavano ad allettarle e prendendo il bicchiere del latte dal vasoio, Marianna l'aveva annusato prima di assaggiarlo e berlo.

Il rumore della macchina fuori della sua finestra aveva incuriosito Marianna. Le sue gambe erano ancora deboli, ma con tutta la sua volontà era riuscita a raggiungere la finestra e sporgendosi aveva notato che la macchina parcheggiata nel cortile era quella di Riccardo.

"Ma si può sapere cosa cavolo stai cercando di fare? Realizzi quello che hai fatto?" – il tono della voce di Riccardo era spietato. "Dov'è Marianna? Che cosa le hai fatto?"

"Niente . . . e non parlarmi con quel tono di voce . . . chi ti credi di essere? Ricordati chi sono e cosa ho fatto per te?" - la voce di Sabrina era secca ed indifferente.

". . . E cosa hai fatto per me . . . avanti? Marianna é stata sempre gentile con te, mentre tu non hai fatto altro che trattarla sempre male e con astio come la megera che sei, comportandoti come la cafona che sei diventata da quando hai sposato quel deficiente di Eugenio, odiando Marianna dal momento che l'hai incontrata, comportandoti come la pazza che sei diventata, mettendo sempre il bastone tra le mie ruote, aizzandomi ed avvelenandomi con le tue idee. Mi fai schifo! Hai distrutto il mio futuro, quello che mi ero creato con Marianna, quello che mi sarei creato con lei e tutto perché la tua invidia, la tua gelosia ti ha dato di volta quel cervelletto che ti ritrovi, ormai atrofizzato dal risentimento e dal rancore che ti stanno consumando da viva! - E dov'é quello sgorbio di Eugenio?" – Riccardo si era ormai imbestialito.

Prima che Sabrina potesse rispondere, Riccardo le aveva già urlato altre due domande "Dov'é Marianna?"– "Dove l'hai messa?" - Riccardo stava venendo su per le scale, quando la voce di Eugenio aveva rimbombato sul pianerottolo – "Ti faccio vedere io come sono deficiente" e con ciò Marianna aveva solo sentito il tonfo di una persona che stava rotolando giù per le scale . . .

Un silenzio assordante era piombato nella casa e Marianna si era incominciata a preoccupare, dato che non sentiva più la voce di Riccardo.

Che cosa le hai fatto?	*What have you done to her?*
Chi ti credi di essere?	*Who do you think you are?*
Mettendo sempre il bastone tra le mie ruote	*To throw a spanner in the works*
Mi fai schifo	*You disgust me*
Quello che mi sarei cre ato con lei	*What I would have had with her*
Ti ha dato di volta quel cervelletto che ti ritrovi	*You have lost it big time*
Che ti stanno consumando da viva	*It is eating away at you*
Sgorbio	*toad/monstrosity*
Che stava venendo su per le scale	*was coming up the stairs*
Deficiente	*Idiot/moron*
Rotolando giù per le scale	*tumbling down stairs*

Marianna si era rannicchiata sul letto ed un tremolio aveva preso possesso del suo corpo. Il rumore della chiave che girava nella serratura della sua stanza le aveva mozzato il fiato.

"Vuoi vedere cosa hai fatto adesso?" ed avvicinandosi al letto Sabrina aveva afferrato Marianna per un braccio e trascinandola alla porta, Sabrina l'aveva spinta verso la balaustra per farle vedere il corpo di Riccardo privo di sensi situato alla fine delle scale. "Vedi quello che hai fatto?" – "Questa é tutta colpa tua!" - le aveva urlato Sabrina.

"Riccardo!" – la voce di Marianna era sottile e piena di disperazione. "Dimmi che non hai ammazzato Riccardo?" Guardandola con disprezzo Sabrina le aveva solo risposto "No . . . non è morto . . . si riprenderà tra qualche minuto, é solo rotolato giù per le scale"

"Come puoi essere così fredda ed indifferente con tuo fratello? . . . Sei senza cuore . . . invidiosa . . . gelosa . . . piena di risentimento verso i miei confronti . . . non hai fatto altro che avvelenare tuo fratello contro di me." – "Cosa intendi fare adesso, ammazzare me ed il figlio di Riccardo che porto in grembo?" Marianna si sentiva quasi trionfante. "Saresti allora responsabile per due omicidi e la legge ti darebbe l'ergastolo a vita senza neanche la minima possibilitá di ottenere la libertá condizionata dopo ...."

"Cosa hai detto?" Sabrina era scioccata "Sono in cinta di più o meno tre mesi ed intendo avere questo piccino, il quale sará amato come io sono stata amata ed adorata dai miei genitori". Marianna la stava guardando con odio, quando inaspettatamente Riccardo si era mosso emettendo un lamento di dolore.

"Riccardo!" - aveva urlato Marianna. Sabrina si era precipitata giù per le scale " Perché non mi hai detto che Marianna é in cinta di tuo figlio?"

Riccardo era stordito, la testa tra le sue mani lamentadosi continuamente. Sabrina stava cercando di aiutare Riccardo ad alzarsi, quando Eugenio era entrato dal giardino portando una pala - "Pensavo fosse morto!" aveva esclamato Eugenio – "Ero andato in garage a prendere la pala per seppellirlo nell'orto!"

Eugenio aiutami a mettere Riccardo sul divanetto." Il peso morto di Riccardo era troppo per Sabrina, la quale era piccola paragonata a Riccardo che era quasi un metro e novanta.

"Non mi sento le gambe" aveva esclamato Riccardo. Eugenio e Sabrina si erano guardati. "Eugenio per favore chiama un'ambulanza . . . ti supplico".

"Affatto!" – "Se dovessi chiamare un'ambulanza, allora scoprirebbero dove sei e saresti arrestata come sarei arrestato anch'io per rapimento!" – la voce di Eugenio era secca ed imperativa senza neanche un minimo di pietá.

Sabrina si era alzata senza dare nessunissima idea ad Eugenio di quello che stava per fare e prendendo la pala come se la stasse portando verso la porta, si era girata repentinamente e brandendo la pala con ambo le due mani, aveva colpito la testa di Eugenio con tale forza che il rumore dello schianto della pala sulla sua testa era paragonabile ad un vaso di porcellana che si stava fracassando su un pavimento di marmo.

"Nessuno mi dice quello che posso o non posso fare . . ." Nel giro di pochi secondi, il pavimento della cucina era cosparso di sangue, un lago che continuava ad ingrandirsi sempre di più.

Avvelenare tuo fratello contro di me	*poison your brother against me*
l'ergastolo a vita	*life imprisonment*
Paragonata a	*compared to*
Affatto	*not at all*
Di quello che stava per fare	*of what she was about to do*

Capitolo 23

Sabrina sembrava essersi impietrita, fissando il corpo di Eugenio che appariva privo di vita - una cosa era certa, la realizzazione di ciò che aveva commesso in quell'istante di ribellione, di rancore e di follia assoluta, l'aveva scossa al punto che le sole parole che poteva dire erano "Oh mamma . . . oh mamma". La sua voce era come quella di una bambina impaurita e sola.

Riccardo si era tirato un pò più su sul divano "Cosa hai fatto? Oh Madonna mia!!"

Sabrina si era girata e fissandolo aveva esclamato con furia e rancore "Tutta colpa tua e di quella maledetta di Marianna . . . e l'hai messa pure in cinta . . . deficiente . . . cretino . . . incosciente!!"

"Chi te l'ha detto?" aveva risposto Riccardo con sorpresa "Marianna naturalmente . . . pochi minuti fa . . ." - La faccia di Riccardo non nascondeva però il dubbio della partenità del bambino.

"Aah . . . ma non é tuo però . . . vero?" - Sabrina lo stava guardando con rabbia – "**NON É TUO, VERO?**" – la voce di Sabrina era cosí alta, che anche Marianna l'aveva sentita dalla sua cameretta su per le scale.

Sabrina era come una iena, respirando faticosamente . . . completamente assorta nei suoi pensieri, tramando su cosa fare per primo. Il lago di sangue era il primo problema da risolvere, dato che continuava ad ingrandirsi sempre di più. Prendendo un panno da cucina grande, l'aveva avvolto intorno alla testa di Eugenio per cercare di frenare il sangue che continuava a pulsare dalla sua testa.

Lo squarcio vicino la tempia era profondo e gli occhi spalancati di Eugenio serbavano ancora lo schock del colpo inaspettato dalla pala che lo aveva ucciso istantaneamente.

Prendendo un secchio di plastica dallo sgabuzzino vicino la cucina e riempiendolo di acqua e sapone liquido, Sabrina aveva incominciato a pulire il pavimento, cercando di rimuovere ogni traccia di sangue. Riccardo la fissava, completamente inorridito dalla maniera in cui la sorella era presa dal suo compito, effettuandolo con cura e diligenza.

Dopo quattro secchi di acqua e sapone, il pavimento era pulito senza la minima traccia di sangue, in fatti, non si poteva vedere neanche una goccia.

Sabrina sembrava essere completamente concentrata al punto di non essere più consapevole del fatto che Riccardo era nella stessa stanza fissandola. Sabrina era poi uscita dalla cucina avviandosi verso il garage, completamente presa da ciò che stava macchinando.

Senza esitare, Riccardo aveva preso subito il cellulare dalla sua tasca ed in un battibaleno aveva inviato un messaggio a Paola supplicandola di chiamare la polizia e rivelandole che Marianna era prigioniera nella cameretta degli ospiti, dandole l'indirizzo di Sondrio e chiedendole di non chiamarlo dato che avrebbe spento il suo cellulare per non insospettire la sorella. L'unica cosa che non le aveva detto era che Sabrina aveva ammazzato il marito.

Riccardo aveva fatto appena in tempo a spengere il cellulare e rimetterselo in tasca, quando la sorella era rientrata portando un lenzuolo di plastica enorme, che aveva allungato sul pavimento della cucina.

Su per le scale	*up the stairs*
Faticosamente	*with difficulty*
Tramando su cosa fare per primo	*plotting on what to do first*
Spalancati	*wide open*
Completamente presa da ciò che stava macchinando	*completely taken by what she was plotting*
In un battibaleno	*in a flash*

Sabrina aveva arrotolato il corpo del marito nel lenzuolo legandolo con uno spago, come se fosse stato un tronco di legno – i suoi occhi completamente privi di qualsiasi emozione.

Riuscendo dalla cucina, Sabrina si era diretta nuovamente nel garage - il cigolio di ruote arruginite aveva fatto realizzare a Riccardo che Sabrina aveva preso il carrello che era usato solo per spostare i sacchi grandi di noci dopo la raccolta. La porta della cucina si era aperta e Sabrina aveva incominciato a tirare il corpo poco per volta mettendolo sul carrello e prendendo la pala, la porta si era richiusa. Era più che ovvio che Sabrina avrebbe seppellito il marito nell'orto dove la terra era più soffice e non cosí difficile a scavare.

Una paura allucinante aveva afferrato Riccardo il quale era incapace di muoversi dal divanetto. Sabrina sarebbe stata capace di qualsiasi cosa, specialmente se avesse scoperto che il fratello l'aveva tradita - cosa gli avrebbe fatto allora? In più era incapace di proteggere Marianna per la semplice ragione che non riusciva a muoversi dal quel maledetto divanetto.

Le sue gambe erano diventate come due tronchi di legno pesanti che Riccado non riusciva più a muovere!

Ormai erano più di due ore che Sabrina era fuori nell'orto e Riccardo fremeva dalla curiositá di sapere se Paola aveva letto il messaggio che le aveva inviato. Con il cuore in gola, Riccardo aveva messo la mano in tasca tirando fuori il cellulare, accendendolo ed aspettando di ottenere il segnale. Finalmente dopo alcuni secondi Riccardo aveva notato che il messaggio che aveva inviato a Paola non era stato ancora letto. Le braccia della disperazione lo avevano afferrato e con un ultimo sforzo, Riccardo aveva chiamato Paola ma non si aspettava di sentire le parole "Il cellulare da lei chiamato é spento, si prega di riprovare più tardi".

Riccardo ora capiva come Marianna si era sentita quella sera prima del suo incidente stradale e la sfuriata che aveva fatto a sua madre quando non aveva potuto mettersi in contatto con lei! "Che donna incapace ed insulsa" aveva pensato Riccardo, spengendo il cellulare di nuovo, ma questa volta i suoi sentimenti erano venati con un tocco di rassegnazione.

Riccardo si sentiva completamente imprigionato ed intrappolato nella sua casa di campagna dove da bambino aveva trascorso delle vacanze estive meravigliose e spensierate insieme con la sua mamma – ora avrebbe fatto qualsiasi cosa per ritornare a quei tempi per la semplice ragione che sentiva ancora di più il bisogno enorme delle braccia di sua madre che lo avrebbero riassicurato e protetto.

La giornata di Moretti era stata una delle peggiori - il prospetto di dover parlare con Paola non lo allettava minimamente. Moretti aveva bisogno di evadere dal suo ufficio, ma il suo dovere era più forte di lui e prendendo il telefono aveva telefonato il numero di casa di Paola, ma non aveva avuto nessunissima risposta.

Non arrendendosi, Moretti aveva chiamato il cellulare di Paola ma era rimasto completamente sciocccato dal messaggio che aveva sentito - "il cellulare da lei chiamato é spento, si prega di riprovare più tardi". Uscendo dall'ufficio, ma prima di andare a casa, Moretti si era avviato al bar all'angolo situato ad un passo dal suo ufficio per prendersi una birra fredda con l'intenzione di cercare di rilassarsi. Il bar pullulava di gente rumorosa e lo stress che Moretti aveva accumulato durante la giornata non gli permetteva di rimanere nel locale.

---

il cigolio di ruote arruginite	*the squeaking of rusty wheels*
poco per volta	*a bit at a time*

Uscendo dal bar ed avviandosi a casa, Moretti aveva avuto l'ispirazione di telefonare al cellulare di Amedeo dato che non aveva ricevuto nessuna risposta dalla loro casa ne tantomeno dal cellulare di Paola.

"Amedeo Trinci" – "Signor Amedeo buona sera sono Moretti – volevo solo contattarla per dirle che non abbiamo ancora notizie di Marianna, ma per supplicarla di chiedere a sua moglie di tenere il suo cellulare acceso in caso avessi bisogno di contattarla urgentemente." Amedeo aveva sospirato ad alta voce, la sua esasperazione quasi palpabile - "Non ho parole!" aveva risposto Amedeo "Le prometto che glielo riferiró" – "Come sempre mia moglie ed io la ringraziamo per tutto il suo aiuto." Con ciò, Amedeo e Moretti si erano salutati.

Un nervosismo allucinante aveva afferrato Amedeo il quale avrebbe sbranato Paola, se in quel momento l'avesse avuta tra le mani. Il cellulare di Paola era spento e non sapendo dove la moglie fosse andata, poteva solo fare una cosa . . . aspettare il suo ritorno.

Le ore non erano volate per Riccardo, il quale non poteva far nulla eccetto aspettare che la sorella ritornasse in casa, non sapendo esattamente cosa stasse facendo. Il minimo movimento causava Riccardo delle staffilate di dolore che gli mozzavano il fiato ed il suo barlume di speranza aveva già cominciato a sfarfallare.

Sabrina sembrava essere sparita e Riccardo poteva solo imaginare che seppellire un corpo non era facile, per il semplice fatto che dover scavare una buca profonda, richiede forza ed abilitá.

Poco per volta i pensieri di Riccardo si erano rivolti al giorno in cui lui aveva conosciuto Eugenio, che era un ometto nascosto dietro le gonne di Sabrina. La voce di Eugenio era stridula e stomachevole e quello che non riusciva a capire era cosa Sabrina avesse visto in lui. Riccardo non l'aveva mai potuto digerire ed Eugenio l'aveva captato. Una cosa era più che certa però, Eugenio non meritava tale fine raccapricciante alle mani della moglie che ormai era diventata veramente malata di mente.

Riccardo non osava minimamente pensare che fine avrebbe fatto o cosa la sorella intendesse fare con Marianna, specialmente adesso che aveva captato che il bambino che Marianna aspettava non era il suo . . .

---

in caso avessi bisogno di	*in case I should need to*
il quale avrebbe sbranato	*he would have devoured*
stridula e stomachevole	*squeaky & stomach churning*
tale fine raccapricciante	*such a gruesome end*

Capitolo 24

Paola era ritornata a casa completamente ignara del fatto che Riccardo aveva cercato di contattarla e che Amedeo era pronto a sbranarla.

"Si puó sapere dove sei stata?" la voce di Amedeo era fredda e scostante. "Sono andata da Patrizia per pranzo e per trascorrere il pomeriggio insieme, perché – cosa ho fatto di male?" aveva risposto Paola che si sentiva giá leggermente annoiata.

"Hai controllato il tuo cellulare?" - aveva chiesto Amedeo la cui voce stava diventando sempre più aggressiva.

"No . . . non ha squillato affatto!" aveva risposto Paola alquanto irritata. "**Controllalo!**" le aveva quasi urlato Amedeo.

"Ecco . . . guarda non ho nessuna chiamata persa" - Paola era infastidita.

"Allora . . . se sei capace . . . chiama il mio cellulare con il tuo! Avanti, voglio proprio vedere se ci riesci . . . **prova!!!**"

Paola si stava annoiando sempre di più, il suo stato d'animo avvelenato dal comportamento del marito "Dannazione . . . e che c'é che non va con questo cellulare!"

"Ma per l'amor del cielo non realizzi che il tuo cellulare ha le batterie scariche? Quante volte ti devo dire e ricordare di controllare il tuo dannato cellulare! Ricordi la sfuriata che Marianna ti fece poco prima del suo incidente di macchina?" – La voce di Amedeo era furiosa, così furiosa che avrebbe volentieri mollatole un ceffone.

"Dammi il cellulare!" le aveva esatto Amedeo ancora più arrabbiato di quello che giá era - "Ma é mai possibile che tu sia diventata un incapace!" Amedeo continuava a borbottare "Dove hai messo il tuo caricabatterie?"

"Non ho idea – forse sta in camera mia!" aveva risposto Paola con menefreghismo.

"**TROVALO!**" – le aveva urlato Amedeo dando un pugno al tavolino vicino alla poltrona, facendo volare tutti i soprammobili.

Senza neanche rispondergli, Paola aveva scaraventato la borsa sul divano insieme con il cappotto e si era diretta in camera sua sbattendo la porta. Purtroppo non aveva la minima più pallida idea di dove fosse il caricabatterie, ma con buona volontá aveva incominciato ad aprire tutti i cassetti rimuovendo tutto e facendo una ricerca a fondo. Paola si stava incominciando a preoccupare, quando aveva notato il filo del caricabatterie pendente dietro la poltroncina vicino l'armadio. "Amedeo l'ho trovato!" - e correndo in salotto l'aveva subito dato ad Amedeo.

"Ci vorranno minimo 40 minuti prima che il tuo cellulare si accenda . . . **GUAI** se lo fai riscaricare o se te lo dimenchi . . . **HAI CAPITO?**" Paola non aveva mai visto Amedeo comportarsi in tale maniera, ma nello stesso tempo aveva capito che il marito era preoccupatissimo per la loro figlia e Paola aveva incominciato a realizzare la sua irresponsabilitá che in due occasioni diverse, aveva fatto perdere la ragione sia alla figlia che al marito.

Dannazione	*Damn*
Mollatole un ceffone	*Slapped her*
Ma é mai possibile che	*Is it possible that*
Menefreghismo	*with a -could-not-care-less attitude*
Guai	*Don't you dare*

Paola si sentiva a terra e girandosi era riandata in camera sua per sdraiarsi sul letto, lacrime calde le stavano bagnando non solo le guance ma anche il colletto della sua camicetta. Voltandosi per prendere il fazzoletto dal cassetto del suo comodino, aveva notato Amedeo che la guardava.

In due passi l'aveva raggiunta ed inginocchiandosi davanti a lei e coricando la sua testa sulle sue ginocchia, le aveva sussurrato "Perdonami Paola . . . sono così preoccupato per Marianna . . . sto uscendo fuori di testa . . ." ed in quel momento aveva incominciato a singhiozzare . . . singhiozzi così forti che lo stavano scuotendo in tal modo da far preoccupare Paola, che non aveva mai visto Amedeo ridotto a tali minimi termini.

Paola l'aveva abbracciato senza dire una parola, cercando di fare del suo meglio di confortarlo, ma Amedeo aveva bisogno di sfogarsi, per la sola ragione che tutto lo stress che aveva accumulato per settimane, lo stavano quasi annientando.

Sto uscendo fuori di testa	*I am losing my mind*
Ridotto a tali minimi termini	*reduced to the depths of despair*

Capitolo 25

Riccardo si era appisolato sul divanetto, quando la porta della cucina si era spalancata di botto.
Il tramonto era giá avanzato e Riccardo si era svegliato di soprassalto, non ricordando esattamente dove fosse. Purtroppo la luce del crepuscolo gli impediva di vedere chi era entrato in casa e non volendo far nessun rumore era rimasto sdraiato sul divano senza dire una parola.
La silhouette si era diretta sopra in bagno, ma per la prima volta in vita sua, Riccardo aveva paura, inoltre il fatto che non sentiva più le sue gambe lo terrorizzava al massimo. Solo l'idea di finire in una sedia a rotelle stava facendo mandare Riccardo in tilt.
La casa era silenziosa e Riccardo era stato avvinghiato dalla curiosità di vedere se il suo messaggio che aveva inviato a Paola era stato letto. Il cellulare sembrava impiegare un'eternità per accendersi quando le parole della sorella l'avevano congelato "Che cosa stai facendo?" – "Chi stai cercando di chiamare?"
"Nessuno – volevo solo controllare la mia posta elettronica in caso qualcuno dall'ufficio mi avesse cercato d'inviare un messaggio, non altro!" – "Se non mi credi, guarda pure" – Riccardo le aveva offerto il cellulare.
"Controlla . . . controlla pure!" - incredibilmente Sabrina non aveva dubitato il fratello affatto.
"Sabrina!" la voce di Riccardo era quasi supplicante, "Dimmi" aveva risposto la sorella con una voce differente, quasi affettuosa. Riccardo aveva cercato di rimanere calmo "Quando pensi che io possa chiamare un'ambulanza?" – "Credimi, i dolori che ho alla mia schiena sono atroci il momento che mi muovo . . ." Riccardo era ridotto ai minimi termini, il suo aspetto quasi pietoso.
Alzando le spalle con indifferenza Sabrina aveva risposto "Chiama pure il 113." La sorella appariva calma e priva di qualsiasi sospetto, d'altronde il fratello che aveva sempre protetto ed adorato, era incapace di tradirla.
Senza esitazione Riccardo aveva subito telefonato il 113 e chiesto per un'ambulanza, spiegando la sua caduta giù per le scale e dischiudendo che non sentiva più le sue gambe.
Riccardo si era rilassato momentaneamente, quando di punto in bianco, Sabrina aveva aperto il frigorifero tirando fuori verdure, pollo e vari altri ingredienti ed aveva cominciato a cucinare.
"Che cosa intendi preparare di buono?" – le aveva chiesto Riccardo. "I petti di pollo farciti con il prosciutto e formaggio, insieme con verdure miste – uno per te, uno per Marianna ed uno per me – quello di Eugenio lo metteró nel congelatore e quando ritornerà da Milano, se lo potrá mangiare allora. Poi abbiamo le albicocche dall'orto insieme con le mele ed un pò d'uva, che ne pensi?" - "Purtroppo non ho vino . . ."
Riccardo si era momentaneamente irrigidito . . . com'era possibile che Sabrina pensasse che il marito fosse andato a Milano quando era più che lampante che l'aveva seppellito nell'orto solo un paio di ore prima?

Spalancata di botto   *suddenly opened*
inoltre   *in addition*

"hmmm . . . mi sta venendo giá l'acquolina in bocca . . ." ma la voce di Riccardo era leggermente tremolante.

Girandosi, Sabrina lo aveva guardato seriamente, e dopo pochi secondi aveva aggiunto - "Che c'é che non va?" Riccardo senza esitazione le aveva subito risposto "Che cosa vuoi che ti dica?" Ho perduto l'uso delle mie gambe . . . non le sento più . . . non le posso più muovere!!"

"Ma dai . . . vedrai che una volta in ospedale ti riprenderai subito" e senza farlo apposta si era avvicinata al fratello per abbracciarlo senza far caso che aveva ancora in mano il coltello tagliente che aveva usato per aprire i petti di pollo. Riccardo era rimasto senza fiato, il suo sguardo inorridito, ma la sorella non aveva fatto troppo caso ed abbracciandolo, gli aveva dato un bacio sulla guancia. "Forza e coraggio . . . su da bravo!"

Un sospiro di sollievo era sfuggito dalle labbra di Riccardo, il quale non vedeva l'ora che l'ambulanza arrivasse - l'attesa lo stava consumando ed in più il bisogno di parlare con qualcuno che lo ascoltasse, lo aveva incominciato a logorare dato che tutte le forze lo avevano già abbandonato insieme con il coraggio che ormai non possedeva più.

"Posso accendere la radio?" - Sabrina sembrava trasformata, felice e serena, come se nulla fosse. "Ho bisogno di un pò di allegria in casa!" - aveva continuato la sorella.

"Certamente" – aveva risposto Riccardo, il quale non si sentiva a suo agio. Il silenzio di quei pochi secondi era riuscito a far rimbombare l'angoscia di Riccardo in ogni angolo della casa.

Sabrina aveva acceso la radio per compagnia, preparando la cena con entusiasmo. "Tesoro mio, vado un attimo in garage a prendere la frutta e torno" - Sabrina era completamente trasformata.

La canzone "*Perfect*" da *One Direction* stava suonando, quando un annuncio inaspettato sulla radio aveva scioccato Riccardo.

> *Interrompiamo la trasmissione per un annuncio importante dalla polizia. – Una paziente ricoverata nell'Ospedale San Raffaele é scomparsa recentemente, senza lasciare nessuninissima traccia – C'é grande preoccupazione per il suo benessere - La polizia ha emesso questo annuncio per coinvolgere il pubblico nella ricerca della Signorina Marianna Trinci, la quale era stata coinvolta in un incidente stradale poche settimane fa. La Signorina Trinci ha ancora bisogno di cure mediche ed é della massima importanza che venga portata urgentemente a qualsiasi ospedale. Chiunque a conoscenza del luogo dove la Signorina Trinci si trovi, dovrebbe mettersi immediatamente in contatto con la polizia al numero 39 25 17 15 citando il nome Trinci. - Grazie ad un nuovo sistema di allarme, la polizia è in grado di cercare anche anziani e minori non solo tramite radio e TV, ma anche con pannelli sulle autostrade, annunci nelle stazioni ferroviarie ed aeroporti. Per coinvolgere ancora meglio il pubblico, i messaggi di allarme vengono inviati anche via SMS. Ulteriori informazioni riguardanti questo caso ed altri, sono disponibili sul nostro sito web www.poliziamilanocentro.*

Senza farlo apposta	*without doing it on purpose*
Su da bravo	*come on be good*
Come se nulla fosse	*as if nothing had happened*
Anziani	*senior citizens*
Pannelli	*panels*

La Radio aveva ricominciato a suonare la canzone di *One Direction*. Riccardo era ormai completamente sconvolto. Fortunatamente la sorella era ancora nel garage ma Riccardo non poteva più agire in maniera normale. Sabrina non era più una persona di cui lui si poteva fidare, anzi non aveva neanche il coraggio di affrontarla, ne tantomeno di farle realizzare quello che aveva commesso in giornata.

Riccardo aveva preso nuovamente il suo cellulare richiamando il 113 per capire perché l'ambulanza non fosse ancora arrivata.

"Buon giorno sono il Signor Riccardo Pace, sono ore che aspetto che un'ambulanza mi venga a prendere – qual'é il problema?" Riccardo era alquanto esigente.

"L'ambulanza dovrebbe essere da lei da un momento all'altro . . . siamo stati molto presi con un incidente stradale sull'Autostrada del Sole . . . ci dispiace". Riccardo voleva scaraventare il suo cellulare contro il muro, quando la sorella era rientrata con un cesto pieno di frutta.

"Riccardo, l'ambulanza é qui", la sorella stava parlando sottovoce – "ho lasciato la porta aperta cosí possono entrare . . . chiamami più tardi".

La smania di evadere aveva invaso la mente di Riccardo al punto che non riusciva più a riflettere, ma fortunatamente la tensione che lo irrigidiva, lo stava lasciando e solo il pensiero che c'era qualcuno che lo potesse aiutare, lo aveva completamente accasciato.

"Con permesso!" - Due uomini erano entrati in cucina - "Il Signor Riccardo Pace?" . . . "che cosa le é successo?" - uno degli uomini aveva un borsone e stava guardando in giro, mentre l'altro era più intento ad ascoltare cosa Riccardo avesse da dirgli.

"Sono rotolato giù per le scale, mia sorella mi ha aiutato a stendermi sul divano ma non sento più le mie gambe" - la voce di Riccardo era sconvolta.

"Danilo per favore prendi la barella dall'ambulanza" - aveva esatto Marco.

"Signor Riccardo . . . cerchi di rilassarsi . . . io mi chiamo Marco ed insieme con Danilo staremo con lei fino a quando arriveremo all'ospedale. Se non le dispiace la vorrei tirare un pò su per metterle questo collare cosí da evitare altre lesioni."

Nel frattempo Danilo era ritornato con la barella ed insieme con Marco avevano alzato Riccardo. Piano piano lo avevano sdraiato sulla barella per terra legandolo con tre cinture per far si che non fosse caduto quando l'avrebbero sollevato e portato nell'ambulanza.

Riccardo aveva incominciato a respirare con difficoltá. La tensione della giornata lo aveva annientato ed un tremore icontrollabile aveva cominciato a scuoterlo sempre di più. Riccardo non riusciva più a parlare. La disperazione aveva preso possesso del suo corpo, della sua testa e dei suoi pensieri . . .

"Non ho capito . . . cosa ha detto?" aveva chiesto Marco, ma Riccardo lo aveva potuto solo guardare, emettendo un mugolio indescrivibile.

"Danilo . . . accendi la sirena . . ." aveva esatto Marco ". . . adesso chiamo l'ospedale per avvertirli che il paziente é veramente grave."

La pelle di Riccardo era diventata umida e fredda, il polso era debole e Riccardo era privo di sensi. Marco era ormai più che consapevole del fatto che il suo paziente mostrava tutti i sintomi di un possibile attacco di cuore.

Scaraventare	*fling*
Smania	*yearning*
Accasciato	*slumped*
Borsone	*kit bag*
Barella	*stretcher*
Mugolio	*whimper*

Capitolo 26

Paola si era alzata prestissimo, l'irrequietezza della notte l'aveva lasciata esausta e nervosa – i vari sogni strani che aveva avuto durante la notte, l'avevano sfinita e purtroppo Paola era ancora più stanca di quello che era e l'unica cosa che poteva ora aiutarla era un doppio espresso.

La casa era tranquilla e la giornata prometteva di essere gloriosa. Il calore del sole già stava rilassando Paola, la quale si era sdraiata sul divano in salotto, con l'intenzione di sonnecchiare per una mezz'oretta. Il suo cellulare era sullo stesso tavolino, dove l'aveva lasciato la sera prima ed incuriosita, Paola l'aveva controllato per vedere se ci fossero dei messaggi, mai pensando lontanamente che avrebbe trovato un messaggio da Riccardo Pace. Paola l'aveva subito letto e senza nessunissima esitazione l'aveva inoltrato immediatamente al Signor Moretti.

Dando un'occhiata al suo orologio e diventando sempre più irrequieta, Paola aveva pensato, lí per lí, che forse era alquanto presto per telefonare al Signor Moretti dato che non erano neanche le 6:30 del mattino - ma sua figlia era troppo importante per aspettare un'altra oretta e senza esitazione aveva chiamato Moretti.

"Moretti" – il tono della sua voce appariva seccato, ma Paola non era minimamente turbata . . . "Buongiorno . . . sono la Signora Paola, le ho inviato un messaggio ricevuto dal Signor Riccardo Pace, l'ha letto?" – Paola fremeva.

"Un attimo . . ." - la risposta del Signor Moretti era stata secca e repentina - la pausa lunga e l'insofferenza di Paola stavano aumentando secondo per secondo, agitandola sempre di più.

"Signora Paola . . . mi dia il tempo materiale per chiamare la polizia ed il mio assistente . . . Le prometto che poi verró subito da lei." Moretti aveva messo giú il ricevitore lasciando Paola in agitazione.

Paola era ansiosa - purtroppo tutta la tensione che si era accumulata fino a quel momento la stava annientando e rileggendo il messaggio di Riccardo aveva subito chiamato il suo cellulare per ringraziarlo. La voce di una donna l'aveva sorpresa però "Pronto chi parla?"

Paola si era momentaneamente ghiacciata - "Pronto . . . buona sera . . . sono la Signora Paola Trinci, cercavo il Signor Riccardo Pace . . . credo che questo sia il suo numero" . . . ma il cellulare era stato subito spento. Paola non era al cento per cento sicura se avesse parlato con Sabrina, dato che non le aveva parlato da tanto tempo, ma il dubbio si era giá germogliato nella sua mente.

L'ambulanza era finalmente arrivata all'ospedale – Marco e Danilo avevano subito portato Riccardo al pronto soccorso, dove il personale era giá al corrente dell'arrivo di un paziente, ma totalmente ignari del fatto che il paziente era giá in fin di vita.

Riccardo era privo di sensi, il suo viso rilassato come se fosse in un sonno profondo . . . la sua pelle sempre piú fredda e sudaticcia. Marco e Danilo avevano consegnato al personale di turno tutti i loro appunti redatti sul paziente – i loro volti piuttosto preoccupati . . .

---

l'irriquietezza	*uneasiness*
mai pensando lontanamente	*never thinking remotely*
Dando un'occhiata	*glancing*

Lo squillo improvviso ed inaspettato del campanello di casa aveva impaurito Paola momentaneamente. Moretti era arrivato, il quale senza neanche salutarla aveva subito annunciato che una squadra di otto soldati era stata inviata a Sondrio con l'ordine di assalire la casa dove Sabrina e Marianna si trovavano.

Paola si era scioccata "Assalire la casa?" – "Ma non pensa che sia pericoloso per Marianna?" – "E se non catturano Sabrina prima che . . ." - Moretti l'aveva interrotta repentinamente - "Sono forze speciali, esperti nella coordinazione di un assalto" – "Le assicuro hanno tutta l'esperienza di calcolare e determinare la situazione e di lanciare un attacco completamente coordinato."

Paola non si sentiva affatto a suo agio e la sua preoccupazione aveva incominciato ad aumentare secondo per secondo. Amedeo non era in casa e Paola aveva bisogno di parlare con qualcuno.

Alzandosi dal divano ed avviandosi verso il telefono, Paola stava per telefonare a Romina, la mamma di Vincenzo, quando il telefono aveva cominciato a squillare inaspettatamente. "Pronto chi parla?" – la voce di Paola era apprensiva . . . "Carissima . . . sono Vincenzo . . . come stai?"

"Vincenzo . . . tesoro mio . . . grazie a Dio . . . dove stai?" – l'umore di Paola si era giá sollevato considerevolmente.

"Purtroppo sono ancora in America – non vedo l'ora di ritornare in Italia però – le conferenze sono lunghe ed estenuanti al punto che non ce la faccio piú. Dimmi cara . . . come sta Marianna? Ho cercato di telefonare il suo cellulare diverse volte ma é tuttora spento . . . in più l'ospedale si é rifiutato di darmi notizie riguardo il suo benessere . . . anzi mi hanno suggerito invece di telefonarti." Paola non aveva avuto il tempo materiale di rispondere a Vincenzo che lui aveva continuato con la sua trama - "Non so perché . . . ma é da questa mattina che ho un angoscia addosso ed in più . . . ho un brutto presentimento che non mi da ne pace ne tregua . . . dimmi . . . come sta Marianna?" – il tono di Vincenzo era diventato alquanto esigente.

"Oh Vincenzo . . ." Paola si era cominciata a sentire male, il nodo alla gola le impediva di continuare a parlare, ma con un ultimo sforzo "ti posso far richiamare da Amedeo?" e con ciò Paola si era accasciata sul divano - la morza al petto le stava mozzando il fiato facendole realizzare che non poteva assolutamente ridursi ai minimi termini e correre il rischio di avere un altro attacco di cuore . . . d'altronde, cosa avrebbe fatto Marianna senza di lei?

Vincenzo aveva subito chiamato il cellulare di Amedeo, ma la segreteria era scattata istantaneamente e Vincenzo non era propenso a lasciare un messaggio.

Amedeo era andato a fare un pò di jogging tanto per evadere da casa ed aiutare la sua mente a trovare una soluzione all'incubo in cui si trovava e per la prima volta in vita sua non aveva realizzato che aveva dimenticato il suo cellulare sul tavolino dell'ingresso.

Ti posso far richiamare da Amedeo?   *Can I get Amedeo to call you back?*

Capitolo 27

Sabrina era salita in camera sua cercando di capire perché Paola Trinci aveva chiamato il cellulare di Riccardo. L'odissea della giornata le aveva recato una stanchezza allucinante che le impediva di concentrarsi e di conseguenza si era coricata con l'intenzione di riposarsi per pochi minuti, ma un sonno improvviso l'aveva avvinghiata senza mercé.

Marianna, la quale aveva sentito qualcuno venire su per le scale, era rimasta seduta sulla sua poltroncina completamente impietrita aspettando che la porta si aprisse, ma un silenzio assordante regnava ormai nella casa, recandole una nuova ondata di angoscia.

Il cane fuori nell'orto aveva incominciato ad abbaiare ed incuriosita Marianna era andata alla finestra. Le persiane erano semi chiuse e sporgendosi per vedere meglio, Marianna aveva realizzato che qualcuno era nascosto dietro una delle aiole, mai pensando minimamente che in effetti ci fossero diverse persone fuori della casa pronte ad effettuare un attacco improvviso ed inaspettato. I pulcini si erano impauriti e correvano per le aiole in tutte le direzioni – era più che palese che la loro tranquillità era stata disturbata da qualcosa o *peggio ancora* da qualcuno, ma Marianna non si era preoccupata troppo, dato che si trovava nel cuore della campagna.

Camminando lentamente verso il suo letto, Marianna stava per sdraiarsi, quando aveva sentito il rumore della chiave nella serratura della porta della sua camera girare lentamente come se qualcuno non volesse far troppo rumore. Marianna aspettava che Sabrina comparisse, mai aspettandosi invece che una figura scura, alta, vestita tutta di nero brandendo la forma di un fucile fosse entrata - "Shhhh . . ." era l'unico suono che aveva sentito.

Marianna non si era affatto spaventata – il suo stato d'animo era alquanto calmo e rimanendo seduta sul letto aveva invece aspettato che l'uomo le *rivolgesse la parola.*

La figura in nero le aveva invece fatto un cenno con la mano di seguirlo. Alzandosi lentamente Marianna si era diretta verso la porta cercando di non fare nessun rumore.

Le luci in cucina erano spente, infatti tutta la casa era buia e silenziosa ma quel pò di luce che c'era in cucina *aveva fatto realizzare a Marianna* che c'erano altre persone fuori nell'orto. Un sesto senso aveva fatto capire a Marianna che queste persone erano lí per aiutarla, mai realizzando chi fossero o da dove venissero.

Una volta uscita dalla casa, Marianna aveva potuto tirare un sospiro di sollievo. Uno degli uomini si era fatto avanti e levandosi il passamontagna nero che gli mascherava *sia la faccia che i capelli*, era andato verso Marianna . . . "Signorina Trinci . . . sono il Comandante Castelbianco – per favore . . . venga con me" le aveva sussurrato e prendendole il braccio l'aveva accompagnata giù per il viottolo che dava sulla stradina polverosa fuori del cancello. Camminando speditamente, Marianna si era incominciata a stancare e le gambe sembravano non sorreggerla più. Aggrappandosi al braccio della persona che era venuta a liberarla dalla sua prigione e dagli *artigli* di quella megera della sorella di Riccardo, Marianna non aveva fatto in tempo a dire una parola che l'uomo l'aveva presa in braccio come se fosse un fuscello.

Peggio ancora	*Worse still*
Rivolgesse la parola	*speak to her*
aveva fatto realizzare a Marianna	*had made Marianna realise*
sia la faccia che i capelli	*both his face and hair*
artigli	*claws*

Marianna aveva appoggiato la sua testa sulla spalla del comandante sentendosi, per la prima volta in tanto tempo, completamente protetta. In quel momento però, l'unico pensiero che le era venuta in mente travolgendola senza pietá, era il gran desiderio di voler essere tra le braccia di Vincenzo per sentirisi amata, protetta e sicura. Un brivido improvviso ed alquanto inaspettato l'aveva però ghiacciata e sciocccata - che fine aveva fatto Riccardo?

L'ultima volta che aveva visto Riccardo era quando era precipitato giù per le scale, il suo corpo privo di sensi senza nessun segno di vita e dopo la voce di Sabrina che gli urlava spietatamente riguardo il piccino che lei aspettava.

L'uomo che la teneva in braccio l'aveva messa giù improvvisamente vicino una macchina parcheggiata "Prego" ed aprendole lo sportello le aveva chiesto di sedersi, di chiudersi in macchina e di non aprire lo sportello a nessuno.

Marianna non si sentiva a suo agio e non avendo nessunissima idea di quello che stava avvenendo, non sapeva se rilassarsi oppure preoccuparsi.

"Comandante . . . non abbiamo trovato nessuno in casa . . ." - il soldato aveva istantaneamente irritato il suo capo.

"Avete perquisito il garage, il capannone, l'orto, la casa dei vicini ed i dintorni?" il soldato non aveva fatto in tempo a rispondere che il suo capo aveva continuato ". . . Se non troviamo alcuna traccia della Signora Sabrina, allora dovremo ricominciare con la casa, qualsiasi pannello nei muri, dentro gli armadi, sotto i letti, dietro gli armadi e perfino dentro gli armadietti in cucina, la soffitta, la cantina – bisogna assolutamente trovare il suo nascondiglio. Le due macchine sono ancora parcheggiate fuori della casa, quindi deve stare qui in qualche parte" – il tono del comandante era serio, alquanto seccato ed assai esigente. "Rimanete in gruppi di due o tre, questa é una persona pericolosa che deve essere assolutamente arrestata."

Gli uomini si erano dispersi in tutte le direzioni – gli ordini era stati dati e tutti li stavano eseguendo alla lettera, non realizzando il pericolo in cui stavano andando incontro. Sabrina era una iena, spietata e pronta ad eliminare chiunque che si metteva tra lei ed i suoi piani.

---

spietatamente	*brutally*
in cui stavano andando incontro	*they were about to face*

Capitolo 28

Riccardo si era svegliato in ospedale, la debolezza che aveva era allucinante - non aveva neache la forza di alzare un braccio e la sua testa sembrava non appartenere al suo corpo. La prima cosa che aveva notato era il flebo nel suo braccio destro. La cameretta dove si trovava era al buio ma le luci dal corridoio erano abbastanza forti da dare a Riccardo la possibilitá di cercare di capire dove si trovava. La sua gola era arida e le sue labbra erano cosí asciutte che quando le aveva toccate con la sua lingua, Riccardo si era sciocato da come erano diventate ruvide.

Poco per volta le immagini della sua caduta, la morte del cognato ucciso da Sabrina, Marianna prigioniera nella cameretta degli ospiti ed il suo calvario aspettando che l'ambulanza arrivasse, lo avevano lí per lí scosso al punto che Riccardo non osava muoversi in caso . . . "Buona sera Signor Riccardo . . . come si sente?" - Riccardo si era girato di soprassalto. "Chi é lei?" - aveva chiesto Riccardo in una voce sottile.

"Io sono l'infermiera di turno, la signorina Camilla Marpei." – "Ho giá avvertito il dottore che dovrebbe essere qui tra un momento all'altro." "Come si sente?"

"Non lo so come mi sento" – "l'unica cosa che mi preoccupa é l'idea che forse ho perduto l'uso delle mie gambe dopo che sono precipitato giú per le scale." – "Non ho il coraggio di muoverle" - La voce di Riccardo era seria, ma il suo tono accennava una preoccupazione alquanto profonda ed inconsolabile.

"Dovrá sentire il dottore che sará qui tra qualche minuto, nel frattempo le posso chiedere di prendere queste due pillole per favore?" - "Ecco dell'acqua" – il cercapersone dell'infermiera aveva vibrato e scusandosi, l'infermiera era uscita – ma le sue parole ronzavano ancora nella testa di Riccardo il quale non si sentiva a suo agio e solo l'idea di finire su una sedia a rotelle lo terrorizzava al massimo.

". . . il Dottore sará qui tra qualche minuto . . ." - le parole dell'infermiera stavano annoiando Riccardo sempre di piú, il quale si era cominciato ad agitare al punto che aveva schiacciato il pulsante per assistenza.

Dopo qualche secondo l'infermiera era ritornata - "Signorina Marpei, quando verrá il Dottore a vedermi?"

L'infermiera aveva guardato Riccardo seriamente, il suo aspetto leggermente seccato e stava per rispondere quando Riccardo, di punto in bianco si era imbestialito "ma é mai possibile che io debba rimanere inchiodato in questo maledetto letto aspettando che il "messia" venga?"

"Perché si sta agitando in questa maniera, quale sarebbe il problema?" il tono dell'infermiera era secco.

"Perché mi sto agitando?" – "Glielo dico subito perché mi sto agitando, é giá più di mezz'ora che sto aspettando per questo benedetto dottore!!" – "Perché mi ha detto 'tra qualche minuto e non tra qualche ora?' - Riccardo si stava indemoniando al punto che aveva incominciato a respirare faticosamente, la sua debolezza stava riprendendo possesso del suo corpo . . . della sua mente.

"Guai se mi parla con tale tono di voce!" – "Le ripeto per l'ennesima volta che il dottore verrá", ma Riccardo non le aveva risposto, la debolezza improvvisa sembrava in quel momento aver placato la tigre dentro di lui e l'affanno gli aveva mozzato il fiato.

Di punto in bianco si era imbestialito	*out of the blue he had flown into a rage*
Guai se mi parla con tale tono di voce	*don't you dare to speak to me in that tone of voice*
Per l'ennesima volta	*for the umpteenth time*

L'infermiera aveva spinto il pulsante per aiuto – Riccardo sembrava essere piombato nuovamente in uno stato d'incoscienza e le perle di sudore erano riapparse sulla sua fronte. L'affanno era diminuito ma Riccardo era impallidito al punto che il suo viso sembrava fatto di cera.

"Dottore . . . buongiorno . . ." – l'infermiera aveva un aspetto angosciato.

"Qual'è il problema Camilla?" – il dottore non sembrava affatto turbato dalla situazione.

"Il paziente, il Signor Riccardo Pace, si é agitato improvvisamente, si é esasperato di punto in bianco!" – il dottore l'aveva interrotta "Esasperato?" – "Per quale ragione?" Guardandolo, Camilla non aveva esitato affatto a rispondergli "Per la semplice ragione che si era innervosito aspettando che lei venisse a vederlo!" Camilla era stata più che onesta con il suo commento, notando che l'espressione del dottore aveva adottato una smorfia che trasudava noia con un pizzico di risentimento.

"'Mi può passare il suo dossier per favore?" aveva chiesto il Dottore, la cui voce era secca senza neanche un minimo di gentilezza.

"Eccolo qui" – e con ciò l'infermiera si era leggermente allontanata. Il dottore aveva rimosso le coperte ed aveva incominciato ad esaminare Riccardo.

Capitolo 29

Amedeo era ritornato a casa e mettendo le chiavi di casa sulla *consolle*, aveva realizzato che aveva dimenticato il suo cellulare. "Dannazione!" –

Amedeo era furibondo con se stesso e controllando il suo cellulare aveva realizzato che Vincenzo aveva cercato di contattarlo un paio di volte. Senza esitare stava per richiamare Vincenzo quando "Amedeo . . .?" – la voce debole di Paola aveva in quel momento spaventato Amedeo.

"Paola . . . che c'è che non va?" – Amedeo era subito corso in salotto. "Amedo . . . Vincenzo ha chiamato prima, voleva sapere la ragione per cui non riusciva a mettersi in contatto con Marianna." – "Mi sono troppo sconvolta e quindi gli ho chiesto di chiamarti" - "Credo però tu abbia lasciato il tuo cellulare sulla *consolle* nell'ingresso quando sei uscito". La voce di Paola aveva un affanno preoccupante.

"Lo so . . . lo so . . . troppi pensieri per la testa . . . come ti senti?" - La voce di Amedeo era piena di rammarico.

"Stanchissima!" e con ciò Paola si era sdraiata nuovamente sopra il divano.

Amedeo si era subito diretto verso l'ingresso per prendere il suo cellulare ed andando nella sua camera da letto, aveva chiuso la porta per non disturbare Paola.

"Vincenzo, come stai?" la voce di Amedeo era leggermente seria. "Amedeo . . . finalmente . . . ho cercato di telefonarti prima ma non ti ho trovato. Come stai? Come sta Marianna?" - Vincenzo fremeva dalla gran voglia di scoprire cosa esattamente era successo a Marianna e la sua voce non nascondeva la sua frustrazione.

"Quando intendi ritornare in Italia?" – Amedeo non aveva nessunissima intenzione di discutere i dettagli della scomparsa di Marianna. "Spero tra qualche giorno quando tutte le conferenze finiranno. Credimi sono esausto. C'é una cosa però Amedeo che non mi da tregua . . . sono giorni che ho un patema d'animo che mi sta consumando." – "Come sta Marianna?"

Amedeo aveva esitato a rispondere "Vincenzo . . . figlio mio . . . che ti posso dire . . . Marianna non é più in ospedale . . . ancora non abbiamo notizie di dove sia . . . mi dispiace Vincenzo . . . Vincenzo?" ma la linea era caduta e da un lato Amedeo si sentiva alleviato dal fatto che Vincenzo era ancora all'oscuro di cosa fosse successo a Marianna.

Ritornando in salotto, Amedeo aveva guardato a Paola, che si era addormentata sul divano, il suo respiro calmo e regolare, tanto che l'idea di riposarsi aveva incominciato ad allettare anche Amedeo e senza esitazione si era diretto in camera da letto per coricarsi per una mezz'oretta.

Ha chiamato prima	*he called earlier*
Un affanno preoccupante	*a worrying breathlessness*
Un patema d'animo	*an anxious feeling*

Capitolo 30

Marianna non riusciva a rilassarsi in macchina, dove il comandante l'aveva lasciata e la sensazione di essere ancora prigioniera, non le dava un minimo di tregua, anzi Marianna si sentiva ancora più prigioniera e vulnerabile di quello che giá era, dato che ora era stata abbandonata in una macchina dove si sentiva meno sicura di quando stava nella sua cameretta.

Marianna stava cercando di reclinare il suo sedile cosí da darle la possibilitá di rilassarsi meglio, quando con la coda dell'occhio aveva notato un movimento vicino al suo finestrino. Girandosi lentamente, Marianna non si aspettava di vedere l'immagine di un uomo la cui testa era coperta e sgocciolante di sangue e completamente imbrattato di terra che le stava venendo incontro con le mani spianate davanti a lui come se chiedesse per qualcuno di aiutarlo.

Raccapricciata dall'aspetto di questa povera persona, Marianna non aveva esitato minimamente ad uscire dalla macchina per cercare di aiutarlo, quando l'uomo era crollato davanti a lei dicendo solo una parola "Marianna...".

Inorridita, Marianna era subito andata a suonare il claxon per attirare l'attenzione dei soldati in casa e cercare di apportare aiuto a questa povera persona che non aveva mai visto in vita sua, ma che ovviamente l'aveva riconosciuta ed in più conosceva il suo nome.

Incuriosita, era subito andata dall'uomo che si era ormai sdraiato per terra ed alzando la sua testa, Marianna aveva cercato di torgliergli della terra che si era mischiata con il sangue che stava ancora uscendo lentamente da una ferita vicino la tempia. Sorreggendo la sua testa, un brivido scioccante l'aveva scossa – l'uomo che era ferito gravemente non era altro che Eugenio!

Girandosi repentinamente, Marianna aveva visto due soldati che le stavano andando incontro. "Perchè ha suonato il claxon?" aveva chiesto uno dei soldati, mentre l'altro si era diretto immediatamente verso Eugenio. "Oberdan, chiama un'ambulanza... MUOVITI!"

L'altro soldato aveva subito preso il suo cellulare ed eseguito l'ordine che gli era stato dato.

Il Comandante Castelbianco aveva raggiunto Marianna e con voce perentoria, le aveva quasi urlato "Cosa le avevo detto?" Marianna era rimasta sciocata dal suo tono ed avviandosi verso la macchina si era girata esclamando ad alta voce "Voglio andare a casa! Sono stanca e non voglio più stare qui." Lo sportello della macchina era stato chiuso di botto e per la prima volta in tanto tempo l'umore di Marianna non era buono, infatti stava peggiorando ogni secondo.

Il Comandante si era diretto verso il soldato che stava aiutando Eugenio. "Come sta?" Il soldato si era girato "Un'ambulanza è stata chiamata – ha perduto diverso sangue." - "Speriamo che arrivi in tempo!"

Anzi	*on the contrary*
ancora più	*even more*
Era stato chiuso di botto	*had been slammed shut*

Eugenio aveva improvvisamente afferrato la mano del comandante "Ha trovato mia moglie?" Il comandante era rimasto sorpreso "Chi sarebbe sua moglie?" aveva risposto con empatia. "Sabrina Pace . . ." - Il comandante si stava per alzare quando Eugenio aveva afferrato nuovamente il suo polso "Deve guardare nella sua stanza . . . dietro l'armadio, c'é un apertura nel muro . . ." ma ormai Eugenio stava faticando a parlare.

Il comandante Castelbianco aveva preso subito la sua ricetrasmittente, dando il comando immediato di ispezionare tutte le stanze nella casa.

Quattro soldati avevano incominciato a salire le scale con cautela, sapendo che avrebbero trovato una donna potenzialmente pericolosa in agguato in una delle stanze. Sul primo piano c'erano solo quattro porte che davano su un pianerottolo lungo, stretto e buio. Alla fine del pianerottolo alla sinistra c'era un lume acceso che emanava una luce pallida alquanto giallastra che dava al pianerottolo un'aria inquietante.

Due dei soldati si erano diretti alla prima porta e dopo un'ispezione veloce non avevano trovato nessuna apertura. La seconda stanza era più piccola ma in questa cameretta non avevano trovato un armadio, eccetto un cassettone alto che avevano spostato ma nessun nascondiglio era stato trovato. I quattro soldati si erano divisi avviandosi verso le due ultime porte.

Un paio di soldati si erano diretti alla terza porta ed aprendola lentamente avevano scoperto che c'erano altre due porte situate diagonalmente, una alla destra ed una alla sinistra. Uno dei soldati aveva dato il comando di aprire le due porte simultaneamente. Il silenzio e la tensione erano cosí soverchianti, che le mani di uno dei soldati avevano cominciato a tremare. Con un cenno della testa le due porte erano state aperte ed i soldati erano entrati con cautela – una stanza era completamente vuota mentre l'altra era arredata con solo una brandina, un comodino minuscolo ed una toletta.

Rimaneva solo un'altra stanza da ispezionare. Aprendo la porta lentamente, i soldati avevano scoperto che era solo il bagno consistente di un vano doccia, una piccola vasca da bagno, un lavandino, una tazza ed un piccolo armadio a muro pieno di asciugamani e prodotti da bagno.

Ritornando sul pianerottolo, uno dei soldati aveva avvisato il comandante che non avevano trovato niente. Nonostante ciò, il comandante non era affatto convinto e dando l'ordine ai due soldati in giardino di rimanere sia con Eugenio che con Marianna, il comandante Castelbianco era entrato in casa e con passo deciso era salito su per le scale. Guardando su e giù per il pianerottolo, aveva accennato con la mano ad uno dei soldati di venire verso di lui. "Allora . . . incominciamo con questa camera".

Entrando nella stanza, il comandante aveva incominciato a guardare intorno "Aiutami!" Il cassettone era pesante dato che la parte superiore era tutta di marmo ed il mobile era troppo pesante per essere mosso da sola una persona.

La parete dietro il mobile non aveva rivelato nessun passaggio ed il resto della camera era normale. Il comandante non si era scoraggiato ed entrando nella seconda camera da letto, aveva trovato un armadio antico il cui specchio era vecchio dato che aveva diverse chiazze nere.

Armadio a muro   *wall wardrobe*
sia con Eugenio che con Marianna   *both with Eugenio and Marianna*
il cassettone   *the big chest of drawers*

L'armadio era stato spostato ma la parete non rivelava nessuna apertura. Il comandante stava per uscire dalla stanza, quando una corrente d'aria fredda aveva soffiato leggermente sul suo collo, come se qualcuno stasse soffiando su di lui. Girandosi repentinamente ed alzando la mano senza dire una parola, il comandante aveva fatto segno al soldato di rimanere fermo. Piano piano, i due uomini avevano mosso l'armadio per fare un pò più di spazio, ma il muro sembrava essere un muro normale senza passaggi nascosti o tracce di una porta segreta.

Il comandante aveva controllato la finestra per vedere se fosse stata aperta, ma questa era chiusa e non c'erano neanche delle fessure attraverso le quali una corrente d'aria avrebbe potuto soffiare.

Ritornando verso l'armadio e mettendo la mano sulla parete, il comandante aveva notato che la temperatura era più fredda, infatti quasi gelata. Sdraiandosi per terra, aveva controllato lo zoccolo della parete dal principio alla fine, ma non era riuscito a vedere nulla. Disilluso ed appoggiandosi con la mano sullo spigolo dello zoccolo, il comandante si stava per alzare quando parte della parete si era mossa svelando un passaggio segreto.

Una scaletta ripida e stretta sembrava sparire nel buio di un abisso. Il comandante aveva subito usato la lucetta del suo cellulare per vedere meglio ed avere un'idea di dove il passaggio conducesse. Era più che ovvio però che tale passaggio non era stato usato da diverso tempo, dato che le ragnatale, che avevano formato come una tenda nera, erano completamente intatte. In un angolo un ragno enorme aveva reagito alla luce e stava cercando di nascondersi rintanandosi in un angolo della ragnatela che sembrava avere la forma di un tunnel minusculo.

Il comandante aveva dato l'ordine al soldato di andare giù per ispezionare il ripostiglio ed uscendo dalla camera da letto aveva accennato ad uno dei soldati sul pianerottolo di rimanere fuori della camera.

Sabrina continuava ad eludere la cattura ed in più la casa era stata controllata da cima a fondo senza rivelare il suo nascondiglio. Le altre camere da letto erano anche state ricontrollate senza rivelare nulla.

Delle luci blu erano giunte ai cancelli del giardino ed Eugenio Dolesi era stato portato via di fretta su una barella – l'urgenza di portarlo in ospedale il più presto possibile era della massima importanza – il suo trauma impensabile, la sua sofferenza, il suo shock e la sua determinazione di sopravvivere erano tutti attributi che avrebbero dovuto aiutarlo a superare questo momento cosí angoscioso.

Marianna aveva visto l'ambulanza partire a tutta velocitá con le luci accese e con la sirena a tutto volume causando un fracasso assordante. La sua consapevolezza nel realizzare la situazione frangente in cui si trovava, le aveva arrecato un'altra onda di nervosismo e di apprensione.

Era più che lampante che quella megera di Sabrina aveva trovato un nascondiglio in cui si sentiva sicura e rimanendo accasciata sul sedile della macchina, Marianna aveva lí per lí considerato di uscire dalla macchina, per dirigersi in casa e fare una sfuriata al comandante Castelbianco che non aveva mai potuto digerire dal momento che l'aveva incontrato.

Zoccolo	*skirting board*
Ripostiglio	*closet*
Fare una sfuriata	*to have it out with*

Il sangue di Marianna aveva cominciato a bollire, quando inaspettatamente aveva visto il cofano di una delle due macchine aprirsi lentamente.

Marianna si era sprofondata ancora di più nel sedile per paura di essere vista, ma aveva continuato a seguire Sabrina al punto che una paura allucinante le era venuta in caso Sabrina avesse potuto percepire che qualcuno la stesse fissando.

Sabrina era ignara . . . sembrava come una pantera nera che cercava di evadere la cattura - i suoi movimenti lenti, quasi rallentati da una forza maggiore che la possedeva.

Marianna non osava muoversi, completamente impietrita da tale scena. Le sue braccia erano diventate pesanti come due tronchi d'albero ed aveva cominciato a respirare faticosamente come se avesse paura che Sabrina la sentisse.

La porta della cucina si era aperta di botto e due soldati erano usciti dirigendosi verso il capannone. La loro sorpresa di vedere Sabrina in giardino aveva fatto agirli repentinamente e senza esitazione avevano puntato i loro fucili urlando una sola parola "ALT!" - ma Sabrina era stata anche lei veloce e prendendo un forcone vicino il muro, lo aveva lanciato con forza ad uno dei soldati trafiggendolo nell'addome mentre l'altro soldato non aveva esitato a far fuoco colpendo Sabrina alla spalla, facendola rotolare come una palla per terra, schiantandosi contro un'aiola.

"Oberdan!" il suo compagno aveva cominciato ad urlare per ottenere aiuto. Le tre punte del forcone avevano penetrato l'addome, ma in effetti causando solo delle lesioni superficiali tali da non mettere la vita di Oberdan in pericolo. Nonostante ciò, Oberdan aveva chiesto a Nicola di rimuovere il forcone dal suo addome, tenendo le sue mani dove le tre punte erano prenetate.

Il comandante era uscito di corsa dalla cucina, mentre gli altri soldati si erano diretti verso Sabrina, la quale nonostante la sua ferita, cercava di svincolarsi dalle loro morse, urlando come un animale che cercava di evadere la cattura. Delle manette le erano state subito messe e due soldati l'avevano accompagnata ad una delle loro camionette.

Poco per volta tutti gli altri soldati erano usciti dalla casa avviandosi ai loro veicoli. Il comandante aveva dato gli ordini di far si che la casa e gli altri fabbricati fossero chiusi e resi sicuri – poi prendendo il suo cellulare aveva fatto una chiamata che grazie a Dio non era stata troppo lunga.

Una volta terminata la conversazione, il Comandante aveva radunato il suo equipaggio dando naturalmente i suoi ultimi ordini, dopodiché era andato da Marianna e salendo in macchina e neanche guardandola, aveva pronunciato una sola parola "Andiamo . . ."

---

trafiggendolo	*piercing him*
Era uscito di corsa	*had come out running*
Nonostante	*despite*
Svincolarsi	*freeing herself*
dopodiché	*after which*

Capitolo 31

Marianna si sentiva ancora intorpidita dagli avvenimenti della serata, ma solo il pensiero di andare a casa, di riabbracciare i suoi genitori, di rivedere Vincenzo, di dirgli quanto gli voleva bene e come non aveva mai smesso di amarlo da quando era bambina, avevano fatto Marianna scoppiare in un pianto dirotto. Ormai Riccardo non faceva più parte della sua vita, meritandosi tutto quello che il destino avrebbe serbato per lui da ora in avanti.

L'ambulanza era giunta all'ospedale di Sondrio, lo stesso ospedale dove Riccardo era stato ricoverato. Eugenio era semi cosciente ed una volta arrivato al pronto soccorso, i dottori avevano effettuato una visita accurata mentre le infermiere avevano subito organizzato un flebo nel braccio sinistro per una trasfusione di sangue. Eugenio era ancora vivo, ma solo per miracolo.

Una delle infermiere aveva incominciato a pulire lo squarcio profondo versando dell'acqua sterilizzata sulla ferita rimuovendo con cura tutta la terra e controllando accuratamente che ogni particella fosse rimossa. Un'altra infermiera era giunta con una vaschetta contenente ago e filo per dare i punti alla ferita. "Non dimenticare di lavare la ferita con dell'acqua ossigenata, non vogliamo correre il rischio di una setticemia." – "Questo povero cristo è già ridotto ai minimi termini" e prendendo una bottiglietta dal carrello, l'infermiera aveva subito versato dell'acqua ossigenata sulla ferita facendo Eugenio mugolare sotto voce. L'acqua ossigenata sembrava come dell'olio bollente che stesse friggendo la ferita.

"Continua pure a dare i punti – questi dovranno rimanere per almeno quattro o cinque giorni. Quando hai finito, metti questo cerotto per tenere la ferita coperta, cambiandola giornalmente."

La capo infermiera era stata diretta con le sue istruzioni, poi rivolgendosi al dottore, aveva continuato "il paziente può essere ammesso alla corsia 13 sul secondo piano quando lei é pronto a darci il suo consenso". Il dottore aveva solo annuito con la testa mentre aveva continuato meticolosamente a scrivere le sue note nel fascicolo del paziente.

Riccardo si era finalmente svegliato e girandosi nel letto aveva subito notato che non aveva nessunissima sensazione nella parte inferiore del suo corpo - le sue gambe erano diventate pesanti e fredde. Un panico improvviso aveva invaso Riccardo che aveva incominciato ad urlare. Un'infermiera, che si trovava per puro caso nel corridoio, era subito corsa nella stanza per capire quale fosse il problema. La giovane infermiera si era avvicinata a Riccardo con l'intenzione di chiedergli cosa fosse il suo malessere, ma Riccardo le aveva preso le mani potendo dire solo "le mie gambe . . . le mie gambe."

Da ora in avanti	*from now on*
una visita accurata	*a thorough check-up*
una vaschetta	*a small basin*
cerotto	*plaster*
dell'acqua ossigenata	*hydrogen peroxide/antiseptic*
diretta	*straight forward*
fascicolo	*file*

Il dottore era andato vicino a Riccardo e cercando di leggere le sue note aveva continuato - "Stiamo aspettando per i risultati delle lastre" – "Deve capire che dopo una caduta come ha avuto lei, i nervi che controllano le gambe sono forse stati danneggiati" - "Signor Riccardo, deve capire che non si deve assolutamente agitare troppo, mi capisce?"

Riccardo si era messo la testa tra le mani . . . "Quel maledetto di Eugenio, che non debba mai trovar pace . . ."

"A chi si riferisce?" aveva chiesto il dottore "A mio cognato . . . un individuo che non avrebbe mai dovuto sposare mia sorella . . . Eugenio Dolesi!!"

"Eugenio Dolesi!!!" – "Ma é stato proprio adesso . . ." - il dottore aveva realizzato in quel momento che stava per rivelare il nome del suo nuovo paziente, "Eugenio Dolesi", il quale era stato ricoverato nella camera accanto in attesa di una sua visita.

"Signor Riccardo . . . cosa le ha fatto il Signor Dolesi?" - il dottore si era momentaneamente incuriosito.

"Quel mascalzone mi ha spinto giù per le scale . . . forse sarebbe stato meglio se mi avesse ammazzato, almeno non mi troverei adesso in queste condizioni cosí pietose!!" - Riccardo era inconsolabile ed il dottore lo aveva captato. Il suo paziente avrebbe fatto qualsiasi cosa pur di riavere l'uso delle sue gambe. Un nodo alla gola improvviso aveva impedito a Riccardo di continuare a parlare ed il suo nervosismo lo aveva incominciato ad annientare.

"Signor Riccardo, mi ascolti, ora le faccio fare un iniezione che dovrebbe senz'altro aiutarla a dormire . . . vedrá che tra poco si sentirá meglio" - e con ció il dottore era uscito dalla camera di Riccardo avviandosi direttamente al suo ufficio.

Sedendosi sulla sedia, dietro la sua scrivania, il dottore si era preso pochi minuti di pausa per cercare di capire la situazione in cui si trovava. Aveva due pazienti: uno che era stato ricoverato recentemente con lesioni spinali dovuto ad una caduta, e l'altro aveva una concussione grave alla testa dovuto ad un impatto fortissimo ricevuto alla tempia. In più, era ovvio che qualcuno aveva cercato di seppellire Dolesi, per la semplice ragione che era completamente coperto di terriccio dalla testa ai piedi e la persona, credendo che Dolesi fosse morto, aveva fatto del suo meglio per nascondere il reato seppellendo il corpo in una buca non troppo profonda. Il dilemma in cui si trovava, aveva incominciato a tormentare il dottore al punto che aveva inviato un messaggio ad un suo amico che lavorava nello stesso ospedale, chiedendogli d'incontrarlo durante l'ora di pranzo perché aveva bisogno di un suo consiglio alquanto importante ed urgente.

Moretti aveva chiamato Amedeo per dargli la notizia che Marianna era stata trovata, che stava bene e che il Comandante Castelbianco la stava accompagnando personalmente all'ospedale civile di Sondrio per una visita medica. Moretti l'avrebbe raggiunto all'ospedale e sarebbe stato grato se lo avesse incontrato al pronto soccorso.

Amedeo era gioioso e correndo in salotto aveva svegliato Paola abbracciandola e baciandola con l'affetto e la tenerezza di sempre. "Tesoro mio . . . come ti senti?" Amedeo non voleva eccitarla troppo.

Paola l'aveva guardato per qualche secondo e tirandosi su aveva risposto "Hanno trovato Marianna vero? . . ." – gli occhi di Paola si erano accesi. "Come lo sai? . . ." - le aveva chiesto Amedeo. "Lo vedo nei tuoi occhi, ecco come lo so!"

Lastre	*x-rays*
Ma é stato proprio adesso	*but he has just been now*
Mascalzone	*lowlife*
dalla testa ai piedi	*from head to foot*

Paola si era alzata per andare nella sua stanza a cambiarsi, il suo umore considerevolmente sollevato – tra qualche ora avrebbe rivisto Marianna, l'avrebbe abbracciata, baciata, le avrebbe detto quanto le era mancata e quanto le voleva bene. In più Vincenzo sarebbe ritornato tra qualche giorno da Chicago e finalmente Marianna avrebbe trovato il momento giusto per rivelargli che lei era in attesa del suo bimbo.

Eugenio si era girato lentamente nel letto – il dolore alla tempia ed a tutta la parte sinistra della sua testa era allucinante, al punto che ogni volta che cercava di aprire gli occhi, tutte luci ballerine di colori differenti guizzavano davanti a lui come delle stelle cadenti – in più la stanza in cui si trovava sembrava essere sprofondata in un mare di acqua dove tutto sembrava galleggiare.

Cercando di tirarsi leggermente un pó su, Eugenio aveva trovato il pulsante e spingendolo aveva cercato di chiamare l'infermiera, ma la sua voce era debole e per la prima volta in vita sua aveva capito che per parlare aveva bisogno di energia che in quel momento, non possedeva affatto. Inoltre, non aveva ancora capito dove si trovasse - la sua faccia era strana e toccandola con la mano aveva realizzato che l'occhio sinistro era tumefatto, infatti era quasi chiuso e che il resto della sua guancia era priva di sensazione.

Un'infermiera era giunta in camera e guardandolo aveva immediatamente preso lo stetoscopio per ascoltare il battito del suo cuore. Eugenio le aveva preso il braccio ma aveva notato che le sue unghie erano nere e piene di terra. Toccandosi i capelli, Eugenio aveva capito che anche la sua testa era piena di terriccio ed emettendo un suono incomprensibile, l'infermiera si era voltata - "Cosa mi é successo?" – aveva ripetuto Eugenio, ma la sua voce era debole, quasi impercettibile, al punto che l'infermiera si era preoccupata.

Gocce di sudore stavano formandosi sulla fronte di Eugenio, il quale poco per volta stava incominciando a perdere la coscienza.

L'infermiera era andata subito di corsa a prendere il dottore di turno spiegandogli che il paziente Dolesi stava peggiorando. Il dottore era andato immediatamente da Eugenio e guardando le sue note, aveva subito chiesto all'infermiera di somministrare 10 mg di diamorfina per il dolore. "Qualcuno dovrebbe rimanere con il paziente per le prossime ore – voglio sapere il momento che riprende coscienza." Il dottore aveva un'aria preoccupata ed alquanto tesa.

L'infermiera si era seduta al lato del letto di Eugenio, ma il suo cercapersone aveva cominciato a vibrare e senza esitazione era subito andata a vedere chi aveva bisogno di lei.

Riccardo, stava cercando del suo meglio di alzarsi dal letto ma le sue gambe erano deboli ed il suo umore stava, come al solito, peggiorando di secondo in secondo.
"Signor Riccardo . . . cosa sta cercando di fare?" – l'infermiera si era avvicinata a Riccardo prendendo il suo braccio ma Riccardo si era svincolato sbraitando "mi porti una maledetta sedia a rotelle . . . ho bisogno di andare in bagno . . .". - L'infermiera non aveva reagito alle parole di Riccardo ed era andata a prendere una sedia a rotelle, aiutandolo a sedersi. "Mi accompagni alla toilette . . . se non le dispiace!" – il tono di Riccardo sempre dittatorio ed arrogante. L'infermiera era stata più che paziente e spingendolo verso la porta della toilette situata verso la fine del corridoio, Riccardo si era girato per vedere chi fosse ricoverato nella cameretta accanto, mai pensando di scoprire che Eugenio fosse ricoverato nello stesso ospedale, proprio nella sua stessa corsia.

Luci ballerine	*flickering lights*
Guizzavano	*darted*
Stelle cadenti	*falling stars*
Tumefatto	*swollen*

"Eugenio! Pensavo fosse morto . . . cosa sta facendo qui?" – l'infermiera si era fermata "Come conosce questo paziente?" - Riccardo si era girato rispondendo "É mio cognato . . . é stato lui a spingermi giú per le scale. **Maledetto** . . ."

Il dottore era giunto nel corridoio per capire la ragione per cui Riccardo stava sbraitando ed avvicinandosi gli aveva chiesto imperativamente "Cosa ha detto?" – lí per lí Riccardo sembrava essersi intimidito dal tono della voce del dottore, ma con decisione Riccardo aveva continuato "Questo individuo non é altro che il marito di mia sorella, il Signor Eugenio Dolesi . . . chiamiamolo 'Signore' . . . è stato proprio lui a spingermi giú per le scale cercando di ammazzarmi . . . e quando mia sorella ha cercato di chiamare un'ambulanza . . . lui non le ha dato il permesso" – Riccardo si era messo la testa tra le mani. "Mi creda . . . preferisco la morte all'idea di dover trascorrere il resto della mia vita in una sedia a rotelle, **Maledetto**!!!!!"

La voce di Riccardo aveva rimbombato nella corsia ed Eugenio si era voltato aprendo gli occhi fissando Riccardo in maniera malevola. "Dottore . . . per favore . . . chiami pure la polizia . . . voglio fare una denuncia . . . Eugenio Dolesi deve essere assolutamente arrestato e buttato in galera!" Eugenio continuava a fissare Riccardo - " . . . Lazzaro . . . seppellito e risorso!!" – la voce di Riccardo era piena di disprezzo, spietata ed aliena da ogni minimo sentimento di umanitá.

Il dottore aveva fatto cenno all'infermiera di andare da Eugenio e spingendo Riccardo verso il suo ufficio, aveva chiuso la porta. "Una domanda . . . ha chiamato suo cognato Lazzaro . . . mi spiega una cosa . . . come sa che é stato seppellito?" Riccardo aveva realizzato come, in quel momento di aberrazione totale, aveva coinvolto la sorella nel reato che lei e solo lei aveva commesso. Riccardo aveva un aspetto sciocato ma ormai era troppo tardi e con rassegnazione aveva continuato "Dottore . . . deve capire che mia sorella é malata di mente . . . al punto che recentemente aveva incominciato a vedere uno psichiatra che doveva aiutarla con un disturbo dissociativo dell'identitá che si é sviluppato pochi anni dopo la morte di mia madre. Deve capire che la vita di mia sorella non é stata esattamente facile. L'onere é caduto sulle sue spalle di accudire non solo a me, ma anche a mio padre, una persona consumata dal risentimento di aver perduto mia madre ed il suo atteggiamento nei confronti di mia sorella é stato sempre violento, sarcastico e crudele.

In più quando mia sorella si é finalmente sposata, dal mio punto di vista, Eugenio non é stato sempre molto affettuoso con lei, criticandola e trattandola come un'ebete davanti a tutti, solo per cercare di coprire la sua inabilità come uomo, come padre, un incapace che personalmente non ho mai potuto digerire." . . . "Grazie a Dio i suoi figli sono con sua sorella, una persona intelligente ed affidabile che lavora come la *Manager* di una compagnia internazionale di farmaci"

Il dottore aveva ascoltato Riccardo con intento "Ma non mi ha spiegato come sapeva che suo cognato era stato seppellito". Riccardo aveva sospirato "Quando mia sorella ha chiesto al marito se poteva chiamare un'ambulanza per me, la risposta che Eugenio le aveva dato era stato un semplice e secco '**NO**', causando, in mia sorella, una reazione cosí violenta ed inaspettata che senza nessunissima premeditazione, aveva preso una pala che stava per puro caso in cucina, colpendo Eugenio alla tempia.

Sia mia sorella che io pensavamo che Eugenio fosse morto. Quindi con fatica, mia sorella l'aveva portato nell'orto, dove aveva cercato di seppellirlo. Mi creda, per me é stato uno shock vederlo qui in ospedale"

Fare una denuncia *press charges*
Buttato in galera *thrown into jail*

Il dottore aveva chiamato l'infermiera per accompagnare Riccardo in bagno, lasciandolo con l'onere di dover chiamare la polizia per riportare tale crimine. Riccardo si era annientato, ma da un lato si sentiva alleggerito dal fatto che si era confidato con una persona professionale.

Paola ed Amedeo erano arrivati a Sondrio ed avviandosi al pronto soccorso avevano chiesto dove fosse la loro figlia. Marianna era in una camera aspettando che il dottore venisse a farle una visita medica e darle il permesso di poter andare a casa. "Mamma!" – la gioia di Marianna era quasi palpabile. "Amore mio, come stai? Come ti senti?" Amedeo aveva aspettato il suo turno per abbracciare la figlia. "Voglio andare a casa . . ." – Marianna era come una bambina . . . "Vediamo cosa dice il dottore . . ." – Paola teneva Marianna per mano come se avesse paura di riperderla.

Il dottore di turno era entrato poco dopo . . . "Signorina, come si sente?" Il dottore era giovane ed affabile. "Vorrei andare a casa" - aveva risposto Marianna.

Il dottore si era girato verso Paola "Signora, sarò più che palese con lei, sua figlia potrá senz'altro andare a casa, ma solo dopo pochi giorni di riposo qui in ospedale. È meglio essere al cento per cento sicuri." Poi girandosi verso Marianna, il dottore aveva continuato "Sua madre o suo padre potranno rimanere qui con lei, abbiamo una camera privata, quindi non c'é nessun problema; la cosa la più importante è che lei si deve assolutamente riposare e rilassare, non altro" e sorridendo, il Dottore era uscito dalla camera per andare ad organizzare l'ammissione di Marianna in ospedale.

L'infermiera era ritornata nella camera di Eugenio e guardandolo, aveva subito scoperto che il paziente non stava respirando. Spingendo il pulsante per assistenza, l'infermiera aveva incominciato immediatamente con la rianimazione cardiorespiratoria. Il dottore l'aveva raggiunta in secondi e prendendo lo stetoscopio aveva anche lui cercato di ascoltare il battito del cuore di Eugenio. Poi prendendo il defibrillatore, il dottore aveva incominciato a cercare di rianimare Eugenio. La determinazione con cui il dottore stava eseguendo la rianimazione del suo paziente era semplicemente ammirabile ma Eugenio non stava reagendo ai suoi tentativi.

Dopo venti minuti, il dottore aveva dichiarato Eugenio Dolesi deceduto. Un'autopsia avrebbe rivelato le tre cause principali della sua morte.

Riccardo si stava riposando sul letto, la sua mente priva di pensieri, quando il Dottore si era avvicinato "Signor Riccardo . . . mi dispiace di disturbarla . . .". Riccardo aveva subito notato l'aspetto serio del dottore. "Mi dica" - Il dottore lo aveva guardato momentaneamente con uno sguardo serio - "mi dispiace . . . ma suo cognato, il Signor Eugenio Dolesi é morto pochi minuti fa. Ho cercato di fare del mio meglio per rianimarlo ma dopo venti minuti mi sono arreso perché il cuore non reagiva alle scosse del defibrillatore."

Riccardo lo aveva solo guardato e con angoscia aveva mormorato "I bambini di Sabrina!" Il dottore lo aveva guardato e senza dire una parola si era voltato ritornando nel suo ufficio.

Il cellulare di Amedeo aveva incominciato a squillare, ma non era in vena di parlare con nessuno e senza neanche controllare chi fosse che lo stava chiamando, l'aveva subito spento, ma in quello stesso momento Amedeo era stato annoiato dalla voce di Moretti nel corridoio, un sesto senso peró lo aveva fatto alzare dalla sedia e dirigendosi verso la porta, aveva solo detto a Paola "Cinque minuti e ritorno".

Moretti aveva subito visto Amedeo ed andandogli incontro gli aveva riferito che Sabrina era stata catturata e riportata all'ospedale psichiatrico dove sarebbe rimasta probabilmente per gran parte della sua vita. Il Comandante Castelbianco lo aveva messo anche al corrente del fatto che Sabrina era stata ferita da un proiettile alla spalla e che il marito era deceduto poche ore prima.

Mi dica   *Can I help you*

Capitolo 32

La notizia della scomparsa di Eugenio Dolesi aveva sollevato il morale di Amedeo in un modo molto strano. Non solo Sabrina era stata finalmente riammessa all'ospedale psichiatrico, ma la cosa la più importante era che non sarebbe stata più capace di rovinare le vite della sua famiglia. L'invidia, la gelosia e l'astio che questa donna serbava, erano sentimenti che Amedeo non aveva mai conosciuto in vita sua. Le azioni di tale megera avevano recato delle tenebre cosí scure nella sua vita, al punto che si sentiva come Orfeo nel regno degli inferi che era andato a supplicare Proserpina per riavere la figlia e riportarla nel mondo dei vivi - ma le sue forze lo stavano lasciando - tutta la tensione e lo *stress* che si era addossato, lo avevano incominciato ad indebolire e Moretti aveva fatto in tempo ad afferrarlo che Amedeo era crollato. "Aiuto . . . aiuto" aveva urlato Moretti.

Il personale del pronto soccorso si era precipitato ad aiutare Amedeo, che si era accasciato per terra, privo di energia. "Portatelo in quella cameretta" – aveva ordinato uno dei dottori che era giunto ad aiutare Amedeo e guardandolo aveva aggiunto – ". . . ma io conosco questo paziente . . . e questa non é la prima volta che é crollato . . .".

Il dottore aveva attratto l'attenzione di Moretti che aveva subito chiesto "Mi scusi dottore, ma come conosce il Signor Trinci?".

"Dottor Pietrangelis ed io abbiamo lavorato insieme per gli ultimi tre anni" – "Quando la Signorina Marianna é sparita, il Dottor Pietrangelis ha subito chiesto il mio aiuto, specialmente quando il Signor Trinci é crollato." – "Speriamo che questa volta sia solo un esaurimento e non altro" e senza dire un'altra parola, il dottore aveva accompagnato il suo paziente nella cameretta ed aveva chiuso la porta.

Amedeo era ancora in uno stato di semi-coscienza e la sua consapevolezza di dove si trovava in quel momento, era resa ancora più confusa da tutte le imagini che circolavano nella sua testa.

Entrando in camera, Paola non era pronta a vedere Amedeo steso sul letto, privo di forze, il suo viso invecchiato e senza emozione. "Amedeo!" - Paola si era avvicinata e prendendo la sua mano, l'aveva baciata con tenerezza. Amedeo si era voltato, il suo sguardo pieno di tristezza, stringendo la mano di Paola leggermente, incapace di dirle una parola.

Il dottore si era avvicinato a Paola sussurrandole nell'orecchio "Ha bisogno di riposare, non altro . . . vedrá che domani suo marito stará molto meglio. . .".

Paola era uscita dalla camera e voltandosi verso il dottore aveva continuato - "Non voglio assolutamente che mia figlia sappia che suo padre é crollato . . . cosa le dico?"

"Signora, capisco come si sente . . . prego . . . mi permetta di accompagnarla da sua figlia . . . se vuole posso parlare con lei per riassicurarla che suo padre ha bisogno di riposo e tranquillitá . . . spiegarle che l'unica ragione per cui rimarrá qui in ospedale è per tenerlo sotto controllo . . . vediamo come si sente tra un paio d'ore . . . ho giá somministrato a suo marito un tonico, un ricostituente mirato a ripristinare la funzionalitá del suo corpo ed aiutarlo ad un pronto e rapido recupero".

Paola lo aveva guardato con gratitudine "Grazie dottore per il suo aiuto, per la sua gentilezza e per avere cosí tanta cura di mio marito". Il dottore le aveva sorriso con affetto, e lasciando Paola nel corridoio, era entrato nella camera di Marianna, chiudendo la porta.

Nel regno degli inferi	*in the underworld [mythology]*
Consapevolezza	*awareness*
Cosa le dico?	*What should I tell her*
Un ricostituente mirato a ripristinare	*A tonic aimed at restoring*

Capitolo 33

Vincenzo era finalmente arrivato all'aeroporto di Milano – fremente dalla voglia di rivedere Marianna, di riabbracciarla e di stare con lei.

Nonostante i suoi sentimenti, Vincenzo aveva prima bisogno di andare a casa dei genitori per cambiarsi e poi precipitarsi di corsa da Marianna - la sua testa piena di cose che voleva dirle, quanto gli era mancata, quanto le voleva bene e di tutti i piani che aveva per trascorrere una vacanza con lei in un paese caldo, ma solo una volta che l'ospedale l'avesse dimessa.

L'aeroporto di Milano era calmo, ma erano solo le 5:25 del mattino ed il volo da Cicago era stato estenuante.

Aspettando impazientemente che le valigie sul nastro portabagagli arrivassero, un annuncio improvviso aveva annoiato Vincenzo. "I passeggeri in arrivo da Cicago sul volo AA547 sono pregati di andare al nastro portabagagli 7 – siamo spiacenti per il contrattempo dovuto ad un guasto imprevisto – grazie . . ."

Vincenzo si sentiva scoraggiato dall'annuncio per la semplice ragione che fremeva dalla voglia di rivedere e riabbracciare Marianna - tale annuncio era un altro contrattempo che gli avrebbe rubato più tempo, aumentando la sua esasperazione e logorando la sua pazienza, quando una voce chiamando il suo nome lo aveva sorpreso "Vincenzo?" . . . "Vincenzo Miele?"

Vincenzo si era girato repentinamente mai pensando di trovarsi davanti una signora giovane che teneva per mano un bambino di 3 massimo 4 anni. Lo sguardo di Vincenzo era perplesso e la giovane signora lo aveva subito captato.

"Vincenzo . . . ma non mi riconosci?" – Vincenzo si stava esasperando, ma l'educazione inculcatagli dalla madre, gli aveva impedito di essere sgarbato e con un sorriso aveva continuato "Mi dispiace, mi perdoni . . . ma veramente non ho idea di chi lei sia" – Vincenzo aveva cominciato a sentire i muscoli della sua faccia irrigidirsi e la sua pazienza si stava consumando in maniera spaventosa.

"Vincenzo sono Amanda . . . Amanda Scanno . . . non mi ricordi?" - la giovane signora lo stava fissando – "Sono quasi 5 anni che non ci vediamo . . . abbiamo fatto un esperienza lavorativa insieme presso uno studio dentistico a Firenze che si occupava di odontostomatologia, odontoiatria, ortodonzia, implantologia e pedodonzia . . . non ti ricordi?"

"Amanda . . ." – la mente di Vincenzo era stata invasa di punto in bianco dai ricordi di questa ragazza che aveva incontrato cosí tanti anni fa e l'amore folle che era sbocciato tra di loro – ma era stato solo un fuoco di paglia e la passione che si era accesa cosí rapidamente tra di loro si era spenta con la stessa celeritá.

Gli era mancata	*he had missed her*
nastro portabagagli	*carousel*
Contrattempo	*setback*
sgarbato	*rude*
guasto imprevisto	*unexpected failure*
odontostomatologia,	*study of the mouth and its deseases*
odontoiatria,	*dentistry*
ortodonzia,	*orthodontics*
implantologia	*prosthetics*
pedodonzia	*pediatric dentistry [children's teeth]*
un fuoco di paglia	*a flash in the pan*

"Amanda . . . perdonami . . . non ti avevo riconosciuto . . . come stai?" - "E chi é questo bel bambino?" Vincenzo aveva guardato al piccolo ometto, che teneva la mano della sua mamma mentre l'altro braccetto era avvinghiato attorno alla sua gamba.

"Ciao . . . come ti chiami?" – ma il bambino aveva nascosto la sua faccina nelle pieghe della gonna della mamma.

"Vincenzo . . . questo é Valentino . . . é nato il 14 Febbraio poco più di 4 anni fa" – ma l'attenzione di Vincenzo era stata momentaneamente distratta dalle sue valigie che stavano passando sul nastro trasportatore. "Scusami . . . *fammi prendere* i miei bagagli . . . dammi due secondi."

Vincenzo era ritornato con le sue valigie "Amanda . . . é stato veramente bello rivederti . . ." – ma Amanda lo aveva interrotto "Vincenzo . . . abbiamo bisogno di parlare . . . questo non é il momento opportuno però. *Ti do il mio bigliettino da visita* . . . per favore chiamami la settimana entrante." – "Credimi ti ho cercato cosí tanto . . ." - Vincenzo era ormai curioso di sapere la ragione per cui Amanda lo aveva cercato per cosí tanto tempo ed avviandosi insieme con lei verso l'uscita, le aveva chiesto "Ma per quale ragione mi hai cercato cosí tanto?"

Amanda si era girata e prendendo Valentino in braccio aveva continuato: "Guarda nei suoi occhi, non vedi la somiglianza? Valentino é tuo figlio!"

Vincenzo sembrava essersi lí per lí impietrito, la sua faccia incredula e seria . . . il suo sguardo preoccupato, ma senza esitazione aveva subito dato il suo biglietino da visita ad Amanda "Ti chiameró la settimana entrante . . . hai ragione, dobbiamo parlare" e con ció Vincenzo si era diretto verso i tassí.

Vincenzo era salito in uno dei tassí, ma un fulmine a cielo aperto lo aveva colpito con tale forza che ormai non riusciva più a pensare lucidamente. Tutta la sua eccitazione di rivedere Marianna, riabbracciarla e dirle quanto le voleva bene era ormai svanita.

La sua libertá sembrava essergli stata tolta violentemente dalla scoperta di un figlio che lui avrebbe creato insieme con Amanda, una ragazza con cui aveva trascorso solo poche settimane insieme, ma la passione e l'ardore che aveva provato con lei non l'aveva più provato con nessun'altra donna.

Il tassista aveva interrotto i suoi pensieri "Signore, siamo arrivati" ed aprendo lo sportello aveva rimosso i bagagli dalla macchina "Grazie mille" e pagando l'autista, Vincenzo si era diretto in casa, il suo cuore appesantito ed i suoi pensieri ingombrati dall'incubo in cui si trovava. Che cosa avrebbe pensato Marianna e come avrebbe reagito alla sua notizia? Che cosa avrebbe detto sua madre una volta a conoscenza di un nipotino?

Vincenzo aveva bisogno di riflettere . . . di pensare . . . ma la sua mente era in subbuglio e senza esitare aveva chiamato la madre - "Mamma . . . ti disturbo?" – la madre aveva subito captato dalla voce del figlio che c'era qualcosa che non andava.

"Tesoro mio . . . quando sei ritornato?" – la voce della madre era alquanto preoccupata.

"Mamma . . . sono arrivato a casa proprio ora . . . dove stai?" - Un silenzio di alcuni secondi era regnato tra i due – il fiato della madre sospeso tra il mistero della conversazione e l'ansia di venire a consoscenza di ció che stava preoccupando il figlio. Romina aveva sospirato "Tesoro mio sto da una mia amica . . . dammi una quindicina di minuti che vengo a casa" e con ció Romina aveva spento il suo cellulare.

---

fammi prendere	*let me just grab*
ti do il mio bigliettino da visita	*let me give you my business card*

Vincenzo si era diretto in cucina per versarsi un bel bicchiere di cognac, ma la tensione lo stava logorando secondo per secondo . . . solo il pensiero che era stato responsabile per la creazione di un bambino stava causando in lui una grande irrequietezza al punto che non riusciva a stare più seduto.

L'anima di Vincenzo era ormai in tale pena che non gli stava dando un attimo di tregua. I minuti si stavano tramutando in ore e Vincenzo non era propenso ad essere paziente. Il cognac che aveva bevuto con astio sembrava averlo aizzato ancora di più e di conseguenza il suo umore era peggiorato facendolo sentire aggressivo, perfino ringhioso come un cane pronto a sbranare la sua preda.

La sua attenzione era stata momentaneamente attirata dalle due valigie che aveva lasciato nel corridoio e prendendole con rabbia, le aveva scaraventate sul suo letto. "Dannazione!!" aveva urlato ad alta voce e sedendosi sul letto aveva notato come le sue mani stavano tremando.

Guardando al suo orologio, Vincenzo aveva notato che 20 minuti erano passati da quando aveva parlato con la madre e prendendo il suo cellulare stava per ritelefonarle quando il portone di casa si era aperto.

La faccia di Vincenzo era seria non sapendo come avrebbe rivelato a sua madre l'irresponsabilità della sua vita studentesca e di un momento particolare in cui si era lasciato trascinare dalla passione che condivideva con una ragazza che pensava amasse.

"Amore mio!" – la madre lo aveva abbracciato con tanta tenerezza. "Mi sei mancato da morire." – "Quanto tempo ti fermerai da noi?"

"Solo un paio di notti – il tempo materiale per rivedere Marianna, trascorrere una serata con te e papà e poi ritornare a Bologna per ammazzarmi di lavoro come al solito." La madre lo aveva guardato a lungo - "Perché mi hai chiamato?" – "Qual'è la vera ragione per cui sono dovuta ritornare a casa cosi di fretta?"

Vincenzo si era voltato mettendo la testa tra le sue mani. "Mamma, per favore siediti" – "Questa mattina all'aeroporto mentre aspettavo le mie valigie, ho incontrato una ragazza con cui avevo fatto un tirocinio ad uno studio dentistico a Firenze circa cinque anni fa. Avremmo trascorso un tre, massimo quattro settimane insieme - un periodo in cui ci siamo conosciuti alquanto bene." La madre lo stava ascoltando attentamente.

"Quando lei mi ha chiamato per nome, credimi mamma, non l'avevo riconosciuta affatto." – "Ma Amanda Scanno non era sola, aveva un bambino con lei, Valentino, che ha poco più di quattro anni, il quale sarebbe . . . mio figlio."

Romina aveva guardato il figlio seriamente "E cosa vuole da te?" - "Come sai che sei veramente il padre di questo bambino?" – "Quale prova concreta hai che questo bambino sia veramente tuo figlio?"

Vincenzo si era voltato di scatto, completamente sorpreso dalla maniera in cui la madre aveva reagito alla notizia che le aveva dato - "Le ho promesso di chiamarla la settimana entrante" . . . "Amanda vuole parlarmi."

Facendolo sentire aggressivo, perfino ringhioso	*making him feel aggressive, even snappish*
Sbranare	*devour*
Tirocinio	*apprenticeship/training*

"Va bene, chiamala pure, senti quello che ha da dirti, ma ricordati senza la prova di paternitá tu non ti coinvolgi con questa donna." . . . "Un passo alla volta." La voce di Romina era risoluta.

"Come posso vedere Marianna con questa spada di Damocle che mi pende adesso sopra la testa?" - Romina si era alzata ed andando verso Vincenzo, gli aveva preso la mano "Tesoro mio, non le dici nulla perché non sai nulla" - Vincenzo aveva abbracciato la madre con affetto, i suoi occhi pieni di lacrime, realizzando solo in quel momento come sua madre era stata per lui la colonna su cui si poteva sempre appoggiare sapendo che sarebbe stato sempre compreso ed aiutato senza eccezione.

"Grazie mamma . . ." – la madre lo aveva guardato con tenerezza "Dai, vai a trovare Marianna . . . nel frattempo mi avvantaggio con i preperativi per una buona cena, tanto tuo padre dovrebbe rientrare in casa verso le sette, quindi me la posso prendere calma"

Vincenzo era andato in camera per cambiarsi quando il suo cellulare aveva squillato.

"Ciao Vincenzo sono Amanda . . . possiamo parlare?" - Vincenzo si era annoiato istantaneamente. "Ma non eravamo rimasti d'accordo che ti avrei chiamato la settimana entrante?" - la voce di Vincenzo era fredda e scostante.

Amanda era calma, il suo *self control* intatto mentre Vincenzo si sentiva irritato al punto che la sua voce lo aveva tradito "Di che cosa vuoi esattamente parlare?" – Vincenzo era estremamente annoiato, mentre la voce di Amanda era esigente, quasi trionfante "Quando ci possiamo incontrare?"

Vincenzo non aveva esitato ad alzare la voce "Mi dispiace Amanda ma non sono in ufficio." . . . "Dovresti chiamare la mia segretaria che ti farà sapere quando potrai avere un appuntamento con me." – la sua voce dura e senza un minimo di affetto.

"Vincenzo, la cosa la più importante che devi accettare é che da quando Valentino è nato, non hai mai contribuito al suo mantenimento." . . . "Stavo calcolando proprio adesso quanto mi dovresti dare . . . circa €5,000 se non di più . . ." - ma Vincenzo aveva subito spento il suo cellulare. Il suo umore era piombato istantaneamente ed una cosa era certa, non poteva adesso andare a visitare Marianna in ospedale.

Vincenzo si era agitato troppo al punto che si era cominciato a sentire male e sdraiandosi sul letto aveva iniziato piano piano a riflettere sulla situazione in cui si trovava. La sua mente si era rivolta al giorno in cui era andato a Firenze per il suo tirocinio, ma il nome dello studio dentistico lo stava eludendo. Alzandosi di scatto, Vincenzo si era ricordato che nella soffitta dei suoi genitori, aveva un baule in cui aveva messo tutti i libri che aveva dovuto comprare insieme con tutti gli appunti che aveva preso durante il suo tirocinio.

Dirigendosi in soffitta, Vincenzo era come un bambino eccitato dal fatto che poteva almeno risalire a quei tempi rileggendo le sue note.

La soffitta era grande, scura e polverosa. Accendendo la luce, aveva aperto le due persiane piccole per far entrare un pò più di luce. Guardandosi attorno, non aveva realizzato però quanti scatoloni si erano accumulati da quando era studente, ma nascosto dietro uno scatolone chiaro di colore, poteva vedere lo spigolo del suo baule nero.

Senti quello che ha da dirti,	*Listen to what she has to say*
Un passo alla volta	*One step at a time*
Tirocinio	*training*
eludendo	*eluding*
Soffitta	*loft*
spigolo	*corner*

Con pazienza Vincenzo aveva incominciato a spostare tutti gli scatoloni che erano ricoperti di tanta polvere - era più che lampante che nessuno li aveva spostati da anni, infatti da diversi anni. La polvere era incredibile al punto che lo aveva fatto starnutire improvvisamente.

"Cosa stai facendo?" – aveva urlato la madre dal pianerottolo. "Cercando il mio baule" - aveva risposto Vincenzo.

Vincenzo aveva continuato con il suo compito di rimuovere tutto lo scatolame, finché aveva potuto spostare ed aprire il suo baule. I libri ed i quaderni che aveva trovato lo avevano trasportato subito ai tempi del suo tirocinio dentistico, quando come studente aveva dovuto, per la prima volta, mettere la teoria che aveva studiato in pratica.

Una cosa che lo aveva colpito in particolare era il ricordo della gran paura che aveva provato nel trapanare il dente del suo primo paziente, il quale era completamente ignaro del fatto che Vincenzo era un vero e proprio principiante.

Rimuovendo poco per volta tutti i suoi libri e quaderni pieni di appunti, Vincenzo aveva trovato un diario la cui esistenza aveva completamente dimenticato. Aprendolo, Vincenzo aveva cominciato a leggere tutte le sue note che aveva scritto ogni giorno, tutti i nomi dei suoi primi pazienti su cui avrebbe cominciato ad esercitare la sua conoscenza teorica ed incredibilmente ogni dettaglio era stato inserito in maniera accurata.

Arrivando al 5 Maggio, Vincenzo aveva notato una piccola voce in fondo alla pagina

"Amanda . . . molto carina"

Girando le pagine con una curiosità morbosa, Vincenzo, era giunto al 2 Giugno con un'altra voce

"A cena fuori per la prima volta con Amanda . . . simpaticissima"

Vincenzo non poteva credere come aveva dimenticato Amanda in pieno. Continuando a leggere il suo diario, era giunto al 16 Agosto

"Al mare per tre settimane . . ."

Girando la pagina, Vincenzo era stato sorpreso dalle sue note scritte il 23 Agosto

" Amore folle"

Sedendosi per terra, Vincenzo aveva realizzato che c'era forse la possibilitá che il bambino di Amanda non fosse il suo, dato che il bambino sarebbe nato prematuro, cioé al sesto mese di gravidanza, e d'altronde la prima volta che Amanda e Vincenzo si erano amati era stato in Agosto ed il bambino era nato in Febbraio dell'anno susseguente. Un barlume di speranza si era acceso sul suo orizzonte, dando a Vincenzo una nuova speranza . . .

Rivolgendo i suoi pensieri a Marianna, Vincenzo aveva realizzato che l'amore che sentiva per lei era un amore sincero, comprensivo, generoso, gentile, signorile e la bellezza del loro amore era meraviglioso la cui chiarezza gli dava uno straordinario senso di dignitá che non aveva mai provato con Amanda facendogli capire la ragione per cui l'aveva dimenticata cosí velocemente.

Baule	*trunk*
Una piccola voce	*a small footnote*
Amore folle	*crazy love*
Un Barlume di speranza	*A glimmer of hope*

Capitolo 34

Dopo aver messo tutto lo scatolame a posto ed armato con il suo diario, Vincenzo era ritornato in camera e prendendo il suo cellulare aveva chiamato Marianna. "Amore mio . . . come stai?"

Marianna si era seduta sul letto "Vincenzo . . ." - La voce di Marianna era come quella di una bambina "Quando sei ritornato?" - Una morsa aveva afferrato il cuore di Vincenzo "Questa mattina presto . . . quando ti posso vedere?"

"Quando vuoi!" – Marianna era eccitata al prospetto di rivedere Vincenzo, riabbracciarlo, baciarlo e dirgli che l'anno susseguente sarebbe diventato papà e fremeva dalla voglia di vedere la reazione di Vincenzo sul suo volto, ma un brivido improvviso l'aveva scossa – cosa avrebbe detto Vincenzo quando avrebbe saputo che Sabrina ed il marito l'avevano rapita e tutto il tempo che era stata rinchiusa nella cameretta degli ospiti nella loro tenuta vicino Sondrio.

"Amore mio . . . dammi un'oretta – come potrai immaginare ho diverse cose da fare, dato che sono ritornato solo questa mattina presto – ci vediamo tra un pò . . .ciao bella . . . un bacione" – Marianna aveva spento il suo cellulare, quando i suoi pensieri l'avevano trasportata, di punto in bianco, al momento in cui aveva visto Eugenio che veniva verso di lei completamente coperto da terriccio ed incapace di parlarle. Tale ricordo l'aveva agitata ancora di più, specialmente il momento quando l'aveva aiutato senza averlo riconosciuto all'istante. Il sangue che sgocciolava dalla sua testa e specialmente l'odore del sangue, le aveva fatto impressione ed era stato solo quando Eugenio aveva parlato con uno dei soldati, che aveva riconosciuto la sua voce e naturalmente chi era. "Chissà se era ancora vivo" - aveva pensato Marianna.

"Ma chi se ne frega . . ." erano le parole che erano sfuggite dalle sue labbra; d'altronde Eugenio l'aveva rapita dall'ospedale ed una cosa era più che certa, non lo avrebbe mai perdonato per tale azione così meschina.

"Con chi stai parlando?" Riccardo era su una sedia a rotelle spinto da un infermiere "Ci dia due minuti per favore" ed entrando in camera Riccardo aveva continuato a fissarla.

Marianna era seduta sul letto, il suo sguardo allibito "Cosa vuoi da me?".

"Cosa voglio da te?" . . . "Assolutamente nulla!!" . . . "Credimi, non ho nessunissima intenzione di sprecare il tuo tempo ne darti fastidio. L'unica ragione per cui sono venuto a trovarti era per farti sapere che Eugenio Dolesi è morto poco fa . . . credo che lo schock di quello che ha attraversato abbia senz'altro contribuito al suo decesso."

Marianna era rimasta imperterrita dalla notizia. "Mi dispiace per i suoi bambini . . . ma la sua scomparsa mi lascia completamente indifferente" – Riccardo aveva abbassato gli occhi e senza dire una parola aveva manovrato la sedia a rotelle, aprendo la porta dove l'infermiere aveva subito aiutato Riccardo ad uscire. La porta si era richiusa e Marianna aveva avuto la sensazione che quella sarebbe stata l'ultima volta che avrebbe visto Riccardo.

Di punto in bianco	*out of the blue*
Fremeva dalla voglia	*was quivering in anticipation*
Terriccio	*soil*
Sgocciolava	*was dripping*
Ma chi se ne frega	*but who cares*
Sprecare	*waste*
Imperterrita	*undaunted*

Sdraiandosi sul letto, Marianna aveva preso il cellulare "Mamma, che fai?" – "Tesoro mio, sto spolverando il salotto – vuoi che vengo da te?"

Marianna aveva sospirato... "Riccardo é venuto a trovarmi per dirmi che Eugenio Dolesi, il marito di sua sorella, é morto... sono stata un pò dura con lui dicendogli che non m'importava affatto."

"Dopo quello che quel mascalzone ti ha fatto?" - "Ma scherzi?" - "Lascialo perdere... dimenticalo!"... e dopo una pausa minuscola... "Amore mio... senti... vuoi che vengo da te tra un paio d'ore?"- "Potrei portare tutte cose *sfiziose* da mangiare, potremmo fare un pic-nic in camera tua." – "Che ne pensi?"

Marianna si era eccitata " Si... un pic-nic... che bello!" e salutando la mamma si era sdraiata sul letto sentendosi coccolata ed amata. In più Vincenzo sarebbe venuto a trovarla tra poco, avrebbe scoperto che sarebbe diventato papá, si sarebbero sposati ed eventualmente avrebbero avuto la loro famiglia. La felicità di Marianna era, in quel momento, *incolmabile*.

Un sonno improvviso aveva avvolto Marianna con un *tepore* soffice e confortevole, quando le parole "la bella addormentata..." e la bocca di qualcuno che le stava *sfiorando* le sue labbra con un bacio, l'aveva svegliata delicatamente.

"Vincenzo!" – le sue braccia si erano avvolte intorno al suo collo, abbracciandolo con tenerezza.

"Bella!" – il viso di Vincenzo si era illuminato dalla gioia di rivederla e riabbracciarla. "Come stai?"

"Meglio, meglio... dovrei ritornare a casa tra qualche giorno... credimi non vedo l'ora" - Marianna si era seduta sul letto "Che mi racconti?"

"Le conferenze in America sono state lunghe e pesanti... *giornate estenuanti* e poco sonno... credimi il tutto mi ha lasciato esausto. Sono cosí contento di essere ritornato a casa, di rivederti, di trascorrere un paio di giorni con i miei genitori e naturalmente di cominciare a pianificare il nostro futuro insieme."

Marianna aveva preso le mani di Vincenzo e guardandolo con l'amore che sentiva per lui, "tesoro mio, non posso più aspettare... non ho fatto altro che pensare a questo momento..."

Vincenzo l'aveva guardata intensamente - "Che cosa stai cercando di dirmi Marianna?" – il suo tono leggermente serio. Di punto in bianco e prima che Marianna potesse parlare, Vincenzo aveva continuato "Prima che mi dai la tua notizia, ho bisogno di parlarti - credimi... non era la mia intenzione di voler introdurre tale argomento in questo momento, ma forse è per il meglio, dato che la mia coscienza *non mi sta dando tregua* da quando sono ritornato a casa".

Marianna si era leggermente congelata - Vincenzo si era alzato e camminando per la camera *strofinandosi le mani*, aveva incominciato a raccontarle la sua storia.

"Circa cinque anni fa, quando andai a Firenze a fare *un tirocinio nel campo dentistico*, incontrai un bel gruppo di studenti tra cui una ragazza chiamata Amanda Scanno. Amanda ed io stavamo facendo lo stesso tirocinio e nonostante tutto lo studio e naturalmente la pratica, cercavamo di tenere il sabato sera e parte della domenica liberi, cosí da vederci e trascorrere il nostro tempo libero insieme.

Sfiziose	*tasty*
Incolmabile	*unmeasurable*
Tepore soffice	*soft warmth*
Sfiorando	*touching ever so lightly*
Giornate estenuanti	*gruelling days*
Non mi sta dando tregua	*is not giving me any respite*
Strofinandosi le mani	*rubbing his hands*
Un tirocinio nel campo dentistico	*an internship in the dental field*

Le settimane erano volate e dopo tutto lo studio e la pratica che dovevamo fare sui nostri primi nuovi pazienti, non avevamo realizzato come ci eravamo distrutti mentalmente e fisicamente.

Nell'estate di quell'anno Amanda ed io trascorremmo tre settimane vicino al mare . . . delle serate bellissime, spensierate, senza problemi, senza preoccupazioni e come puoi immaginare, eravamo stati travolti da questo amore che era diventato più forte di noi.

Alla fine della nostra vacanza, Amanda ed io eravamo ritornati alle nostre vite quotidiane, promettendoci peró di rimanere in contatto . . . ma una volta a casa, avevo purtroppo realizzato di aver perduto il suo numero ed Amanda, naturalmente, non mi aveva mai più contattato. Con il passar degli anni avevo completamente dimenticato Amanda Scanno. Il fuoco di paglia che ci aveva travolto repentinamente, si era spento ed Amanda era finita nel dimenticatoio di un baule che ho poi ho ritrovato oggi nella soffitta dei miei genitori."

Marianna stava ascoltando Vincenzo attentamente, il suo viso imperterrito, senza lasciar traspirare nessunissima emozione. Vincenzo l'aveva guardata momentaneamente - "Questa mattina, quando sono arrivato all'aeroporto e mentre aspettavo che le valigie arrivassero, una signora mi ha riconosciuto e mi ha parlato." – "Purtroppo al principio, non l'avevo riconosciuta affatto, finché non mi ha rivelato che era Amanda Scanno."

Credimi, non l'avrei mai e poi mai riconosciuta, ma non era sola . . . aveva con lei . . . un bambino piccolo di circa 4 anni".

Il volto di Marianna era sbiancato ed il suo respiro profondo ed improvviso l'aveva tradita. Vincenzo si era subito avvicinato e prendendole le mani aveva continuato "Non credo che sia il mio bambino, ma se lo dovesse essere, dovrò allora far fronte alle mie responsabilità come padre. Perdonami Marianna, ma ti assicuro Amanda Scanno appartiene nel mio passato e ti giuro sarà mia premura di sistemare questa situazione il più presto possibile."

Marianna era silenziosa, ma il suo sguardo e la sua mente si erano allontanati senza far caso che Vincenzo aveva continuato a parlarle, finchè le parole "Cosa volevi dirmi?" l'avevano riportata nel presente.

Spensierate	*carefree*
Il fuoco di paglia	*the flash in the pan*
Soffitta	*attick*
Repentinamente	*suddenly*

Capitolo 35

"Oh . . . sciocchezze, non altro, lo sai come sono . . . " – era stata la risposta di Marianna e sdraiandosi sul letto era riuscita a dare Vincenzo un piccolo sorriso "Perdonami Vincenzo, ma la mia stanchezza é ritornata . . . mi dispiace veramente . . . volevo cosí tanto trascorrere un pò più di tempo con te".

Vincenzo l'aveva baciata e stringendole la mano e baciandogliela, si era diretto verso la porta sentendosi responsabile per essere stato cosí onesto con lei, ma d'altronde aveva bisogno di scaricare tale peso che portava sulla sua coscienza, senza però realizzare, che il rimorso ed il senso di colpa per averle dischiuso tale confidenza, lo avevano giá cominciato a tormentare.

La porta si era chiusa e Marianna si era cominciata a sentire nuovamente sola. Un pianto dirotto l'aveva sorpresa e rannicchiandosi sul letto aveva realizzato come in pochi minuti il suo mondo stava incominciando a crollarle intorno. Tutti i suoi piani di una vita felice insieme con Vincenzo, erano adesso castelli in aria che stavano svanendo rapidamente – ormai sarebbe stata lei ed il suo piccino con i suoi genitori al suo lato, ma senza nessun'altra persona che l'avrebbe appoggiata e guidata.

Un fiume di lacrime stavano bagnando il suo cuscino e la sua angoscia era cosí forte che aveva tirato su le sue coperte, coprendosi completamente come se volesse nascondersi dal resto del mondo . . . il suo dolore insormontabile.

La porta si era aperta, ma Marianna non era interessata ne propensa a vedere nessuno. "Perdonami" – era la parola che aveva sentito. La voce di Vincenzo era piena di rammarico. Ma Marianna non si era mossa . . . non aveva il coraggio di rivelare che era in attesa di un bimbo in caso Vincenzo avesse avuto il dubbio che non fosse stato il suo, specialmente dopo la sua scoperta allucinante riguardo il bimbo di Amanda.

"Marianna perdonami, sono stato un incosciente . . . un deficiente . . . capisco che avevi qualcosa d'importante da dirmi . . . Marianna ti prego".

Un brivido improvviso aveva scosso Marianna e Vincenzo l'aveva istantaneamente presa in braccio, rimuovendo la coperta dal suo viso, realizzando solo in quel momento la delicatezza di Marianna, la quale era pallida e semicosciente.

Senza esitare Vincenzo aveva spinto il pulsante per assistenza. Un'infermiera era subito venuta in camera "Che é successo?"

"Non ho idea di cosa le sia successo. Quando sono andato via pochi minuti fa, si era lamentata di una stanchezza incredibile."

"Chiamo subito il dottore" – aveva esclamato l'infermiera la quale sembrava alquanto preoccupata. Vincenzo si era messo in un angolo della stanza, guardando Marianna e cominciandosi a sentire peggio di un mollusco, indegno del suo affetto, del suo amore.

Il dottore era giunto in camera "Le ha preso la pressione del sangue?" "Si dottore, come può vedere dalla cartella clinica . . . ecco qua, e la paziente ha poco più di 37 di febbre, leggermente alta" - l'infermiera aveva la stessa espressione preoccupata del dottore.

"Perché si é agitata?" - ma prima che l'infermiera avesse il tempo materiale di rispondergli, Vincenzo si era fatto avanti "É tutta colpa mia".

---

sciocchezze	*nonsense*
Rannicchiandosi	*curling up*
incosciente	*irresponsible*
Un mollusco, indegno del suo affetto,	*spineless, unworthy of her affection*

"Chi é lei?" – il dottore aveva assunto un atteggiamento annoiato. "Sono il Dottor Vincenzo Miele, il fidanzato della signorina Marianna".

"Ma non le é stato riferito che la signorina Marianna non si deve assolutamente agitare nella sua condizione? Non realizza il trauma che questa povera ragazza ha attraversato?"

"Nella sua condizione?" – Vincenzo era impallidito.

"Ma non é al corrente del fatto che é nei primi mesi di gravidanza?" – "É un miracolo che abbia sopravvissuto l'incidente stradale e poi il rapimento recente . . ." Il dottore lo aveva guardato con disdegno - "Non realizza che non si deve affatto agitare perché potrebbe subentrare l'aborto?" – il Dottore era stato esplicito, quasi spietato con Vincenzo, senza realizzare la sua inconsapevolezza.

Vincenzo si era seduto sulla poltroncina vicino al letto di Marianna, la testa tra le sue mani.

"La paziente non deve assolutamente rimanere sola." – "Mi può portare il suo dossier per favore?" - aveva esatto il dottore con tono perentorio - "Certamente dottore" - aveva risposto l'infermiera.

"Rapimento recente? . . ."

"Mi scusi?" – il dottore si era girato verso Vincenzo. "Non mi dica che non era al corrente di quello che questa povera ragazza ha attraversato in questi ultimi giorni" - Gli occhi di Vincenzo si erano spalancati.

"Gli ultimi 15 giorni sono stato a Cicago per una conferenza – nessuno mi ha fatto sapere niente. Non ero neanche al corrente del fatto che Marianna fosse in attesa di un bambino . . ." – Vincenzo si era alzato, camminando su e giù per la stanza, come un'anima in pena e prendendo il suo cellulare aveva chiamato Paola, ma come al solito la segreteria era scattata catapultandolo in una voragine di mal umore. Vincenzo aveva subito spento il suo cellulare dato che non era minimamente propenso a lasciarle un messaggio . . . "Gesù mio misericordia!" – il dottore si era voltato "Cosa ha detto?"

"Nulla d'importante" - ma l'esasperazione nella voce di Vincenzo l'aveva tradito.

"Mi deve scusare, ho bisogno di parlare urgentemente con i genitori della Signorina Marianna" – Vincenzo si sentiva esausto, non solo dal *jet lag*, ma anche dal fatto che aveva rivelato a Marianna dettagli della sua vita che non avrebbe mai e poi mai dovuto accennarle. D'altronde non si erano visti per poco più di due settimane, un'eternità, quasi una vita, ed era solo adesso che realizzava come le sue azioni erano state completamente egoistiche.

Quasi spietato	*almost pitiless*
La sua inconsapevolezza	*his ignorance*
Spalancati	*widened*
In una voragine di mal umore	*in the depths of a fowl mood*
non era minimamente propenso	*was not in the least inclined to*
a lasciarle un messaggio	*leave her a message*

Capitolo 36

Vincenzo si stava avviando verso la sua macchina quando la sua attenzione era stata improvvisamente attratta da una giovane signora che lo stava seguendo cautamente. Il suo umore era giá pessimo ed una cosa era certa, non aveva bisogno di nessun'altra complicazione nella sua vita. Girandosi repentinamente Vincenzo aveva sorpreso Amanda "Che cosa fai qui?" ... "Perché mi stai seguendo?" - La voce di Vincenzo non era accogliente. "Che cosa pensi di realizzare?" – aveva continutato Vincenzo. "Pensi che io sia un deficiente?" – "Ricordati, che senza una prova di paternitá, tu non carpirai neanche un centesimo da me." – "Hai capito?" La voce di Vincenzo era furiosa ed aggressiva.

"Per favore Vincenzo, calmati ... sono qui all'ospedale per visitare un'amica, non altro." – "Quando ti ho visto, non ero del tutto sicura se fossi tu, l'unica ragione per cui ti ho seguito era per salutarti, non altro!" e con ciò Amanda era entrata nell'ospedale tramite una porta laterale.

Vincenzo aveva realizzato come i suoi nervi erano estremamente tesi ed il solo pensiero di perdere Marianna, la possibilità di non vederla più lo stava rendendo rabbioso al punto che un tremolio aveva preso possesso delle sue braccia, delle sue mani e cercando di camminare verso la sua macchina, Vincenzo si era accasciato per terra facendo cadere le chiavi della sua macchina. "Oddio mio ... oddio mio" erano le sole parole che riusciva a dire. Cercando di raccogliere le chiavi della macchina, aveva notato che un formicolio si era sviluppato nelle dita della sua mano che lo impediva di raccoglierle.

"Vincenzo che ti é successo?" – la mamma di Marianna era vicino a lui e mettendo giù la borsa con le sue due buste della spesa, aveva raccolto le chiavi ed aveva aiutato Vincenzo ad alzarsi. "Madonna mia, Vincenzo, non ti ho mai visto cosí, vuoi che chiamo qualcuno?"

Vincenzo si era appoggiato alla macchina "Paola, ho cercato di chiamarti prima, perche non hai risposto?" Paola lo aveva guardato momentaneamente "Stavo facendo la spesa, non avrò senz'altro sentito il cellulare in borsa ... perchè qual'è il problema?"

"Marianna non si è sentita bene ... i dottori stanno con lei ... é stata tutta colpa mia!"

Paola aveva preso il cellulare dalla borsa per chiamare la figlia quando aveva realizzato che era completamente scarico. "Oh Madonna mia!" - "Vincenzo ... vado a chiamare qualcuno per aiutarti" – Vincenzo non aveva avuto neanche il fiato di risponderle, che si era seduto per terra vicino la sua macchina, completamente privo di forze.

"Cosa mi sta succedendo?" – aveva mormorato Vincenzo, guardandosi le mani che sembravano normali e raccogliendo le chiavi ed alzandosi, aveva aperto lo sportello della sua macchina e si era seduto notando come un affanno improvviso aveva invaso il suo petto.

"Vincenzo?" – Paola era ritornata con un infermiera e Vincenzo aveva potuto solo abbozzare un mezzo sorriso dato che una stanchezza allucinante sembrava averlo inchiodato sul sedile della sua macchina.

L'infermiera aveva subito usato il suo ricetrasmittente chiedendo una barella per portare Vincenzo al pronto soccorso per capire cosa aveva causato il suo crollo.

Repentinamente	*Suddenly*
Tu non carpirai neanche un centesimo da me.	*You will not get a penny out of me*
Rabbioso	*furious*
Formicolio	*tingling sensation*
Inchiodato sul sedile	*nailed to the seat*
barella	*stretcher*

Una sonnolenza aveva afferrato Vincenzo che non riusciva più a tenere gli occhi aperti e poco per volta le tenebre avevano preso possesso dei suoi occhi. Paola aveva realizzato in quel momento che non poteva chiamare nessuno dato che per l'ennesima volta aveva dimenticato di ricaricare il suo dannato cellulare.

Un nervosismo allucinante l'aveva afferrata - la sua testa non l'assisteva più, ma la cosa che la rendeva ancora più furiosa con se stessa, era il fatto che per colpa sua nessuno si sarebbe potuto mettere in contatto con lei, dato che non riusciva mai a ricordare l'importanza di caricare il suo cellulare. Paola si sarebbe schiaffeggiata, tanto erano i nervi che l'avevano impossessata, in più era anche alquanto preoccupata in caso Amedeo avesse cercato di contattarla.

Vincenzo era stato accompagnato al pronto soccorso, dove i medici si erano subito dati da fare per stabilire quale fosse stata la ragione del suo crollo.

Paola invece si era diretta alla camera di Marianna ed entrando aveva trovato un infermiera seduta al lato del suo letto dove la figlia sembrava dormire placidamente.

"Buon giorno . . . mi é stato riferito che mi figlia non si è sentita poco bene . . . che cosa le é successo?" - Paola era alquanto preoccupata.

"Buon giorno Signora . . . le sarò più che onesta . . . non lo so esattamente cosa le sia successo . . . ma il fidanzato era qui, forse potrebbe chiedere a lui cosa é successo . . . mi dispiace" – ed alzandosi, l'infermiera era uscita.

Paola si era seduta e prendendo la mano della figlia, l'aveva baciata delicatamente con la tenerezza e con tutto l'affetto di questo mondo che sentiva per lei.

Marianna aveva aperto gli occhi "Mamma . . ." – ma prima che potesse continuare, le lacrime erano cominciate a rotolare giù per le sue guancie e dei singhiozzi forti l'avevano scossa violentemente. "Amore mio . . . calmati . . . non piangere . . . dillo a mamma . . . cosa è successo?"

"Oh mamma . . . non posso credere a quello che Vincenzo mi ha raccontato . . ." e tra i singhiozzi Marianna si era confidata con la madre, raccontandole tutto ciò che Vincenzo le aveva detto poco prima. Paola aveva cercato di rimanere imparziale ma la sua ira stava crescendo dentro di lei e solo quando Marianna si era riappisolata, Paola era uscita dalla camera, facendo presente all'infermiera che sarebbe ritornata entro una ventina di minuti.

Vincenzo era sdraiato su un lettino in una cameretta del pronto soccorso, dove un infermiere stava scrivendo i suoi appunti sulla scheda del paziente, quando Paola era entrata e dirigendosi verso l'infermiere aveva chiesto come stava Vincenzo.

L'infermiere si era voltato "Il Signor Miele sta riposando . . . é completamente privo di forze . . . il suo crollo é stato dovuto ad una combinazione di cose: stanchezza, esaurimento nervoso e senz'altro *stress* . . . mi scusi ma lei è la madre?"

"Sono un amica stretta della famiglia ed il Signor Miele è il fidanzato di mia figlia". L'infermiere le aveva sorriso ed uscendo dalla cameretta aveva lasciato Paola insieme con Vincenzo.

"Vincenzo?" . . . "Come ti senti?" – la voce di Paola era seria con un pizzico di risentimento, ma guardandolo aveva realizzato il suo dolore, la sua disperazione all'idea di perdere Marianna e senza esitazione Paola l'aveva abbracciato con tenerezza come se, in quel momento, fosse stata sua madre.

Si era riappisolata	*had dozed off again*
un pizzico	*hint/pinch*

Vincenzo si era commosso e prendendole la mano non era riuscito a parlarle, dato che il nodo alla gola glielo impediva ed un fiume di lacrime aveva cominciato a scorrere giù sulle sue guance.

"Vincenzo . . . non piangere" . . . "Marianna sta benino . . . ha bisogno solo di riposo" . . . "non ti preoccupare" – Vincenzo aveva continuato a stringerle la mano mentre si era coperto il viso con l'altra, incapace di dirle una parola.

Paola si era seduta vicino a lui aspettando che Vincenzo si calmasse per ascoltare la versione della sua storia, quando un infermiera era entrata chiedendole di ritornare da Marianna. "Si . . . certamente . . ." - aveva risposto Paola e girandosi verso Vincenzo si era scusata promettendogli e riassicurandolo che sarebbe ritornata tra poco.

Paola si era diretta velocemente alla camera di Marianna "Che c'é?" Marianna era seduta sul letto "Mamma . . . dov'é Vincenzo?"

"Marianna . . . amore mio . . . come ti senti?" - Paola non voleva preoccupare Marianna troppo per la semplice ragione che era ancora cosí fragile e con cautela Paola le aveva spiegato che Vincenzo si trovava in una cameretta nel pronto soccorso, perché non si era sentito troppo bene.

"Tesoro mio . . . devi capire che Vincenzo si é distrutto con il lavoro in America . . . in più tutto lo stress causatogli dalla ragazza che, per puro caso ha incontrato all'aeroporto questa mattina, ha contribuito al suo malessere. Purtroppo questi due fattori, insieme con gli effetti del *jet lag,* gli hanno arrecato un momento di debolezza che lo hanno fatto sentire poco bene. Per il momento Vincenzo ha bisogno solo di riposo e di tranquillità."

Marianna aveva ascoltato la madre silenziosamente ed attentamente "Mamma . . . quando posso vedere Vincenzo?" La madre le aveva preso le mani e guardandola con tenerezza "Lasciamolo riposare per il momento" – e con ció Paola si era alzata andando a prendere le sue due buste della spesa e girandosi "Hai fame Marianna?" . . . "Ti farebbe piacere mangiare qualcosa?"

"Cosa hai comprato di buono?" Marianna non aveva fame, ma tanto per far piacere alla madre aveva deciso di mangiare qualcosa.

Un'infermiera era ritornata in camera. "Come si sente?" Marianna si era seduta sul letto "Bene . . . quando posso andare a casa?"

"Il dottore dovrebbe venire a vederla più tardi, sarà la sua decisione . . ."

Marianna si era alzata di scatto "Sono stanca di non poter fare quello che voglio . . . sono stanca di dover aspettare che qualcuno prenda una decisione . . . stiamo parlando della mia vita . . . dannazione . . ." ed alzandosi aveva quasi urlato "Voglio andare a casa oggi!!!"

Sia la madre che l'infermiera erano rimaste lí per lí allibite, dato che Marianna aveva un carattere calmo e dolce e tale sfuriata era stata alquanto inaspettata e sciocante.

"Tranquilla . . . tranquilla" - aveva sussurrato la madre, ma Marianna non era propensa ad ascoltare nessuno ed aveva giá incominciato a mettere via le sue cose con il suo aspetto truce ed il suo comportamento minaccioso. L'infermiera era uscita dalla camera, ma l'umore di Marianna stava ormai peggiorando al punto che aveva schiacciato il pulsante per l'assistenza. Inaspettatamente un dottore era entrato in camera "Chi é Lei?" - il tono di Marianna era paragonabile a quello di Riccardo Pace. "Sono il Dottore di turno . . . l'infermiera mi ha fatto presente che voleva parlarmi".

---

il nodo alla gola	*the lump in his throat*
sta benino	*is a little better*
lí per lí allibite	*there and then shocked*
sfuriata	*outburst*

"Esatto!" – "Voglio essere dimessa, perché nella mia opinione sono piú che in grado di andare a casa." – "Guai se qualcuno mi dice di **NO** – mi sono spiegata bene?" - La madre di Marianna aveva guardato il dottore senza dire una parola.

"**Mi sono spiegata bene**?" – aveva ripetuto Marianna alzando la voce. "Come vuole, mi dia un minuto che prendo subito il modulo" ed il dottore era uscito dalla camera.

Girandosi verso la madre, Marianna aveva continuato "Per favore mamma, non mi dare nulla da mangiare, non sono in vena per il momento e guai se mi contraddici. Hai capito?" - Camminando su e giù per la camera come una pantera nera pronta a sbranare la sua preda, Marianna aveva continuato "Dov'é Vincenzo? Ho bisogno di parlargli e francamente non me ne potrebbe fregar di meno se non si sente bene."

Marianna era stata attirata dall'espressione di sorpresa sul viso della madre e girandosi aveva visto Vincenzo che stava sotto l'architrave della porta – il suo sguardo serio ed avvilito.

"Hmm!" – "Mamma . . . cinque minuti e poi andiamo" - La madre aveva abbozzato un mezzo sorriso a Vincenzo ed era uscita subito dalla stanza.

"Vincenzo, siediti per favore." Marianna non lo aveva neanche guardato, dato che sembrava in quel momento completamente concentrata su ciò che stava per dirgli. "Mi dispiace veramente che quell'inconsciente del dottore ti abbia dischiuso dettagli riguardo la mia condizione, che in effetti, non avrebbe mai e poi mai dovuto riverlarti." – "Si . . . ti posso confermare che sono in attesa di un bambino . . . e francamente credo che sia il tuo, poiché Riccardo ed io ci eravamo allontanati spaventosamente l'uno dall'altro diverse settimane prima del nostro incontro a Milano." – "Ti ricordi?" - Vincenzo aveva solo annuito con la sua testa.

Marianna aveva continuato imperterrita "Non pensare minimamente, ma neanche per un secondo, che io abbia bisogno del tuo appoggio finanziario, spirituale o morale." . . . "La colpa é la mia di trovarmi in questa condizione . . . ma la cosa che mi rattrista di più é il fatto che i miei poveri genitori avranno l'onta di avere una figlia non sposata che tra qualche mese darà alla luce un bambino che non avrà un padre."

Vincenzo si era alzato di scatto "Basta!". . ."Sono più che consapevole del fatto che mi sono comportato come un deficiente, aprendo bocca e tirando fiato, rivelandoti dettagli di un mio incontro con una ragazza al tempo del mio tirocinio a Firenze tanti anna fa". . ."Francamente Amanda Scanno non mi riguarda più e non credo neanche per un instante che suo figlio sia il mio per la semplice ragione che ho tenuto sempre un diario!"

"Grazie a Dio sono stati proprio i miei appunti che mi hanno fatto realizzare la certezza e l'impossibilitá che io possa essere il padre di Valentino!" – Marianna aveva incominciato a realizzare che Vincenzo si era ribellato al suo atteggiamento.

"In più . . . e *mettiamo i puntini sulle i* . . . io sono il padre del bambino che porti e non ho nessunissima intenzione di essere escluso dalla sua vita, ne da te ne dai tuoi genitori!" Vincenzo stava camminando su e giù per la camera come un'anima in pena. ". . . Ma non realizzi quanto ti voglio bene, che ti voglio sposare . . . che voglio trascorrere il resto della mia via vita insieme con te . . ."

---

voglio essera dimessa	*I want to be discharged*
non me ne potrebbe fregar di meno	*I could not care less*
abbozzato un mezzo sorriso	*had managed to give a hint of a smile*
avranno l'onta	*they will bear the shame*
Sono più che consapevole	*I am more than aware*
Tirocinio	*training*
atteggiamento	*attitude*
Mettiamo i puntini sulle i	*Let's cross the 't's and dot the 'i's*
Un'anima in pena	*A soul in torment*

Vincenzo si era ormai agitato "... non voglio bisticciare con te" – la voce di Vincenzo lo stava tradendo al punto che Marianna aveva capito che gli veniva da piangere "... ti ripeto, realizzo fin troppo bene che sono stato un incosciente, un deficiente ... ma solo il pensiero di serbare segreti da te mi ha fatto quasi perdere la ragione."

Vincenzo si era riseduto e mettendosi la testa tra le sue mani aveva aggiunto "Se poi non vuoi avere più niente a che fare con me, se non mi vuoi più bene ... allora fai come vuoi ..."

Bisticciare	*Quarrel*
Serbare	*conceal from you*

Capitolo 38

Marianna si era avvicinata a Vincenzo e prendendo le sue mani e baciandogliele, aveva continuato "Sei tu che non realizzi il terrore che io ho sofferto in queste ultime ore... solo l'idea di perderti... di pensare che forse c'era la possibilitá che avessi sposato questa ragazza che avevi incontrato cosí tanti anni fa ed abbracciato con entusiasmo il ruolo di papá ad un bambino che non avevi mai visto... mai conosciuto..." - La voce di Marianna era dolce ma alquanto tremolante.

Vincenzo si era alzato e prendendo Marianna tra le braccia "Oh Madonna mia...." - Marianna si era coccolata tra le braccia di Vincenzo e per quei pochi istanti il calore dei loro corpi avevano dato loro un nuovo coraggio, una nuova meta e la speranza di un futuro insieme.

"Con permesso..." – un'infermiera era entrata in camera e girandosi verso Vincenzo gli aveva sussurrato "Dottor Miele, i suoi genitori sono fuori nel corridoio". "Grazie... li faccia pure entrare insieme con i genitori della Signorina Marianna".

Marianna era ancora abbracciata a Vincenzo, quando Romina ed Gabriele insieme con Paola ed Amedeo erano entrati in camera. Gabriele aveva allungato il braccio dando una scatoletta a Vincenzo.

"Marianna..." - la voce di Romina era soffice e dolce.

Marianna si era girata "Che fate tutti qui?" - La mamma di Vincenzo aveva abbracciato Marianna "Siamo venuti a trovarvi... mamma tua mi aveva chiamato prima per farmi sapere che Vincenzo non si era sentito troppo bene e quando non lo abbiamo trovato in camera sua abbiamo capito che era da te. Poi abbiamo incontrato i tuoi genitori nel corridoio."

"Possiamo andare a casa?" - aveva supplicato Marianna. "Si, adesso andiamo tutti quanti a casa"... "Poi, se vuoi, potrei ordinare le pizze per tutti noi... che ne dici?" – Paola era eccitata.

Vincenzo aveva sorriso "Che ottima idea..." e baciando la mano di Marianna aveva aggiunto "vado a prendere le mie cose e ritorno" - Gabriele si era avvicinato ed aveva abbracciato Vincenzo "Siamo cosí felici per te e Marianna" - Vincenzo aveva ricambiato l'abbraccio del padre con affetto "Grazie papá" e con ció era uscito.

Il dottore di turno era rientrato con il modulo "É sicura che vuole essere dimessa?" - Marianna si era voltata verso la madre "Marianna ha bisogno di ritornare a casa, di sentirsi protetta e curata."... "La prego di capire che mia figlia é stata in ospedale per settimane, in più il trauma del rapimento e tutto il resto che mia figlia ha attraversato e sofferto..."

Il dottore l'aveva interrotta "Sono d'accordo con lei, ma mi deve promettere che Marianna non si deve assolutamente eccitare troppo, deve continuare a riposarsi per almeno i prossimi dieci giorni, poi se vuole ritornare al lavoro, lo potrá anche fare, poco per volta."

Marianna aveva battuto le mani. "Quando possiamo andare a casa?!"

Vincenzo era in quel momento ritornato in camera "Allora... che facciamo... andiamo a casa da Paola?" - La mamma di Marianna stava per rispondere quando Romina si era fatta avanti "perché non venite a cena da noi, tanto il pollo é giá nel forno arrostendosi, dovrei solo aggiungere un pò più di verdure e fare una bella insalata... poi posso sempre comprare una bel tiramisú siciliano dalla pasticceria vicino casa... che ne dite...?"

Paola e Amedeo si erano guardati "Va bene... allora noi andremo prima a casa per cambiarci e poi porteremo le nostre bottiglie di vino..." "Il vino é sempre gradito... grazie cara... Allora ragazzi... ci vediamo più tardi" e Romina ed Gabriele erano usciti dopo essersi abbracciati con Paola ed Amedeo.

"Tesoro mio, vuoi venire in macchina con me?" – Vincenzo si era avvicinato a Marianna. "Posso?" – la mamma di Marianna l'aveva guardata seriamente.

"Va bene" e rivoltandosi verso Vincenzo aveva continuato "per l'amor del cielo, mi raccomando . . . guida piano."

Il dottore aveva firmato il modulo ed aveva chiesto all'infermiera di portare una sedia a rotelle per accompagnare Marianna alla macchina cosí da non farla stancare troppo.

Marianna si era abbracciata con la madre e sedendosi sulla sedia a rotelle, si era fatta accompagnare alla macchina dall'infermiera con Vincenzo al suo lato.

---

per l'amor del cielo, mi raccomando   *for the love of god, I am pleading with you*

Capitolo 39

L'infermiera aveva augurato loro una buona serata e per la prima volta in tanto tempo Vincenzo e Marianna si erano trovati soli in macchina.

Guardandola con tenerezza, Vincenzo aveva acceso il motore ed erano usciti dal parcheggio macchine. Marianna si sentiva stanca ed il rumore della macchina le aveva apportato un'onda di tranquillitá che combinata con la stanchezza della giornata, l'avevano fatta addormentare serenamente. Incredibilmente un paio d'ore erano volate - "Dove stiamo andando?" aveva chiesto Vincenzo sbadigliando.

Vincenzo si era girato "Adesso vedrai . . ." - Dopo un paio di curve Marianna aveva notato che Vincenzo stava andando al loro parco preferito dove da bambini giocavano insieme rincorrendosi, *facendo volare i loro aquiloni*, *giocando a nascondino*, andando in bicicletta per i *viottoli del parco* . . . una marea di ricordi stava incominciando ad inondare la sua mente.

"Questo é il parco della nostra infanzia i cui ricordi rimarranno sempre nel mio cuore . . . la nostra innocenza che abbiamo condiviso per cosí tanto tempo, il parco dove siamo cresciuti insieme, ricordi che potrebbero far parte di una favola, una fiaba che non dimenticherò mai e che senz'altro racconterò al nostro bambino quando sarà più grandino."

Vincenzo aveva parcheggiato la macchina - "Non potrai mai sapere quante volte sono venuto qui dopo che ci siamo laureati, specialmente quando ti sei trasferita a Milano per il tuo lavoro." Marianna sembrava affascinata dal suo racconto – "La vita ci ha educato e ci ha fatto amare altre persone, ma infine il destino ha trovato la maniera per farci ritrovare e per tale ragione sarò sempre grato a tutti gli dei di qualsiasi religione, di qualsiasi cultura."

Marianna aveva ascoltato Vincenzo cosí attentamente, che non si era accorta che Vincenzo aveva aperto una scatoletta contenente un anello con un rubino quadrato e due brillanti piccoli a forma di triangoli su ambo i lati "Amore mio ... Sposami."

L'emozione del momento aveva mozzato il fiato di Marianna che poteva solo guardare Vincenzo con tutto l'amore che serbava nel suo cuore per lui, completamente incapace di parlare, dato che le lacrime stavano giá rotolando giú sulle sue guance.

Sorpresa dall'inaspettata proposta di matrimonio, Marianna aveva potuto solo dire di "Si" con la testa mentre Vincenzo le aveva messo l'anello al dito abbracciandola nuovamente al punto che poteva sentire il battito del suo cuore.

Rimettendo la macchina in moto, Vincenzo aveva continuato il loro tragitto per andare a casa dei genitori. Marianna sembrava essere affascinata dall'anello sul suo dito, completamente ignara del fatto che Vincenzo l'aveva guardata diverse volte, sorpreso dalla sua reazione e dal suo fascino per tale gioiello - "L'anello era di mia nonna che lo aveva lasciato a me con la speranza che un giorno l'avessi dato alla ragazza che avrei sposato." Marianna gli aveva sorriso a lungo, appoggiando la sua testa sulla sua spalla.

"Abbiamo cosí tanto da fare adesso . . ." – Marianna lo aveva guardato rispondendo "Cioé?"

---

facendo volare i loro aquiloni	*flying their kites*
giocando a nascondino	*playing hide and seek*
viottoli del parco	*narrow paths of the park*

"Domani telefonerò all'agenzia immobiliare per mettere il mio appartamento a Bologna in affitto. Non penso proprio che potrei più vivere lí. Naturalmente tu ed io dovremo metterci in cerca di una casa non troppo lontano da Bologna, tanto per stare più vicino ai nostri genitori. Che ne pensi?"

"É una buonissima idea tesoro" – Marianna era sorridente, il suo cuore riempito dalla felicitá del momento. "Per ora però, vorrei ritornare al mio lavoro a Milano e poi una volta che questo piccino nascerá, decidere cosa fare per il futuro".

"Imagino che per i primi mesi avrai le mani piene accudendo nostro figlio o nostra figlia . . .". Marianna aveva interrotto Vincenzo "Che ne pensi di Francesca Romana per una bambina e Massimiliano per un maschietto?"

"Eccoci qua" – Vincenzo aveva parcheggiato la macchina ed aprendo lo sportello aveva aiutato Marianna ad uscire. La scalinata che portava al portone principale della casa dei suoi genitori era grande e Vincenzo non aveva esitato a prendere in braccio Marianna e portarla fino su all'entrata.

Le voci dei genitori si sentivano provenienti dal salotto e aprendo la porta, tutti si erano alzati, battendo le mani. "Eccoli, finalmente fidanzati dopo tutto questo tempo . . . belli, belli!" - Marianna si era rivoltata verso la madre "Ma tu già sapevi che Vincenzo mi avrebbe portato al parco per chiedermi di sposarlo?"

La madre di Vincenzo aveva aggiunto: "Ma lo sapevamo tutti, siamo cosí contenti e felici per voi" ed avvicinandosi a Marianna l'aveva abbracciata con tenerezza "Tanti, tanti auguri tesoro".

Marianna si era seduta. Il papá di Vincenzo si era avvicinato a Marianna. "Ci hai fatto cosí felici." - "Che Dio ti benedica e ti protegga sempre insieme con il piccino che porti e naturalmente Vincenzo." – "Non vedo l'ora di conoscere questo marmocchietto . . ."

Marianna aveva sorriso "Sono io che non vedo l'ora di conoscere questo piccino, di tenerlo tra le mie braccia, di parlargli e di raccontargli come il suo papá ed io ci siamo voluti cosí tanto bene da quando eravamo piccoli." Marianna aveva guardato a Vincenzo "La vita ci ha allontanato per un pò ti tempo ma grazie a Dio il destino ci ha fatto ritrovare . . ."

"Tutti a tavola . . . è pronto!" – un profumino aveva invaso la camera da pranzo. "Mamma, che hai preparato di buono?" aveva chiesto Vincenzo.

"Tesoro mio, é il solito antipasto di carni fredde, mozzarella e pomodorini, con una bella insalata di carciofini, poi abbiamo il pollo arrosto con tutti i contorni e come ti avevo detto, ho comprato una bel tiramisú siciliano."

Il padre di Marianna aveva aperto le prime due bottiglie di vino e facendo si che tutti i bicchieri fossero pieni, si era alzato "Prima che cominciamo a mangiare questa cenetta deliziosa preparata dalla nostra cara Romina, vorrei proporre un brindisi alla felicità di Marianna e Vincenzo, ma specialmente al loro piccino . . . siamo tutti cosí orgogliosi ed immensamente felici per voi . . . a Marianna e Vincenzo . . . Cin Cin . . . Salute!"

Vincenzo aveva baciato Marianna sulla guancia ed alzandosi aveva aggiunto "Al nostro piccino, femminuccia o maschietto sarà accolto in questa famiglia con gioia ed orgoglio e sarà il bambino più amato del mondo." Vincenzo aveva soffiato un bacio a Marianna.

"Oh . . . prima che mi dimentico Marianna, ho qui in borsa l'appuntamento che il dottore mi ha dato per la tua ecografia alla fine del mese – se vuoi ti posso accompagnare io" – Paola era eccitata al prospetto.

---

con tutti i contorni   *with all the side dishes*

"Grazie mamma, ma vorrei che Vincenzo mi accompagnasse, se non ti dispiace naturalmente" - e girandosi verso Vincenzo, Marianna aveva continuato - "Se non hai impegni naturalmente . . ." - Vincenzo l'aveva guardata con tenerezza "qualsiasi impegno verrá posticipato, non ho nessunissima voglia di perdermi la prima ecografia di mio figlio". Marianna aveva appoggiato la testa sulla sua spalla incapace di dire una parola.

"Chi vuole un pò di tiramisú?" - Romina stava caricando la lavastoviglie. "Non direi no ad un pezzettino, tanto per rifarmi la bocca, dai . . ." – Paola aveva continuato "ed un pezzettino per Amedeo . . . grazie cara".

Ritornando nella camera da pranzo, Romina aveva distribuito una porzione di Tiramisú Siciliano a tutti . . .

"Ho bevuto troppo . . ."- Amedeo si era lamentato. "Ma perché non rimanete tutti qui per la notte?" – "Tanto il posto c'é e domani dopo colazione, ve ne ritornate a casa, per me non c'è un problema".

Marianna si era voltata verso Vincenzo "Dove posso dormire questa notte?" - Vincenzo si era voltato sorridendo "Indovina?"

Marianna si era sentita leggermente a disagio e Vincenzo aveva captato subito il suo stato d'animo. Parlandole sotto voce, Vincenzo aveva continuato - "Tesoro mio, se poi vuoi dormire nella camera degli ospiti, per me non c'é un problema, la decisione é la tua e credimi, volevo solo che ti addormentassi tra le mie braccia . . . non altro". Marianna aveva sorriso e guardando Vincenzo a lungo gli aveva sussurrato "Va bene, quando possiamo andare a letto?"

---

la prima ecografia *the first ultrasound scan*

Capitolo 40

Riccardo era come al solito di mal umore, incapace di essere gentile con le infermiere che cercavano di fare del loro meglio per aiutarlo e comprenderlo, ma una cosa era piú che certa, Riccardo non era pronto per quello che il dottore stava per dischiudergli.

"Signor Pace . . . buon giorno, come si sente?" - il Dottore aveva un aspetto serio e per una frazione di secondo Riccardo aveva avuto paura.

"Qual'é la mia sentenza allora?" Il tono di Riccardo era pieno di astio e di risentimento, ma il Dottore non si erato fatto intimidire.

"Ho qui il risultato di tutte le lastre fatte alla sua spina dorsale insieme con le prove del sangue – come le ho già spiegato recentemente, la paraplegia, a volte chiamata paralisi parziale, è una forma di paralisi in cui la funzione è sostanzialmente impedita dalla vita in giù. Mi segue?" Riccardo lo aveva solo guardato incapace di rispondergli.

"La maggior parte delle persone con la paraplegia hanno le gambe perfettamente sane." Lo sguardo fisso di Riccardo, privo di qualsiasi emozione, come se non stesse prestando attenzione a ciò che il dottore gli stava dicendo, aveva momentaneamente annoiato il dottore. "Signor Riccardo!" - il dottore aveva alzato la voce seccato dall'attaggiamento del suo paziente - "Il problema risiede nel cervello o nel midollo spinale che non riesce ad inviare o ricevere segnali alla parte inferiore del corpo causato o da una lesione oppure da una malattia. Nel suo caso, il trauma che lei ha sofferto ha danneggiato i nervi ed i tessuti che, per il momento, impediscono la capacità dei segnali di viaggiare sia verso che dalle gambe. Con riposo e fisioterapia sono sicuro che riacquisterà l'uso delle sue gambe." – "Per il momento dovrà usare la sedia a rotelle che le abbiamo dato, poi, con il passar del tempo riotterrà l'uso delle sue gambe e potrá camminare con l'aiuto di un bastone. Eventualmente il giorno arriverà quando potrà camminare da solo." – Il dottore era stato diretto con Riccardo ed in una certa maniera quasi spietato.

"Quando potrò camminare da solo . . . **Quando**?" – come al solito Riccardo era stato rude ed esigente.

"Forse tra cinque o sei mesi . . . cosa vuole che le dica?" . . . "Ogni persona è differente ed ogni persona recupera l'uso delle gambe in modo diverso. Domani mattina comincerà la fisioterapia, un'ora la mattina ed un'ora il pomeriggio. La settimana entrante valuterò il suo progresso ed in base alle mie conclusioni, allora deciderò quando potrà andare a casa."

Pieno di astio	*full of hatred*
le lastre fatte alla sua spina dorsale	*the x-rays done to your spine*
paraplegia	*paraplegia*
impedita dalla vita in giù	*prevented from the waist down*
prove del sangue	*blood tests*
nel midollo spinale	*in the spinal cord*
una lesione	*an injury*
ha danneggiato i nervi ed i tessuti	*has damaged nerves and tissues*
quasi spietato	*almost ruthless*

Riccardo aveva dato un pugno al comodino, ma il dottore non aveva reagito al suo comportamento e non aveva fatto altro che riavviarsi al suo ufficio. Riccardo si era imbestialito ancora di più dato che non aveva avuto una reazione dal dottore, al punto che aveva preso la brocca di plastica sul comodino, scaraventandola con forza verso la parete.

Due infermiere erano venute correndo verso Riccardo, una aveva una siringa in mano mentre l'altra aveva preso Riccardo per un braccio e lo aveva inchiodato sul letto. "Vedrá che tra poco si calmerà e riuscirà a dormire bene, non si deve agitare troppo."

Riccardo si sentiva solo e la disperazione entro di lui lo stava logorando sempre di più - lui era stato un asso del tennis, un adone, un dio . . . ammirato dal sesso femminile eppure oggi si sentiva una nullità, inutile ed incapace di camminare senza l'aiuto di una sedia a rotelle o di una persona che lo spingesse.

Tali pensieri lo stavano consumando. L'iniezione aveva già incominciato ad avere effetto su di lui facendolo sentire leggermente intontito - le palpebre erano incominciate ad appesantirsi finchè Riccardo si era completamente arreso, lasciandosi trasportare nella tranquillità dove poteva dimenticare il suo incubo, la sua disperazione e finalmente evadere il suo tormento per qualche ora.

Il sole che faceva capolino attraverso le persiane chiuse della stanza di Vincenzo, aveva svegliato Marianna la quale si era trovata Vincenzo al suo lato che dormiva placidamente. Senza fare troppo rumore Marianna si era alzata ed era andata in cucina a preparare la colazione.

L'alba prometteva una bella giornata e per la prima volta in tanto tempo Marianna si sentiva pronta ad affrontare la sua nuova vita con un uomo che aveva conosciuto da quando era bambina e con cui si sentiva completamente a suo agio.

Il destino le aveva offerto una nuova opportunità e nonostante tutti gli ostacoli che aveva dovuto sormontare, Marianna aveva realizzato che era eccitata al prospetto d'iniziare questo nuovo capitolo nella sua vita.

Non c'erano segreti tra di loro, infatti, l'amore, la comprensione e la felicitá che esisteva tra di loro era imparagonabile a quello che aveva provato con Riccardo, il quale era stato negli ultimi mesi scostante, freddo e quasi tirannico con lei.

Marianna aveva preparato il vasoio con la caffettiera e due tazzine, succo di frutta e due brioche, ma aveva capito che non aveva le forze per portarlo in camera.. Romina era entrata in cucina "Carissima perché ti sei alzata cosi presto . . . cosa stai preparando?"

"Volevo solo sorprendere Vincenzo portandogli la colazione a letto, ma non penso che ce la farei a portare il vasoio in camera." – "Vincenzo sta ancora dormendo e non volevo svegliarlo."

"Fammiti dare una mano allora" – Romina aveva preso il vasoio accompagnando Marianna in camera dove Vincenzo dormiva placidamente bene.

"Grazie mille zia" – Romina si era girata e le aveva accarezzato la guancia con la mano come quando era bambina.

Rientrando nel letto Vincenzo si era girato verso Marianna "Dove sei stata?" . . . "Caffé?" aveva chiesto Marianna la quale si era sdraiata vicino a Vincenzo dandogli un bacio.

"Mi hai fatto il caffé?" – Vincenzo si era seduto nel letto "Ecco qua . . . e ti ho portato una brioche con un succo d'arancio". Marianna era luminosa.

Si era imbestialito	*He was furious*
scaraventandola con forza verso la parete	*throwing it vehemently towards the wall*
lo aveva inchiodato	*had pinned him*
lo stava logorando	*was wearing him out*

"Amore mio, grazie." "La nostra prima colazione a letto" . . . "il nostro primo giorno insieme" – Vincenzo aveva bevuto il suo caffé con gusto.

"Perchè non ci sposiamo subito?" . . . "Che ne dici?" – Vincenzo era eccitato.

Marianna lo aveva guardato a lungo e l'amore che sentiva per Vincenzo aveva acceso i suoi occhi istantaneamente "Dopo che il nostro piccino è nato, potremmo trascorrere l'estate in campagna con i nostri genitori e rivivere i nostri bei tempi quando noi eravamo bambini, che ne pensi?" – aveva risposto Marianna.

Vincenzo aveva messo un braccio intorno a Marianna "T'immagini vedere il nostro piccino giocare nel giardino, andare a fare le stesse passeggiate che facevamo quando eravamo piccoli e raccogliere le more e le fragoline di bosco? . . . e le scorpacciate che facevamo in cucina . . . ti ricordi?" . . . Vincenzo era per la prima volta in tanto tempo, felice e sereno.

"Le smorfie che facevamo quando le nostre mamme ci pulivano le nostre bocche coperte di rosso per tutte le more che avevamo mangiato, le nostre mani il cui odore sembrava essere come quello dello zucchero filato . . ."

"Si, lo ricordo bene" - Marianna aveva risposto. Vincenzo aveva preso il succo di frutta in mano e girandosi, Marianna aveva continuato "Si, sposiamoci . . . quando vuoi tu . . ."

Vincenzo aveva rimesso giù il suo succo d'arancio ed abbracciandola, si era alzato dal letto, chiamando la madre ed il padre.

Romina ed Gabriele erano giunti sul pianerottolo insieme con Paola ed Amedeo "Che cosa c'é . . . che è successo?" – aveva chiesto Romina.

"Mamma, potresti gentilmente chiamare il Parroco della chiesa, Don Augusto, e chiedergli se ci può sposare tra un paio di settimane?" – Vincenzo era sorridente. Romina era lí per lí rimasta senza parole - "Mamma . . . sarebbe un matrimonio intimo – solo noi sei . . . poi l'anno prossimo, dopo la nascita, allora Marianna ed io ci potremmo risposare e si potrebbe dare un bel ricevimento per tutti i parenti e tutti i nostri amici, dopodiché tutti e quattro i nonni potrebbero accudire al piccino, mentre noi potremmo andare in luna di miele per pochi giorni." – "Che ne pensate?"

Romina, Gabriele, Paola ed Amedeo si erano guardati "Gesù, Giuseppe e Maria, tutto sempre di corsa . . . sempre . . . sempre . . . sempre!" – Paola e Romina si erano guardate ed erano scoppiate a ridere mentre i due padri si erano stretti la mano abbracciandosi.

Romina era subito andata in salotto a telefonare al parroco. Paola, rivoltandosi verso Marianna le aveva chiesto - "Tesoro mio . . . noi andremo a casa tra un pò" - "vuoi venire con noi?" Marianna si era voltata verso Vincenzo il quale abbracciandola le aveva sussurato "Devo andare all'appartamento per farmi le valigie e poi dovrò andare in ufficio per sistemare alcune cose. Ti chiamerò questa sera" - Marianna si era rattristata istantaneamente – solo il pensiero di dover allontanarsi da Vincenzo l'aveva fatta sentire debole - l'unica cosa però che le dava coraggio era l'ecografia che avrebbe avuto la settimana susseguente rivelandole il sesso del piccino. In più tra pochi mesi sarebbe diventata mamma, Vincenzo sarebbe stato accanto a lei per la nascita del suo bambino, non solo come padre ma come suo marito.

"Va bene mamma, ritornerò a casa con voi . . . ma questo pomeriggio vorrei andare a comprare alcuni completini – non ho assolutamente niente per il pupo"

Romina aveva urlato dal salotto "tra quattro settimane . . . Don Augusto vi potrà sposare tra quattro settimane!"

Paola si era girata verso Marianna " . . . ed un vestito per l'occasione del tuo matrimonio . . . che ne dici?"

Marianna si era abbracciata alla madre capendo che non avrebbe avuto il tempo materiale per demoralizzarsi, ma per organizzarsi non solo per il giorno in cui avrebbe sposato Vincenzo, ma per tutte le preparazioni che avrebbe avuto da fare per l'arrivo del loro piccino.

I giorni erano cominciati a volare, Vincenzo le telefonava ogni sera ed ogni giorno Marianna si sentiva sempre più forte finché la mattina della sua visita in ospedale era giunta.

Capitolo 41

Vincenzo era andato a prendere Marianna con la macchina "Chiamami appena possibile" – le aveva chiesto la madre "non vedo l'ora di sapere se avró un nipotino od una nipotina" e con ciò Paola aveva abbracciato sia Marianna che Vincenzo.

L'attesa nell'ospedale era stata esasperante, solo il viavai di gente nei corridoi aveva fatto innervosire Vincenzo, ma finalmente il turno di Marianna era giunto ed insieme con Vincenzo erano entrati nella stanza dove l'infermiera aveva chiesto a Marianna di sdraiarsi sul lettino. L'infermiera le aveva alzato il pullover e tirato giù i suoi pantaloni, cospargendo una pomata fredda, quasi gelida, sull'addome facendo Marianna rabbrividire di colpo, mentre Vincenzo era al suo lato tenendole la mano e riassicurandola.

La sonda che l'infermiera aveva appoggiato sulla pancia di Marianna era anche gelida ma Marianna era stata distratta dallo schermo dell'apparecchio che si era acceso e poco per volta un'imagine si era formata.

L'infermiera aveva cominciato a spiegare che l'ecografia avrebbe impiegato una ventina di minuti "Questo tipo di ecografia che sta per avere é perché il feto è abbastanza grande dandoci la possibilità di analizzare alcune caratteristiche anatomiche che, col passare delle settimane, sarebbero più difficili da visualizzare a causa della fisiologica crescita fetale e per tale ragione richiede più tempo."

"Allora, questa è la testolina del bambino, il suo braccietto, la sua colonna vertebrale . . ." - ma l'immagine era cambiata di punto in bianco e l'infermiera si era momentaneamente concentrata muovendo la sonda sull'addome di Marianna finché le parole "Auguri, vi posso confermare con certezza che siete in attesa di gemelli!"

Vincenzo si era dovuto sedere. "Oh Madonna mia!" . . . "Gemelli!" – Marianna invece non aveva esitato a chiedere "Due maschietti o due femminucce?"

L'infermiera aveva preso il suo tempo nel risponderle "Dobbiamo vedere se i bebé si mettono nella posizione giusta perché altrimenti non si può vedere assolutamente nulla . . . un attimo . . . un maschietto ed una femminuccia" . . . "AUGURI!!"

Vincenzo sembrava essere stato fulminato, incapace di muoversi dalla sedia su cui era rimasto inchiodato. "Mio padre era un gemello . . ." aveva balbuziato Vincenzo, passandosi le dita tra i suoi capelli in un modo piuttosto agitato.

Marianna aveva preso subito il suo cellulare "Mamma . . . ?" Paola, che, una volta tanto, aveva il cellulare vicino a lei, aveva risposto subito "Tesoro mio dimmi . . . un nipotino od una nipotina?"

"Ciao Mamma, stai nel salotto . . . seduta?" - "Si" – la madre le aveva risposto con un tono leggermente incuriosito - "Perché?"

Solo il viavai di gente	*only the coming and going of people*
Rabbrividire di colpo	*suddenly shiver*
La sonda	*the probe*
Dallo schermo dell'apparecchio	*from the screen of the machine*
Analizzare alcune caratteristiche anatomiche	*analyze some anatomical features*
A causa della fisiologica crescita fetale	*because of the physiological fetal growth*
La sua colonna vertebrale	*his spinal column*
aveva balbuziato	*had stammered*

"Allora"... "come giá sai tra qualche mese, diventerai nonna... di... gemelli"... "Francesca Romana e Massimiliano" - Paola aveva afferrato Amedeo incapace di parlare dato che si era emozionata all'istante. Amedeo peró si era momentaneamente congelato e prendendo il cellulare aveva chiesto "Tutto a posto?"

"Si Papá... siamo in attesa di gemelli... sono cosí contenta... un maschietto ed una femminuccia!"

"Oh Madonna mia... e Vincenzo come ha reagito alla notizia?" – il padre si era preoccupato "Beh... Vincenzo si é dovuto sedere e sta ancora seduto."

"Credo che sia in uno stato di shock... che ti devo dire papá, non penso proprio che nessuno di noi avrebbe mai e poi mai imaginato che avremmo avuto gemelli!" - Il padre si era messo a ridere "Ci vediamo più tardi bella... e tanti tanti auguri amore mio".

Marianna si sentiva gioiosa e giuliva al prospetto di diventare mamma di gemelli, non pensando minimamente alle nottate ne tantomeno al fatto che ce ne sarebbero stati due da accudire! L'infermiera aveva finito l'ecografia e rivoltandosi verso Marianna, le aveva chiesto "Quante fotografie vorrebbe avere dell'ecografia che ha avuto?" - Marianna non aveva esitato a rispondere "Tre per favore, una per noi e le altre due per i nostri genitori." - "Grazie mille!"

"Vincenzo... hai telefonato a mamma tua?" aveva chiesto Marianna, ma prima che Vincenzo avesse il tempo materiale di risponderle, l'infermiera era ritornata con tre foto "Ecco qua... e le potete mettere in questi cartoncini cosí da proteggerle. Devo dire che sono riuscite molto bene" e rivolgendosi verso Marianna, l'infermiera aveva continuato - "Allora, dovrá prendere un appuntamento per vedere il dottore la prossima settimana per discutere quando dovrà fare i controlli mensili del sangue, dell'orina e della pressione del sangue... in più bisognerà monitorare la crescita fetale per far si che i gemelli crescano bene ed anche per tenere sotto controllo la quantitá di liquido amniotico e la funzionalità della placenta. Naturalmente il suo dottore le spiegherá tutto dettagliatamente"

Vincenzo aveva aiutato Marianna ad alzarsi dal lettino e ringraziando l'infermiera, erano usciti dall'ospedale: "Hai telefonato a mamma tua?" - aveva domandato nuovamente Marianna. "Glielo possiamo dire insieme quando andiamo a pranzo da lei adesso – spero che non sia uno shock quando le diremo che diventerà nonna di... gemelli..."

"Perché, quale sarebbe il problema?" - aveva chiesto Marianna leggermente turbata. "Nulla tesoro, sono preoccupato solo per te" aveva risposto Vincenzo, non avendo compreso che in quell'istante Marianna aveva capito ed intuito l'enormitá di essere in attesa di gemelli.

"Pensi che ce la faró a far fronte al parto?" – ma la domanda di Marianna non aveva ricevuto nessunissima risposta, per la sola ragione che i pensieri di Vincenzo sembravano averlo giá trasportato altrove e Marianna si era incominciata ad innervosire.

Arrivati alla casa dei genitori di Vincenzo, Marianna era silenziosa - Vincenzo aveva aperto il portone della casa dei genitori ed aveva chiamato la madre.

"Tesori miei... Marianna... allora..." – Vincenzo era intervenuto "Mamma, per favore ... siediamoci..." e prendendo la mano di Marianna, Vincenzo aveva continuato "Marianna ed io siamo in attesa di gemelli, un maschietto ed una femminuccia...".

---

che ce ne sarebbero stati due da accudire	*there would have been two of them to look after*
dovrà fare i controlli mensili del sangue, dell'orina e della pressione del sangue	*you will have to have monthly check-ups - blood, urine and blood pressure*

La madre di Vincenzo era rimasta a bocca aperta, ma in un secondo aveva abbracciato Marianna. "Come ti senti cara?" – l'aspetto di Romina era preoccupato "Bene . . . mi sento bene . . . e sono felicissima di essere in attesa di gemellini . . . ma mamma ha reagito nella stessa maniera e credo che quando l'infermiera ci ha detto dei gemelli, Vincenzo è rimasto sciocato dalla notizia, tanto che si è dovuto sedere . . .".

La madre aveva guardato Vincenzo "Tesoro mio, dopo tutto quello che hai attraversato . . . é più che palese che siamo tutti preoccupati per te . . . e ti vogliamo cosí tanto bene". Vincenzo aveva abbracciato e baciato Marianna sulla guancia - ma Marianna era scoppiata a piangere e senza esitazione Vincenzo l'aveva subito riabbracciata "Su . . . da brava . . . devi capire che siamo tutti emozionati dalla notizia e siamo tutti eccitati all'idea di conoscere questi piccini, ma la cosa la più importante che devi sapere é che io sono il padre il più orgoglioso del mondo".

Marianna aveva alzato gli occhi e guardando Vincenzo aveva aggiunto "Sono diventata una piagnucolona!" – Vincenzo era scoppiato a ridere.

"Più che comprensibile, sei una gestante ed in più in attesa di gemelli!" ed abbracciandola si era rivolto verso la madre "Mamma . . . perché non andiamo a pranzo fuori?" e guardando Marianna che era ancora tra le sue braccia aveva continuato ". . . dai chiama i tuoi genitori e domanda loro se vorrebbero raggiungerci per pranzo al ristorante "La Circe".

Marianna aveva subito ubbidito. Il ristorante "La Circe" distava solo una quindicina di minuti di macchina dalla casa dei genitori di Vincenzo ed una volta tanto Marianna aveva appetito.

Il pranzo al ristorante "La Circe" era stato favoloso e dopo un buon caffè, Marianna era andata insieme con la madre a fare le compere per il suo vestito da sposa e per alcuni completini per i suoi gemelli, mentre Vincenzo era ritornato in ufficio dopo aver accompagnato i suoi genitori a casa. Vincenzo si sentiva contento perfino euforico alla prospettiva di diventare papà, ma nello stesso tempo era preoccupato per Marianna, la quale sembrava ancora così fragile e vulnerabile..

Sono diventata una piagnucolona	*I have become a cry-baby*
Una gestante	*a mum-to-be*

Capitolo 42

Una volta arrivato in ufficio, Vincenzo aveva trovato Amanda seduta nella sua sala d'attesa – solo lo schock di rivederla, lo aveva quasi impietrito e nello stesso tempo inferocito.

"Che cosa fai qui?" ... "Chi ti ha dato il permesso di aspettare nel mio ufficio?" – la voce di Vincenzo era fredda, scostante ... quasi minacciosa.

"Ma perché ti devi agitare in questa maniera?" ... "Qual'è il problema?" – l'atteggiamento di Amanda era quasi trionfante ed il suo sguardo aveva assunto un'aria di superioritá. "L'unica ragione per cui sono venuta oggi nel tuo ufficio era per organizzare il test di paternitá, cioè la prova del DNA che hai insistito di far fare per dimostrare che in realtá mio figlio è nostro figlio!" "Hmm?"

Gli occhi di Vincenzo erano diventati come due fessure, ma Amanda aveva continuato imperterrita "Allora ... se mi potresti gentilmente confermare adesso oppure tramite la tua segretaria, quando saresti disponibile per venire in ospedale ed avere un campione di cellule prelevato da te e da Valentino cosí da confermare una volta per tutte, la compatibilità biologica tra il codice genetico tuo e quello di mio figlio ... di nostro figlio"

Lo sguardo di Amanda era raggiante. "Va bene Amanda, la mia segretaria t'invierà una mail con la conferma della mia disponibilità" – e dopo una breve pausa Vincenzo aveva continuato "Devi capire Amanda che quando ero studente tenevo un diario, come ne tengo uno oggi ed ogni appunto importante veniva e viene ancora segnato meticolosamente bene nel mio diario che, per la tua informazione, ho riletto solo recentemente per accertarmi delle date quando abbiamo fatto l'amore per la prima volta!" Vincenzo aveva continuato con la sua narrazione, completamente concentrato sull'espressione di Amanda.

"Dopo che ci siamo incontrati all'aeroporto pochi giorni fa, ho fortunatamente ritrovato il mio diario dai tempi del nostro tirocinio che avevamo fatto insieme a Firenze. Il mio diario contiene ogni dettaglio della nostra relazione." Vincenzo continuava a fissare Amanda intensamente.

"Infatti, una volta che ci siamo cominciati a vedere, la prima volta che siamo finiti a letto ed abbiamo fatto l'amore è stato il 23 Agosto ... quindi, come puoi imaginare Amanda, sarà per me veramente interessante scoprire chi è il padre di Valentino, perché una cosa è più che certa, non lo sono io, almeno che Valentino non sia nato dopo 5/6 mesi di gestazione!!"

Vincenzo non aveva fatto altro che alzarsi dalla sua sedia, afferrare Amanda per un braccio ed accompagnarla senza troppi complimenti, verso la porta, quasi scaraventandola fuori dal suo ufficio. "Addio, Adieu e Goodbye Amanda!!" e con ciò Vincenzo aveva sbattuto la porta del suo ufficio con veemenza.

Quasi impietrito	*almost turned him to stone*
Scostante	*standoffish*
Minacciosa	*threatening*
Imperterrita	*undaunted*
Gestazione	*pregnancy*
Afferrare	*grab*
Scaraventandola	*throwing her*

Nonostante era stato brutalmente onesto con Amanda, il suo umore era piombato nell'abisso di una disperazione inconsolabile. Il seme del dubbio si era ormai piantato nella sua testa e la possibilità remota che forse potesse essere il padre di Valentino lo stava, in effetti, giá logorando.

Il suo diario era pieno di appuntamenti e non poteva assolutamente posticiparli per la semplice ragione che alcuni dei suoi clienti erano troppo importanti. "Dannazione!" aveva esclamato Vincenzo dando un pugno sulla sua scrivania.

La sua assistente era entrata nel suo ufficio "Vincenzo . . . hai bisogno di qualcosa?" – ma Vincenzo si era alzato di scatto rispondendole "Perché hai dato il permesso a quella donna di aspettare nel mio ufficio?"

Valentina si era momentaneamente impaurita "Vincenzo che ti è successo?" . . . "Non ti ho mai visto cosí". Vincenzo si era riseduto incapace di risponderle.

"Perdonami Valentina ma quella donna non ha il mio permesso di mettere più piede nel mio ufficio, né di parlarmi al telefono, né tantomeno di prendere un appuntamento per visitare la mia pratica!" . . . "Mi sono spiegato bene?"

"Perfettamente Vincenzo, informerò l'addetto alla sicurezza giù al cancello di non darle più il permesso di entrare" – Valentina era uscita dall'ufficio di Vincenzo leggermente agitata.

Vincenzo si sentiva come un mollusco essendo non solo comportatosi in maniera sgarbata con Valentina, ma per la semplice ragione che considerate le circostanze, non poteva dire nulla a Marianna per non causarle nessunissima angoscia.

La vita di Vincenzo era ormai cambiata – il suo viaggio nel passato tramite il suo diario, lo aveva aiutato a capire meglio il presente ed apprezzarlo ancora di più. Le parole contenute nelle pagine del suo diario erano state come delle immagini che gli avevano fatto ricordare i giorni della sua vita universitaria e della sua spensieratezza - esperienze che come uomo erano indispensabili per aiutarlo a far fronte alla vita del domani.

Tra qualche mese sarebbe diventato non solo padre del piccino che Marianna aspettava, ma il marito di una giovane donna che aveva conosciuto ed amato tutta la sua vita. Solo in quel momento Vincenzo aveva realizzato che Marianna era la sua anima gemella con cui avrebbe condiviso la sicurezza di una famiglia unita ed appoggiata da ambo i loro genitori, i quali li avrebbero sempre protetti, amati ed aiutati.

Logorando — *wearing him out*
L'addetto alla sicurezza — *security officer*

Capitolo 43

Marianna e la mamma erano finalmente arrivate in centro cittá. Il traffico era stato stressante ma l'eccitamento di Marianna era contagioso. Le due donne si erano subito dirette ad un negozio di bambini dove si erano istantaneamente sbizzarrite comprando diversi completini in celeste e rosa, sciarpe bianche, copertine per le due culle con i baldacchini ed un passeggino gemello. Per la prima volta in tanto tempo Marianna si sentiva piena di forze e pronta ad affrontare l'arrivo dei suoi due marmocchietti. La madre invece si sentiva alquanto spellata dalla marea di soldi che aveva speso – ma in fine erano per i suoi primi due nipotini che non vedeva l'ora di tenere in braccio, coccolarli e viziarli. D'altronde questa era la sua prerogativa come nonna!

"Possiamo andare al negozio di abiti da sposa adesso?" aveva chiesto Marianna alla madre. "Amore mio . . . senz'altro . . . sempre che io possa sedermi mentre tu ti provi i vestiti che ti piacciono." – la madre si sentiva esausta e per la prima volta aveva realizzato come gli anni le erano cominciati a pesare.

Il negozio in centro aveva dei vestiti da sposa favolosi, alcuni in color avorio, altri in rosa o celeste pallido, la maggior parte tutti in chiffon, ma il prezzo di ognuno di loro variava tra i 1,800 ed i 10,000 Euro. Una cosa era certa Marianna non poteva pretendere che la madre pagasse una somma di denaro cosí esosa.

Naturalmente Marianna non aveva sprecato molto tempo nell'individuare il vestito che voleva, d'altronde la sua magrezza e la sua snellezza nascondevano più che bene il fatto che era di poco più di venti settimane e la sua pancetta sarebbe stata nascosta molto bene dagli strati di chiffon che davano il vestito, la sua ampiezza elegante. La cinta intorno alla vita del vestito aveva due peonie enormi da cui due nastri bellissimi spuntavano raggiungendo quasi la lunghezza del vestito che era in avorio con un tocco di rosa antico pallido.

Negli occhi di Marianna questo era il suo vestito perfetto per il matrimonio, che poi, naturalmente, avrebbe potuto riusare per il rinnovo delle loro promesse. Ovviamente tale occasione sarebbe stata organizzata dopo la nascita dei suoi gemelli ed il vestito sarebbe stato leggermente cambiato, aggiungendo chiaramente un bel velo e forse anche uno strascico.

La signorina del negozio era venuta verso Marianna, la quale senza esitazione le aveva chiesto se voleva provare il vestito. Una volta indossato, Marianna si sentiva elegantissima e camminando verso la madre in punta di piedi, le aveva chiesto sotto voce "Che ne pensi Mamma?"

La madre si era girata e guardandola con gioia aveva detto solo una parola "Stupenda".

---

culle con i baldacchini	*cradles wth canopies*
passeggino gemello	*twin stroller*
marmocchietti	*little ones*
si sentiva alquanto spellata dalla marea di soldi che aveva speso	*she felt rather skinned alive by all the money she had spent*
coccolarli e viziarli	*cuddle them and spoil them*
pagasse una somma di denaro cosi esosa	*to pay such an exorbitant amount of money*
snellezza	*slenderness*
la sua ampiezza elegante	*its voluminous elegance*
con un tocco di rosa antico pallido	*with a hint of pale dusty pink*

La signorina del negozio era passata dietro Marianna e con disinvoltura aveva annunciato "Questo è l'ultimo vestito che abbiamo in questo stile ed il prezzo è stato ridotto da 2,750 Euro a 1,250 Euro - naturalmente l'acconciatura non è inclusa nel prezzo - deve capire però che questo è un modello vecchio dell'anno scorso". Marianna aveva fatto una smorfia alla madre.

Paola invece non aveva fatto altro che prendere il suo cellulare e chiamare Amedeo - "Ciao tesoro, ti volevo solo far sapere che Marianna ha finalmente trovato il vestito da sposa che, devo dire, le sta veramente bene . . ." – Amedeo aveva subito captato che Paola non aveva il coraggio di dirgli il prezzo – "E . . . quanto viene?" – aveva risposto Amedeo con apprensione. "Beh, Amedeo, il vestito è bellissimo e devo dire che Marianna è semplicemente stupenda . . . in piú devi capire Amedeo che è stato ridotto da 2,750 Euro a 1,250, ma questo è solo per il vestito . . ."

Pochi secondi di silenzio erano regnati tra la conversazione di Amedeo e Paola.

"È Marianna sicura che questo sia il vestito che vuole?" – aveva chiesto Amedeo – "Se lo è, per me non ci sono problemi - compralo pure".

Nel frattempo Marianna si era momentaneamene allontanata per dare un'occhiata ad un cappello in rosa antico, stile anni 40, che era appoggiato sulla testa di un manichino. Il colore era lo stesso del suo vestito. "Signorina . . . potrei provare questo cappello per favore?"

Dietro il cappello, c'erano due peonie da dove spuntavano due nastri lunghi che richiamavano il disegno intorno alla cinta del vestito.

Mettendosi il cappello, Marianna si sentiva come l'attrice dal famoso film "Rebecca" quando la giovane moglie di Maxim scende giù per la scalinata indossando un vestito ampio e voluminoso con il cappello che le donava, naturalmente, l'eleganza incantenvole dell'epoca.

La signorina del negozio non si era persa l'occasione di far presente a Marianna che il cappello che aveva scelto era il piú costoso "299 Euro! È favolosamente elegante . . . un vero cappello da cerimonia realizzato in una paglia delicatissima ed ultraleggera che, come può vedere, emana una finezza eccezionale - la sua larghissima tesa a triplo strato metterà in ombra qualsiasi altro copricapo e senz'altro emanerà in lei la sua classe, la ricchezza del suo gusto, la sua bellezza . . ." – a questo punto Marianna si era leggermente infastidita.

"Mamma che ne pensi?" aveva chiesto Marianna

"Divina" - aveva risposto la madre e rivoltandosi verso la signorina le aveva chiesto "Scarpe in taglia 39 per favore, se ci può portare una bella scelta . . ."

La Signorina era sparita in un ripostiglio dove tenevano ovviamente tutte le scarpe. "Mi ha dato veramente ai nervi" – Marianna aveva continuato "É una vera lecca . . ." La madre l'aveva interrotta "Non essere senza cuore . . . sta cercando solo di aiutarti . . . poverina"

---

con disinvoltura	*with ease*
l'acconciatura	*headdress*
aveva fatto uma smorfia	*had pulled a face*
erano regnati	*had reigned*
l'eleganza incantenvole dell'epoca.	*the enchanting elegance of the era*
emana una finezza eccezzionale	*exudes an exceptional finesse*
la sua larghissima tesa a triplo strato	*its very wide triple layered brim*
metterà in ombra qualsiasi altro copricapo	*will overshadow any other headdress*
un ripostiglio	*closet*

"Macché . . . é troppo smielata!" - Marianna si era ritrovata l'assistente del negozio accanto a lei con in braccio diverse scatole di scarpe, il suo viso serio ed il suo atteggiamento alquanto scostante.

"Se ha bisogno di me, mi troverà vicino la cassa, purtroppo ho altri clienti da attendere" – la madre aveva guardato a Marianna "Contenta adesso? Ovviamente ha sentito quello che hai detto su di lei!!"

Un'alzata di spalle da parte di Marianna aveva fatto capire alla madre che non le poteva importar di meno di come la commessa si fosse sentita – d'altronde le aveva dato momentaneamente ai nervi ed in effetti Marianna non era minimamente interessata in una leccapiedi come lei.

"Mamma . . . guarda . . ." – Marianna aveva individuato un paio di scarpe in rosa antico con due piccole peonie ricamate sulle punte delle scarpe che richiamavano dettagliatamente l'ensemble del completo.

"Come ti stanno?" - aveva chiesto la madre. "Sono veramente comode, sembrano come un paio di pantofole" - aveva risposto Marianna.

La madre aveva subito accennato alla commessa di mettere il tutto in un borsone.

Marianna si era cambiata e guardandosi nello specchio il suo pensiero si era rivolto ad un anno prima quando era fidanzata con Riccardo che, al tempo, sarebbe stato l'uomo che avrebbe sposato in un batter d'occhio.

Il destino, però, le aveva fatto realizzare come tutto era scritto. Un calcetto improvviso nell'addome l'aveva fatta sussultare al punto che si era dovuta sedere – in quel momento Marianna aveva capito che i gemelli che portava si erano fatti sentire per la prima volta, come se volessero dire "siamo qui con te". Poco per volta le lacrime erano cominciate a rotolare giù per le sue guance ed abbracciando la sua pancetta si era cominciata a sentire, per la prima volta in tanto tempo, completa.

Paola era entrata nella stanzetta, dove Marianna si era cambiata e guardandola aveva captato istantaneamente che la figlia aveva sentito il movimento dei suoi piccini. "Tutto a posto?" le aveva chiesto "Si mamma" e sorridendole la madre aveva continuato "È un'esperienza meravigliosa che solo noi donne possiamo provare, vero?" - Marianna aveva abbracciato la madre con tenerezza.

Riccardo si era svegliato sentendosi esausto dopo tutta la fisioterapia della mattinata – il suo umore nero e come al solito, propenso ad essere difficile e sgarbato con tutti.

Un infermiera aveva avuto la malvagia idea di rivolgergli la parola "Come si sente Signor Riccardo?" – l'occhiata da parte di Riccardo non richiedeva nessunissima parola per dischiudere come si sentiva.

Macché . . . é troppo smielata	*no way . . . she is too sickly*
alquanto scostante	*somewhat distant/unfriendly*
leccapiedi	*bootlicker*
l'ensemble del completo.	*the whole of the outfit*
in un batter d'occhio.	*In the blink of an eye*
Un calcetto	*a quickening*

Capitolo 44

"Mi lasci in pace – non sono propenso a parlare con nessuno" – "la mia vita é un incubo da cui non c'é scampo" e Riccardo si era girato seppellendo il suo viso nel cuscino.

L'infermiera era ritornata entro pochi minuti portando un dossier. "Signor Riccardo . . . mi ascolti per favore . . . é solo questione di tempo . . . i muscoli nelle sue gambe si stanno riprendendo e con tutta la fisioterapia e gli esercizi che le abbiamo fatto fare ogni giorno, lei dovrebbe essere in grado di andare a casa la prossima settimana senza la sua sedia a rotelle ma con solo il bastone che eventualmente potrá lasciare a casa."

Riccardo aveva alzato la testa "Veramente?" e prendendole la mano, Riccardo gliel'aveva baciata "Mi potrebbe aiutare per favore, voglio rendermi conto se posso in effetti camminare con solo il bastone."

Riccardo si era alzato e con apprensione aveva messo tutto il suo peso sulle sue gambe che in effetti sembravano sorreggerlo. "Un passo alla volta" aveva suggerito l'infermiera. "Okay . . . okay!" aveva risposto Riccardo e con un pó di timore Riccardo aveva preso il suo primo passo. "Madonna mia . . . oh Dio Santo, posso camminare!"

L'infermiera era andata verso Riccardo "Bravo . . . bravo . . . ma non deve fare troppo. Un pó alla volta, mi raccomando" - Riccardo aveva abbracciato l'infermiera "Come si chiama?" "Sono Diletta Abbate" e prima che l'infermiera potesse dire altro, Riccardo l'aveva baciata nuovamente come se avesse avuto la necessitá di riscoprire se in effetti era l'uomo di una volta.

"Quindi la prossima settimana potrò andare a casa . . . potrò riprendere le redini della mia vita ed essere la persona che ero . . ." - l'infermiera l'aveva guardato seriamente "Signor Riccardo . . . con pazienza e continuando a fare la fisioterapia lei si riprenderà senz'altro . . . ma con cautela e con tanta pazienza.

La cosa la più importante che deve capire é che non si deve assolutamente eccitare troppo, per la semplice ragione che é ancora fisicamente e mentalmente debole . . . in più é importante tener presente che ciò che ha attraversato queste ultime settimane, avrebbe annientato qualsiasi altra persona, ma la sua volontá, il suo carattere forte, il suo coraggio e la sua determinazione sono stati gli unici veri e propri attributi che l'hanno veramente assistito a superare questo periodo cosí difficile."

Riccardo le aveva sorriso "Farò senz'altro come mi consiglia a patto che lei mi prometta di accettare il mio invito di portarla fuori a cena".

Diletta lo aveva guardato a lungo e sorridendogli aveva aggiunto "Vedremo . . . vedremo . . ."

Marianna e la madre erano ritornate a casa con tutti i loro pacchi, borsoni e porta-abito al punto che la macchina era completamente piena. Una volta arrivate a casa Paola era andata incontro al marito "Ci dai una mano per favore? Sono sfinita, credimi dovrò andare a riposarmi per una ventina di minuti perché non penso proprio che le mie gambe siano in grado di sorreggermi più!" - Amedeo l'aveva guardata sorridendo "Addirittura!"

"Ciao papá" – Marianna era tutta felice "Vuoi vedere il mio vestito da sposa?" Marianna sembrava una bambina eccitata come se avesse ricevuto il suo primo regalo "È bellissimo!"

Seppellendo il suo viso nel cuscino.   *Burying his face in the cushion*
Addirittura   *Really/Seriously*

"Tesoro mio, ti credo . . . però prima vorrei che ti riposassi per una mezz'oretta . . . poi con pazienza mi farai vedere tutto ciò che hai comprato."

"Posso sgranocchiare qualcosa?" - Marianna si era strofinato lo stomaco "Ho una fame da lupo!"

"Se vai in cucina, troverai un vasoio di prosciutto e formaggi vari – fatti un panino – tua madre ha comprato un pane meraviglioso – morbidissimo. Vai . . . vai! Nel frattempo io porterò tutta questa roba in camera tua . . ."

"Grazie papá" - Marianna si era subito diretta in cucina. Il panino era stato sufficiente non solo per soddisfare il suo appetito ma per arrecarle uno sbadiglio facendola capire che aveva bisogno di riposarsi. Un succo di frutta le aveva tolto la sete e Marianna si era subito diretta in camera sua, dove si era sdraiata sul letto addormentadosi quasi immediatamente.

I giorni erano cominciati a volare e prima che nessuno lo realizzasse, la vigilia del matrimonio tra Marianna e Vincenzo era giunta. La madre di Marianna aveva organizzato per la parrucchiera, la sarta, che conosceva da anni, e la *truccatrice* di venire alla casa per aiutare Marianna a prepararsi.

Daniela, l'amica del cuore di Marianna, era giunta alquanto presto per il *week-end*, non solo per tenere compagnia a Marianna, ma anche per dare una mano a Paola con tutti i preparativi. Il testimone ed il miglior amico di Vincenzo, erano tutti e due giá giunti ed i tre uomini erano giá in salotto in attesa che il parroco della chiesa, Don Augusto, arrivasse con il *chierichetto*.

La sarta aveva leggermente allargato la vita del vestito da sposa di Marianna per la semplice ragione che quasi quattro settimane erano volate da quando lo aveva comprato. Marianna non aveva messo troppo peso però la pancetta le dava giá la tipica silhouette di una signora in attesa di un bimbo o nel caso di Marianna . . . di gemelli!

Le due peonie nascondevano più che bene il fatto che Marianna era in attesa dei suoi due piccini - i fiocchi ed i nastri che cascavano sul vestito erano posizionati cosí strategicamente bene che distraevano lo sguardo degli altri dalla sua pancetta.

La parrucchiera aveva creato delle pieghe e dei bei boccoli per far si che il cappello non li avesse ne nascosti ne schiacciati. Marianna era quasi pronta. Paola era entrata con un bel *collier* di perle insieme con due orecchini lunghi – due perle a goccia con sopra un brillantino avrebbero adornato ambo i lati del collo di Marianna. L'unica cosa che si doveva ancora mettere era il cappello con la falda ampia che le avrebbe donato la silhouette classica della sposa elegante di un'altra epoca. La madre le aveva giá accennato nel negozio, che aveva un aspetto divino, rassomigliandola ad una dea che avrebbe tolto il respiro a chiunque l'avesse vista, ma vedendo Marianna pronta per sposare Vincenzo, si era commossa.

Il padre era entrato in camera e guardando la figlia, era rimasto *abbagliato* dalla sua bellezza. Questa era la sua bambina che quando era piccola gli correva sempre incontro abbracciandolo al collo, coprendo il suo viso con tanti bacetti. C'era voluto solo un istante per capire come la vita vola, come il tempo non guarda in faccia a nessuno ed oggi la sua bambina era cresciuta ed era pronta a sposare l'uomo che aveva amato tutta la sua vita.

Truccatrice	*make-up artist*
Chierichetto	*alter boy*
Abbagliato	*dazzled*

Capitolo 45

Un violinista li aspettava nel salotto il quale avrebbe cominciato a suonare la marcia nuziale, appena Marianna fosse stata pronta a scendere la scalinata per raggiungere Vincenzo in giardino dove c'erano i suoi familiari, gli zii con le mogli ed i loro figli, i due amici di Vincenzo e naturalmente Paola, la sua mamma insieme con Daniela.

Il padre aveva fatto erigere un piccolo altare coperto da una tovaglia bianca rettangolare con due candelieri imprestatigli da Don Augusto. Il calice con le ostie sarebbe stato portato dal parroco insieme con il bruciatore d'incenso per dare l'occasione, un pò più d'importanza.

Finalmente Marianna ed il padre erano scesi giù ed il violinista aveva incominciato a suonare la canzone *"We've only just begun"* dei Carpenters. Le porte finestre erano completamente aperte dando accesso all'enorme terrazzo da dove spuntava una scalinata che conduceva giù al giardino dove in fondo c'era una quercia che arrecava sempre un'ombra accogliente durante i mesi caldi dell'estate. Ad ambo i lati della scalinata, su ogni scalino c'erano composizioni floreali di fiori bianchi e peonie che avevano dato all'esterno della casa, un aspetto magnifico. Alla fine della scalinata, ad ambo i lati, c'erano due anfore con delle piante alte che erano dei sempreverdi. Le due piante erano state ricoperte di piccoli fiocchi bianchi.

Vincenzo si era voltato – Marianna era apparsa con il padre sulla terrazza. La sua sposa, il suo amore che aveva conosciuto tutta la sua vita fin da quando era piccolo, le aveva improvvisamente tolto il fiato – una fata meravigliosa era apparsa sul terrazzo, il suo braccio sorretto dal padre il quale aveva un aspetto orgoglioso quasi indescrivibile. Scendendo la scalinata lentamente, Marianna sembrava di essere sul set di un film dagli anni 40.

Finalmente Marianna ed il padre avevano raggiunto Vincenzo. Il padre l'aveva abbracciata e baciata sulle guance e prendendo la sua mano l'aveva data a Vincenzo il quale, non aveva esitato a baciare il dorso della sua mano. Da ora in avanti, lui sarebbe stato responsabile per lei come suo marito.

Il padre aveva raggiunto Paola ma non osava guardarla perché era già commosso e si sarebbe commosso ancora di più, se le avesse detto come si sentiva, specialmente la difficoltà che aveva dovuto affrontare nel consegnare la mano di Marianna a Vincenzo, nonostante l'avesse conosciuto da quando era piccolo.

Don Augusto aveva incominciato a recitare le sue preghiere finché le parole "Vincenzo, prendi la mano sinistra di Marianna per favore e comincia a recitarle la tua promessa".

Vincenzo si era girato ed ingoiando e cercando disperatamente di levarsi il nodo dalla gola, aveva incominciato

"Io, Vincenzo Ludovico Miele, prendo te, Marianna
Giuseppina Patrizia Trinci, come mia sposa e prometto
di esserti fedele sempre, sia nella gioia che nel dolore,
sia nella salute che nella malattia, di amarti e di onorarti
tutti i giorni della mia vita."

Sempreverdi   *evergreens*
Fata   *Fairy*

e baciandole nuovamente la mano Vincenzo le aveva messo la fede al dito. Marianna aveva ripetuto la stessa promessa a Vincenzo mettendo la fede al suo dito, abbracciandolo con immensa tenerezza. Il fotografo aveva scattato una marea di fotografie mentre Vincenzo continuava ad essere abbracciato a Marianna sussurrandole come era orgoglioso di essere diventato suo marito e come la sua vita era adesso completa. Marianna si sentiva completamente protetta e prendendo la mano di Vincenzo gli aveva fatto sentire un calcetto che uno dei gemelli le aveva dato. Vincenzo le aveva baciato la guancia e la fronte, completamente sopraffatto dall'emozione del momento.

Ambo i genitori si erano commossi ma non come Paola, che cercava disperatamente di soffocare i suoi singhiozzi. Amedeo aveva messo il suo braccio intorno alla sua vita per confortarla e pacificarla ma era inutile.

Il fotografo aveva scattato diverse fotografie e dopo la cerimonia aveva invitato la famiglia sulla scalinata insieme con il parroco che era stato un amico di famiglia da quando Marianna e Vincenzo erano bambini.

Il personale del catering era giá arrivato e due dei camerieri si erano subito dati da fare per servire i bicchieri di champagne per il primo brindisi insieme con i canapé di salmone, mascarpone e boccoli di zucchine, asparagi avvolti nel prosciutto e crostini di gamberetti con pezzettini di avocado .

Vincenzo aveva ordinato un'acqua minerale frizzante per Marianna con un dito di champagne nel bicchiere ed una ciliegia.

"Per te amore mio" – Vincenzo aveva fatto cliccare i due bicchieri per un brindisi tutto loro ed avvicinandosi a Marianna le aveva sussurrato nell'orecchio "Domani pomeriggio partiremo per le Cinque Terre dove staremo in un hotel vicino al mare per cinque giorni, in santa pace." Marianna aveva cercato di soffocare un urletto di gioia.

Una tavolata era stata preparata sulla terrazza dal personale del *catering*. Il menú per il pranzo delle nozze era stato scelto da Marianna con l'aiuto della madre ed era semplicemente sontuoso:-

Medaglioni di aragosta con insalata russa
Grigliata mista di carni
Verdura Gratinata
Macedonia di frutti esotici con gelati misti
Torta Nuziale
Caffé e Petits Fours
Aperitivo digestivo

Dopo che la torta era stata tagliata ed altre fotografie erano state fatte, i due amici di Vincenzo erano andati via e poco dopo anche Daniela aveva ringraziato e salutato tutti prima di ritornare a casa.

La fede	*the wedding ring*
Una marea	*lots of photos*
sopraffatto	*overwhelmed*
Ambo i genitori	*both sets of parents*
singhiozzi	*sobs*
dati da fare	*busied themselves*

Marianna non aveva mangiato molto, l'eccitamento della giornata la stava facendo sentire stanca e senza che nessuno se ne accorgesse, era andata in camera a riposarsi per cinque minuti.

La voce di Vincenzo l'aveva svegliata di soprassalto. "Marianna... **Marianna!**"

Marianna aveva guardato Vincenzo intensamente "Che é successo?" - Il viso di Vincenzo aveva uno sguardo preoccupato. "Stavi avendo un incubo... stavi chiedendo aiuto a Riccardo".

"Oh Madonna mia... mi dispiace tesoro mio... quello che ricordo solo era che Sabrina era in casa brandendo un coltello venendomi incontro urlando come una iena".

"Dai vieni giù, non pensarci più. Stiamo chiacchierando in salotto prendendoci un caffé con dei liquori."

Marianna era scesa con Vincenzo, ma l'incubo continuava ad opprimerla - si sentiva strana e vulnerabile, nonostante Vincenzo fosse al suo lato, sapendo che l'avrebbe sempre protetta.

"Tesoro mio come ti senti?" – la madre aveva subito captato che c'era qualcosa che non andava. "Vincenzo mi ha detto che stavo avendo un incubo non altro."

"Che stanno facendo le valigie nell'ingresso?" - aveva chiesto Marianna. Vincenzo le aveva sorriso "Questa sera andiamo al Grand Hotel e domani pomeriggio prenderemo la macchina per andare alle Cinque Terre." Marianna si era seduta vicino a Vincenzo coccolandosi come se si volesse sentire protetta. "Mio marito!" - Vincenzo si era girato e le aveva subito dato un bacio sulla fronte.

Incubo *Nightmare*

Capitolo 46

Verso la fine della serata Marianna e Vincenzo avevano salutato i loro genitori e parenti ed una volta saliti in macchina erano partiti per il Grand Hotel. Questa era la sua prima sera con Vincenzo, suo marito e per la prima volta poteva guardare al futuro con gioia sapendo che tra qualche mese sarebbe diventata mamma di due piccini che non vedeva l'ora di conoscere, coccolare ed amare.

Una volta arrivati al Grand Hotel e dopo il solito *check-in,* Marianna e Vincenzo si erano diretti al terzo piano, dove Marianna era rimasta sorpresa dalla *suite* che Vincenzo aveva prenotato per loro. Il salotto era pieno di fiori ed il loro letto era coperto di petali di rose bianche e rosa con due asciugamani a forma di cigni che sembravano formare un cuore.

Marianna aveva abbracciato Vincenzo ricoprendo il suo volto di baci. "Mi sento così energica, così piena di vita . . .". Vincenzo aveva portato le valigie nella loro camera e girandosi le aveva chiesto se voleva qualcosa da bere. "Per il momento sto bene, grazie tesoro."

Marianna era andata verso Vincenzo e prendendogli la mano aveva continuato "Se non ti dispiace, mi vorrei cambiare e sedermi nel salotto - ho bisogno di godermi questa serata e di apprezzare questa suite che è stata per me una così gran bella sorpresa". Soffiandogli un bacio, Marianna aveva aggiunto "Sei stato così premuroso."

Marianna era sparita in bagno e dopo una ventina di minuti era emersa sfoggiando un *negligé* in celeste ed avorio coperto di merletti e fiocchi che nascondevano veramente bene la pancetta che aveva."

Vincenzo **si era accasciato sulle sue ginocchia** come se la figura di Marianna lo avesse indebolito e Marianna era scoppiata a ridere come una bambina. Andandole incontro, Vincenzo che era ancora in ginocchio, l'aveva abbracciata appoggiando la sua testa sulla sua pancia. "Non puoi immaginare quante volte ho sognato di questo momento, di averti tutta per me".

Marianna si era inginocchiata abbracciandolo e baciandolo. La sala era lussuosa, **le luci soffuse** ed opache avevano aiutato a tramutarla in un ambiente meraviglioso e **la luce ballerina** proveniente dalle fiamme nel camminetto **conferiva alla sala, un tepore accogliente** che li aveva completamente avvolti. Marianna e Vincenzo si erano sdraiati sul tappeto che era ancora più soffice della moquette lasciandosi entrambi trasportare al settimo cielo.

Un leggero bussare alla porta della suite aveva svegliato Marianna. Vincenzo era ancora addormentato ed il suo respiro regolare indicava che era ancora in un sonno profondo.

Marianna si era alzata ed aprendo la porta era rimasta sorpresa dal carrello pieno di cose sfiziose da mangiare per la colazione. La cameriera aveva spinto il carrello nel salotto spiegando dettagliatamente cosa aveva portato loro. Marianna l'aveva ringraziata ed elargendole una mancia aveva richiuso la porta.

Sei stato così premuroso	*You have been so thoughtful*
si era accasciato sulle sue ginocchia	*he had dropped to his knees*
le luci soffuse	*the soft lights*
la luce ballerina	*the flickering light*
conferiva alla sala un tepore accogliente	*gave the room a welcoming warmth*
di cose sfiziose	*of fanciful things*
elargendole una mancia	*handing her a tip*

Versandosi una tazzina di caffè, Marianna era ritornata in camera in punta di piedi e rimettendosi a letto aveva cominciato a leggere una rivista che aveva trovato nel salotto. Dopo un pò i suoi piccini avevano cominciato a darle qualche calcetto come se volessero dire "mamma, abbiamo fame".

Il carrello aveva dei piccoli vassoi pieni di cornetti freschi, **pasticcini, rosette di pane** con burro e marmellata, scatolette di cereali di diversi gusti con una piccola brocca di latte, frutta fresca, vasetti di yogurt ed anche un piatto di formaggi e fettine di prosciutto cotto.

Marianna aveva spinto piano piano il carrello fino al letto in caso Vincenzo si fosse svegliato e rimettendosi a letto aveva incominciato a servirsi. Si sentiva come una regina seduta nel letto la cui **spalliera** era un enorme **baldacchino** da dove spuntavano dei drappi pesanti tutti **foderati** in rosa pallido che conferivano a tutta la stanza, un tocco di eleganza e modernità.

Il letto era enorme e Marianna si stava godendo ogni secondo quando Vincenzo si era girato. "Hmm che buon profumino?" Marianna non aveva esitato a dargli un bacio "Che ore sono?" – le aveva chiesto Vincenzo.

"È ora di mangiare la colazione tesoro – cosa gradiresti?" – Marianna era sorridente.

"Un caffè amore, grazie" ed alzandosi Vincenzo era andato in bagno.

La mattinata era volata e Marianna **fremeva dalla voglia di sapere** a quale dei cinque borghi antichi sarebbero andati. Vincenzo lo aveva captato e pur avendola fatta aspettare fino all'ultimo momento, aveva finalmente detto solo una parola "Corniglia".

Marianna lo aveva guardato stupita. "Ma sai che non sono mai stata a Corniglia!" "Dov'è esattamente?" Vincenzo le aveva sorriso "Allora, Corniglia si trova **arroccata su un promontorio roccioso proteso sul mare**. L'hotel che ho scelto è piccolo, ma ha un balcone che si affaccia sul mare con un panorama magnifico.

"Che meraviglia... non vedo l'ora di arrivare". Il traffico non era troppo congestionato e verso il tardo pomeriggio Marianna e Vincenzo erano arrivati all'hotel chiamato "Le Ali d'Avorio".

La signorina nella reception li aveva accolti con due bicchieri di champagne. Marianna aveva preso solo un piccolo sorso dando subito il suo bicchiere a Vincenzo.

La loro stanza era al primo piano, piccola ma **arredata molto bene** con un balcone **incantevole**, dove due sedie ed un tavolino li aspettavano. Il panorama magnifico delle cinque terre rimaneva in paziente attesa per il momento quando Marianna e Vincenzo avrebbero condiviso insieme quell'istante quando il loro fiato sarebbe stato mozzato dalla vista del mare così azzurro e profondo e dalla costa ornata da una miriade di case colorate **sfoggiando** il tipico stile ligure.

---

pasticcini, rosette di pane	*pastries, bread rolls*
spalliera	*headboard*
baldacchino	*canopy*
foderati	*lined*
fremeva dalla voglia di sapere	*tingling with anticipation to learn*
arroccata su un promontorio roccioso proteso sul mare	*perched on a rocky peninsula stretched out over the sea*
arredata molto bene	*furnished very well*
incantevole	*enchanting*
sfoggiando	*flaunting*

"Ti piacerebbe un tè sul balcone con dei biscotti?" aveva chiesto Marianna, la quale aveva giá aperto la porta finestra permettendo all'aria calda di entrare ed avvolgerla. "Buon'idea amore, nel frattempo, se non ti dispiace, mi vorrei fare una doccia". Marianna aveva subito telefonato alla reception.

Il servizio dal piccolo ristorante era stato lesto ed il vasoio con il tè, biscotti e pasticcini vari era giunto al momento giusto quando Marianna e Vincenzo si erano seduti sul balcone.

"Che meraviglia . . . che mare azzurro . . . è veramente il mare nostro!" - Marianna era raggiante e guardando a Vincenzo aveva aggiunto "Sono cosí felice!"

Marianna si era diretta verso il comodino vicino al letto da dove aveva preso un scatoletta rettangolare e girandosi aveva notato che Vincenzo continuava a guardare il panorama magnifico. In punta di piedi, senza far nessun rumore, l'aveva raggiunto abbracciandolo e baciandolo sul collo. "Questo è per te amore mio".

"Per me? ..." Vincenzo era rimasto completamente sorpreso dal momento ed aprendo la scatoletta e con un tono sciocato, aveva aggiunto "Oh Madonna mia . . . un Rolex d'oro? . . ." Marianna lo aveva abbracciato - "Mamma, Papá ed io l'abbiamo comprato per te perché tutti noi ti vogliamo un bene da morire, specialmente io." – "L'idea è stata la mia di farti una bella sorpresa specialmente dopo tutto quello che hai attraversato per me, lo meriti veramente".

Vincenzo si era leggermete emozionato ed alzandosi era andato alla sua valigetta da dove aveva preso una scatola quadrata che sfoggiava un enorme fiocco dorato *"Talis et qualis!"*

Marianna aveva sgranato gli occhi "Oh Madonna mia!" - Vincenzo l'aveva abbracciata "Spero ti piaccia tesoro". Marianna non aveva esitato a rimuovere subito la carta ed aprendo la scatola, aveva trovato una sontuosa collana con un cigno in oro bianco i cui occhi erano due zaffiri piccoli. La montatura e la disposizione armoniosa consistente di cerchietti ricoperti di brillantini e zaffiri in una geometria perfetta, mettevano in rilievo l'eleganza del cigno.

"Mi posso mettere la collana questa sera?" Marianna era come una bambina, tutta eccitata e prima che Vincenzo potesse risponderle, Marianna aveva aggiunto "E tu ti devi mettere il Rolex, d'accordo?"

'D'accordo . . ." – aveva risposto Vincenzo, alzandosi ed abbracciandola nuovamente per l'ennesima volta. Il calore dei loro corpi aveva suscitato in loro il bisogno di amarsi e chiudendo le tende si erano stesi sul letto lasciandosi travolgere dall'amore che avevano l'uno per l'altro . . .

I cinque giorni a Corniglia erano volati e prima che lo realizzassero, Marianna e Vincenzo erano ritornati a casa riprendendo insieme la loro vita giornaliera di marito e moglie. Marianna voleva ritornare al lavoro ma il fatto che era in attesa di gemelli e con il consiglio specifico del dottore insieme con quello dei suoi genitori ed in particolare quello di Vincenzo, avevano convinto Marianna a rimanere a casa. Il dottore le aveva rilasciato un certificato medico per l'intera gestazione assicurandole in questa maniera il suo lavoro a Milano per quando sarebbe stata in grado di ritornare a tempo pieno.

Sfoggiava	*boasting*
Talis et qualis	*we are the same*
Aveva sgranato gli occhi	*had widened her eyes/had been surprised*
La montatura e la disposizione armoniosa	*the setting and the pleasant arrangement*
Cerchietti	*little hoops*

I gemelli crescevano bene e le ecografie che Marianna aveva avuto erano sempre più belle per la semplice ragione che le loro faccine erano sempre più visibili, suscitando in Marianna e Vincenzo l'eccitamento al prospetto di accoglierli nel loro mondo.

Il medico, insieme con il ginecologo, erano entrambi d'accordo che Marianna avrebbe avuto un taglio cesareo alla trentottesima settimana di gestazione, per non correre il rischio di nessunissima complicazione.

Ogni settimana che passava, Marianna diventava sempre più grossa al punto che non poteva vedere più i suoi piedi che erano ormai gonfi, nonostante si coricasse al letto ogni pomeriggio per riposarsi, dato che la notte non dormiva più bene.

Vincenzo aveva cominciato a dormire in un'altra stanza perché Marianna purtroppo aveva un affanno alquanto marcato che non le dava tregua. Ormai non si poteva più stendere sul letto e per respirare meglio, aveva diversi cuscini che sorreggevano la sua schiena concedendole il permesso di dormire.

Ogni sera, quando Vincenzo ritornava a casa, le massaggiava la schiena con una pomata idratante per una buona mezz'oretta. Marianna non si lamentava mai, ma l'affanno le impediva, in effetti, di parlare troppo a lungo.

La mamma di Marianna la visitava per darle l'appoggio morale e la compagnia, di cui la figlia aveva veramente bisogno.

Finalmente, dopo una gravidanza alquanto faticosa, il giorno era giunto per Marianna di andare in ospedale per avere i suoi piccini. Vincenzo era fuori di se dalla preoccupazione, ma con l'appoggio dei suoi familiari ed amici stretti era riuscito a sormontare tale periodo difficile.

Ecografie	*ultrasound scans*
Un affanno alquanto marcato	*a rather noticeable shortness of breath*
Tregua	*respite*
Era fuori di se	*was out of his mind*
L'appoggio	*the support*

Capitolo 47

L'intervento era stato programmato per le nove della mattina e Marianna aveva cominciato il suo digiuno dalla mezzanotte del giorno precedente. Alle otto in punto, Vincenzo aveva accompagnato Marianna in ospedale, stando sempre al suo lato e rincuorandola continuamente. Il chirurgo era venuto a vedere Marianna in camera poco prima della sua operazione per riassicurarla che il taglio cesareo sarebbe durato solo dai 10 ai 15 minuti, con ulteriori 45 minuti per la consegna della placenta e la sutura delle incisioni. In più l'anestesista in sala operatoria avrebbe somministrato l'anestesia epidurale che avrebbe dato Marianna la possibilità di vedere i suoi bimbi immediatamente dopo la loro nascita.

Marianna si era incredibilmente tranquillizzata dalle parole del chirurgo ed era, in effetti, pronta ad affrontare la nascita dei suoi piccini con immenso coraggio.

Vincenzo si era dovuto cambiare per mettersi un camice operatorio lungo, insieme con una cuffia per evitare il trasferimento di peli e particelle cutanee nell'ambiente igienico della sala operatoria.

Un'infermiera gli aveva portato un sacchettino con la maschera ed un paio di guanti sterilizzati. "Li metta poco prima di entrare in sala operatoria Signor Miele" – Vincenzo aveva annuito con la testa.

Nel frattempo Marianna si era messa un camice operatorio lungo di color verde e delle calze bianche che arrivavano fino alle ginocchia con una cuffietta per coprirle i suoi capelli lunghi. Un carrello era stato portato in camera e due infermieri avevano aiutato Marianna a trasferirla dal suo letto sul carrello, coprendola con una coperta. Vincenzo era riapparso completamente trasformato dal camice operatorio insieme con la cuffia che si era messo. Marianna era naturalmente scoppiata a ridere mentre Vincenzo aveva abbozzato un mezzo sorriso ed andandole incontro le aveva sussurrato "Tutto a posto?" – ma la voce di Vincenzo lo aveva tradito.   La preoccupazione che lo aveva perseguitato per settimane aveva finalmente trionfato su di lui e poco a poco le lacrime erano cominciate a rotolare giù sulle sue guancie. Per fortuna aveva fatto in tempo a voltarsi prima che Marianna avesse potuto constatare come si era ridotto ai minimi termini.

"Pronti?" – aveva chiesto uno degli infermieri. "Si si" - aveva risposto Marianna, che era incredibilmente tranquilla. Il corridoio dell'ospedale era lunghissimo e Vincenzo, che si era incominciato a sentire male, cercava di fare del suo meglio per mantenere il passo veloce degli infermieri.

Finalmente, dopo quasi un eternitá, il carrello aveva raggiunto le porte della sala operatoria e Vincenzo si era appoggiato al muro cercando del suo meglio per rimanere in piedi.

Rincuorandola	*reassuring her*
Chirurgo	*surgeon*
Sutura	*suture*
Un camice operatorio lungo	*a long surgical gown*
Cuffia	*cap*
Il trasferimento di peli e particelle cutanee	*The transfer of hair and skin particles*
Un sacchettino con la maschera	*a small bag with a face mask*
Aveva annuito	*had nodded*

Le porte della sala operatoria erano state aperte e Marianna era stata accolta dal chirurgo che l'aspettava. "Buon giorno! Pronta per avere questi due marmocchietti?"

Marianna aveva sorriso e girandosi aveva notato che Vincenzo non era più con lei. "Dov'è mio marito?" – aveva quasi urlato, ma in quel momento Vincenzo era apparso. "Sono qui, sono qui . . . tranquilla . . . tranquilla."

Una volta in sala operatoria, Vincenzo era rimasto sorpreso dal numero di persone che erano lí. L'anestetista aveva aiutato Marianna a sedersi sul tavolo operatorio e slacciandole il camice, le aveva chiesto di rimanere immobile per dargli la possibilitá d'inserire l'ago tra due delle sue vertebre per somministrarle l'iniezione di anestetici ed antidolorifici nel cosidetto spazio epidurale.

L'anestetista aveva cercato di spiegare a Marianna dettagliatamente che l'iniezione che stava per avere nello spazio epidurale, era compreso tra la superficie esterna della dura madre del midollo spinale e la parete ossea interna del canale spinale, formato dai fori vertebrali. Marianna era immobile e l'anestetista, l'aveva riassicurata che avrebbe sentito solo un graffio quando avrebbe inserito l'ago. Marianna sembrava una statua.

Vincenzo che era finito in un angolo della sala operatoria, non poteva credere ai suoi occhi come Marianna era stata coraggiosa e perfino stoica. Due chirurghi avevano aiutato Marianna a sdraiarsi sul tavolo operatorio ed una tenda era stata eretta per velare il taglio cesareo che sarebbe stato eseguito dal chirurgo.

Vincenzo era ritornato al suo lato e sedendosi su un piccolo seggiolino, teneva la mano di Marianna la quale era tutta sorridente ed eccitata al prospetto d'incontrare finalmente i suoi piccini.

Il chirurgo si era messo al lato destro di Marianna in quanto, come le aveva già spiegato, era importante estrarre la testa del bambino con la mano destra per rendere l'intervento il più semplice possibile e per ridurre, naturalmente, la possibilitá d'infezioni delle vie urinarie, ma anche per promuovere la rapida ripresa della normale funzionalità intestinale ed in fine per assicurare la più breve ospedalizzazione materna.

Il chirurgo aveva preso il bisturi ed aveva incominciato a proseguire con l'apertura addominale finché aveva raggiunto i muscoli sottostanti. Rivolgendosi verso Marianna, le aveva detto in una voce calma "Sentirá uno strattone o due perché sto inserendo le mie dita all'interno dei muscoli retti per allontanarli, finché otterrò l'apertura laparotomica desiderata."

slacciandole il camice	*undoing her gown*
somministrarle	*to administer her*
cosidetto spazio epidurale	*so-called epidural space*
superficie esterna della dura madre del midollo spinale	*external surface tough fibrous membrane of the spinal cord*
la parete ossea interna del canale spinale	*the internal bone wall of the spinal canal*
fori vertebrali	*vertebral holes*
il bisturi	*the scalpel*
i muscoli sottostanti	*the underlying muscles*
sentirá uno strattone o due	*You will feel a tug or two*
finché otterrò l'apertura laparotomica desiderata	*until I get the desired laparotomic opening*

Marianna non aveva reagito per nulla ed era completamente concentrata su quello che il chirurgo le stava facendo.

In secondi il chirurgo aveva continuato "Ho in mano la testina del primo bambino . . . è un maschietto!". Marianna aveva esclamato "Massimiliano!" e dopo un altro strattone, il chirurgo aveva annunciato la nascita della femminuccia, Francesca Romana.

"Auguri Marianna, sono due bei bambini". Vincenzo era scoppiato in un pianto dirotto e per la prima volta Marianna non sapeva come tranquillizzare Vincenzo.

Il chirurgo aveva ordinato al suo personale di ispezionare la placenta e gli annessi placentari con attenzione, per verificare che fossero completi.

Dopo il controllo della placenta e degli annessi placentari, Marianna aveva ricevuto tutti i punti, sia interni che esterni. Due dei chirurghi avevano portato i pupi per introdurli alla loro mamma. Marianna aveva dato loro un bacio ognuno e le lacrime di gioia erano cominciate a rotolare giù per le sue guancie, dalla grande emozione di essere diventata finalmente mamma.

Vincenzo si era riseduto ed i chirurghi avevano dato i bimbi al loro papà. Marianna aveva guardato a Vincenzo con immenso orgoglio, realizzando cosa il destino aveva dovuto fare per raggiungere quel momento che nei suoi occhi era l'imagine perfetta.

I bimbi avevano entrambi gli occhi spalancati e cercavano di fare del loro meglio per guardare in torno quando Vincenzo aveva detto a mala pena "Sono il vostro papà!" - Tutti e due i bimbi lo avevano guardato a lungo mentre la bimba si era girata per guardare a Marianna. "Bella!" aveva esclamato Marianna e girandosi verso Vincenzo aveva aggiunto "Hai chiamato i nostri genitori?"

Vincenzo, che aveva ancora le lacrime sulle sue guancie, aveva risposto "Sono tutti e quattro nel corridoio".

Il chirurgo che si era cambiato, aveva raggiunto Marianna e Vincenzo e sorridendo aveva chiesto "Allora, pronti a ritornare in camera con i marmocchietti?" e girandosi verso Vincenzo "Penso che avrete diverse cose da discutere ora che siete finalmente una bella famiglia!"

Due infermiere erano entrate per mettere gli infanti nelle loro culle insieme con i loro nomi "Francesca Romana Miele" e "Massimiliano Gabriele Miele".

Vincenzo aveva stretto la mano del chirurgo che aveva operato Marianna ringraziandolo per tutto quello che aveva fatto per loro. Il chirurgo aveva sorriso e dando loro nuovamente gli auguri, era uscito.

"Come ti senti amore?" aveva chiesto Vincenzo. "Stanca, mi sento veramente stanca"– Marianna non aveva neanche aperto gli occhi - "Mi sembra come se tutte le forze mi abbiano lasciato di punto in bianco". Marianna non riusciva a controllare gli sbadigli che le venivano uno dopo l'altro. "Dove sono mamma e papà ed i tuoi genitori?" Vincenzo si stava giá preoccupando - "Sei sicura che hai le forze di vederli?" Marianna aveva potuto dire solo di si, ma con una voce molto fiacca mentre Vincenzo l'aveva baciata sulla fronte cercando di nascondere la sua angoscia.

---

in un pianto dirotto	*in an uncontrollable sobbing*
gli annessi placentari	*placental ties*
i punti	*stitches*
gli occhi spalancati	*eyes wide open*
aveva detto a mala pena	*had just about managed to say*
marmocchietti	*little ones*

Capitolo 48

Riccardo si era fatto un bel bagno e si era rasato la barba che gli era cresciuta durante la sua permanenza in ospedale. Guardandosi nello specchio, Riccardo aveva constatato con orgoglio, che era ancora un gran bell'uomo. Diletta era entrata e per un istante era rimasta quasi scioccata dall'adone che la guardava.

"Diletta, questo pomeriggio ritorno finalmente a casa." Riccardo l'aveva guardata intensamente. "Vorrei molto portarti a cena fuori questa sera se, naturalmente, non hai altri impegni". Diletta aveva sorriso e prendendo la penna dalla sua tasca aveva scritto sul taccuino il suo indirizzo. "A dopo Signor Pace" e Diletta gli era andata a prendere due stampelle.

Riccardo si sentiva quasi normale, aveva solo bisogno di persistere con i suoi esercizi cosí da non avere più bisogno delle stampelle per ritornare ad essere l'uomo che era. I suoi pensieri lo avevano trasportato inaspettatamente ai tempi di quando si vedeva con Marianna, l'amore folle che aveva avuto per lei e la vita che si sarebbe creato insieme con lei. Chissá che gran bei bambini avrebbero avuto insieme, ma la grande gelosia e l'invidia della sua carissima Sabrina avevano cambiato la sua vita, quasi distruggendogliela.

"Il tassí è arrivato" – la voce di Diletta lo aveva scosso e fatto ritornare al presente quasi con un sussulto. Il trauma della sua condizione fisica lo aveva momentaneamente sfasato, al punto che Diletta aveva subito captato che Riccardo aveva bisogno di lei.

Riccardo aveva fatto in tempo a sedersi sul letto, che un affanno improvviso aveva impadronito il suo petto. Un giramento di testa lo aveva fatto sentire male e Diletta non aveva esitato ad aiutarlo immediatamente.

"Che è successo?" – Diletta gli aveva preso la pressione del sangue che era leggermente alta, come lo era anche la febbre. Riccardo aveva notato come le sue mani erano state afflitte da un tremolio insaspettato e girandosi verso Diletta aveva a malapena aggiunto "Ti devo parlare . . ."

Diletta aveva aiutato Riccardo a stendersi sul letto e mettendogli una salvietta imbevuta di acqua gelata sulla fronte, si era seduta accanto al suo letto, reggendogli la mano e cominciando ad ascoltare la storia che Riccardo aveva cominciato a raccontarle lentamente.

Marianna era stata riportata in camera sul carrello, dove c'erano non solo i suoi genitori, ma anche Romina e Gabriele. La madre di Marianna si era completamente emozionata e piangendo a dirotto l'aveva abbracciata con immenso affetto, mentre il padre le aveva baciato la mano.

Un dottore aveva fatto capolino da dietro la porta "cinque minuti mi raccomando, . . . la paziente ha bisogno di riposarsi". I genitori di Vincenzo avevano porto nuovamente gli auguri e dopo aver abbracciato Marianna ed il figlio, erano subito usciti dalla sala insieme con Paola ed Amedeo. Marianna aveva baciato i genitori, abbracciato Vincenzo e poco a poco si era addormentata.

Vincenzo aveva raggiunto i genitori nel corridoio per dir loro che sarebbe rimasto la notte in ospedale con Marianna ed i bimbi, in caso lei avesse avuto bisogno di lui nel mezzo della notte.

---

aveva constatato con orgoglio	*he had realised with pride*
dall'adone	*by the hunk*
sul taccuino	*jotter*
quasi distruggendogliela	*almost destroying it for him*

Riccardo aveva finito di raccontare la sua storia aspettando che Diletta si fosse alzata piantandolo su due piedi. Invece con sorpresa, Riccardo aveva visto come Diletta gli aveva baciato la mano dicendogli "Non vedo l'ora di andare fuori a cena questa sera!" - Diletta si era alzata ed andando verso la porta, si era girata e con un sorriso enorme "Saró pronta per le 8:30. Il portiere ti accompagnerà giù al tassí davanti l'uscita principale dell'ospedale" e soffiandogli un bacio, aveva richiuso la porta.

Riccardo si era rincuorato. Il portiere era venuto quasi subito in camera con una sedia a rotelle portandogli le stampelle. Il tassista era stato gentile e paziente, aiutando Riccardo a sedersi in macchina.

Dopo solo una trentina di minuti, Riccardo si era trovato nell'entrata del suo appartamento che serbava ancora tantissimi ricordi di Marianna. Il suo profumo, ormai stantivo, aleggiava ancora tra le pareti del corridoio e senza nessunissima esitazione, Riccardo aveva incominciato ad aprire le finestre in ogni camera per cambiare l'aria, come se volesse espellerla completamente dalla sua vita, dalla sua memoria e naturalmente dal suo futuro, dato che si sentiva giá pronto ad iniziare un nuovo capitolo nella sua vita insieme con Diletta.

Il frigorifero era semi vuoto, ma i prodotti come il latte, i formaggi, gli yogurt di Marianna erano tutti da buttar via, per la semplce ragione che le loro date di scadenza erano ormai stravecchie. Prendendo una busta della spesa, Riccardo aveva rimosso il tutto buttandolo nell'immondizia.

Un'euforia inaspettata lo aveva improvvisamente sorpreso. Era come se il Riccardo di una volta fosse risorto di punto in bianco ed il prospetto di andare fuori a cena con Diletta lo aveva incitato a prendere il cellulare per chiamare il suo fioraio. "Buongiorno Damiano, una rosa rossa da inviare al mio solito ristorante per le 8:45 di questa sera – il mio tavolo è prenotato per le nove" – "In più 24 rose bianche e rosa da essere inviate alla Signorina Diletta Tronconi, appartamento 115 Via Marconi con un biglietino per ringraziarla di tutto ciò che ha fatto per me, per essermi stata vicino, per avermi appoggiato durante la mia convalescenza e per avermi compreso!" – "Ti ringrazio Damiano" e mettendo giù il ricevitore Riccardo si era diretto in cucina per prepararsi un tè verde.

Rilassandosi in salotto, il tepore caldo arregacatogli dal tè, gli aveva indotto un sonno improvviso, ma il risveglio lo aveva fatto sentire fisicamente annientato - sogni strani ed il viso di Sabrina che lo guardava con malvagitá, lo avevano talmente scosso che Riccardo non aveva esitato a bersi un cognac. Dirigendosi verso la sua stanza, Riccardo aveva osservato nello specchio come il suo completo si era sgualcito per la maniera in cui si era addormentato cosí improvvisamente sul divano nel salotto. "Dannazione!" – aveva esclamato ad alta voce – Riccardo si era completamente scandalizzato.

Aprendo il suo armadio a muro, aveva guardato con soddisfazione tutti i suoi completi appesi e senza esitazione aveva scelto il completo in blu notte insieme con una delle sue camicie bianche che aveva le sue iniziali sul taschino. La cravatta in seta pura in blu notte e grigio perla avrebbe donato al completo l'aspetto che Riccardo esigeva per la serata evidenziando il suo gusto personale.

Riccardo si era rincuorato	*Richard felt reassured*
ormai stantivo, aleggiava ancora tra le paretidel corridoio	*by now stale, was still lingering between the walls of the corridor*
Riccardo si era completamente scandalizzato	*Richard was totally shocked*
evidenziando il suo gusto personale	*would have emphasized his personal taste*
taschino	*breast pocket*

Dopo una doccia bollente e dopo essersi rasato la barba, Riccardo si era finalmente vestito e prendendo le chiavi di casa, si era guardato nello specchio con soddisfazione ed orgoglio, ma una cosa sola lo affliggeva, il fatto che avrebbe dovuto usare le grucce per andare al ristorante ma Diletta sarebbe stata lí per appoggiarlo e riassicurarlo.

Il tassí era arrivato in punto e Riccardo era pronto per conquistare Diletta nella stessa maniera che aveva conquistato Marianna, lusingandola con una rosa rossa che lei avrebbe trovato sul tavolo al suo posto con un bigliettino con le iniziali per 'D' da 'R' insieme con tutte le attenzioni e le dovute premurositá che l'avrebbero modellata nel tipo di donna che Riccardo voleva al suo lato.

Giunto al ristorante, Riccardo aveva chiesto al cameriere per un cocktail e sedendosi al suo tavolo aveva notato che erano giá le 9:05.

Il cameriere era giunto al suo tavolo portandogli il suo cocktail preferito, un Cardinale. Il bicchiere sembrava fumare per la semplice ragione che era stato poco prima rimosso dal congelatore e l'effetto totale gli aveva ricordato la sua prima serata con Marianna e come le aveva fatto assaggiare il Cardinale per la prima volta quando l'aveva portata a cena fuori. Il ricordo di come l'aveva amata e l'amore che serbava ancora per lei, gli aveva fatto realizzare l'ebete che era stato e la maniera in cui si era fatto controllare dalla sorella.

Una fitta improvvisa lo aveva riportato al presente e mentre aveva incominciato a gustarsi il suo cocktail, Riccardo aveva notato con la coda dell'occhio una silhouette che si stava avvicinando al suo tavolo. Alzando gli occhi, si era trovata Diletta davanti a lui, una dea greca vestita meravigliosamente bene con un'acconciatura di capelli che aveva istantaneamente mozzato il suo respiro.

Senza esitazione, Riccardo si era alzato e guardandola intensamente, le aveva preso la mano baciandogliela. Il profumo di Diletta lo aveva, lí per lí, intossicato e con affanno le aveva sussurrato nell'orecchio "Incantevole!"

Diletta si era seduta notando la rosa rossa. "Ma sei sempre cosí premuroso?" e guardandolo aveva aggiunto - "Grazie per le rose . . . sono giunte questo pomeriggio poco dopo che sono arrivata a casa dal lavoro." "Sono bellissime!" aveva aggiunto Diletta.

Riccardo le aveva sorriso e prendendole la mano le aveva chiesto "Gradiresti un cocktail?" - "Volentieri" aveva risposto Diletta e prendendo la lista aveva scelto un Bellini.

La serata era volata, Riccardo e Diletta non avevano fatto altro che parlare e per la prima volta in tanto tempo Riccardo si sentiva vivo, pronto ad affrontare una nuova avventura con una donna che, in effetti, sembrava essere la sua anima gemella.

Diletta aveva bevuto solo un bicchiere di vino con la cena. Quasi tre ore erano volate "Ti posso dare un passaggio?" gli aveva chiesto Diletta.

"Grazie" - aveva risposto Riccardo. La mezzanotte si stava avvicinando e giunti alla casa di Riccardo, Diletta l'aveva aiutato fino all'entrata. "Gradiresti una cosa calda da bere?" - Diletta l'aveva guardato a lungo. "Un'altra volta, Riccardo . . . Grazie per la bellissima serata. Ti chiamerò in settimana" e con ciò Diletta era ritornata nella sua macchina e salutandolo era partita.

L'ebete	*the idiot*
sussurrato	*whispered*
premuroso	*attentive*

Riccardo era entrato in casa e senza neanche accorgersene, una stanchezza allucinante lo aveva afferrato senza pietà al punto che aveva fatto solo in tempo a raggiungere il salotto, schiantandosi sul divano. La realizzazione del momento gli aveva fatto capire che aveva bevuto troppo, cosa che non avrebbe dovuto fare per la semplice ragione che aveva preso dei forti medicinali per aiutarlo con i dolori alla schiena ed all'anca destra.

La stanchezza era stata cosí micidiale, che Riccardo si era addormentato sul divano istantaneamente.

    Allucinante   *unbelievable*
    Schiantandosi sul divano   *collapsing on the sofa*
    Micidiale   *horrendous*

Capitolo 49

Marianna si era svegliata improvvisamente, trovando Vincenzo addormentato sulla poltroncina vicino al suo letto. Una fitta inaspettata le aveva fatto capire che i punti all'addome stavano tirando e senza farlo apposta un lamento le era sfuggito dalle sue labbra.

"Che c'è?" aveva chiesto Vincenzo, il quale si era subito alzato. "Perdonami" aveva risposto Marianna "Non era la mia intenzione di svegliarti!". Vincenzo le aveva baciato la mano. "Ma scherzi?"

Vincenzo aveva subito premuto il pulsante per assistenza. Un'infermiera era entrata in camera "Ha bisogno di qualcosa?" - Ringraziandola, Vincenzo aveva chiesto per un anti-dolorifico per Marianna. L'infermiera le aveva preso subito la pressione, misurandole anche la febbre e senza esitazione aveva aggiunto "Chiederò al dottore di turno di dare a sua moglie un'iniezione per aiutarla con i dolori."

Prima che l'infermiera avesse avuto il tempo di uscire dalla camera, Vincenzo aveva aggiunto - "Come stanno i miei gemelli?"

"Sono due mangioni!" - aveva risposto l'infermiera tutta sorridente. Marianna aveva stretto la mano di Vincenzo "Non vedo l'ora di ritornare a casa con i nostri pupi, di tenerli in braccio, di coccolarli e di giocare con loro quando saranno più grandini".

Il dottore di turno era entrato in camera con l'iniezione per dare a Marianna un pò di tregua. "Come ha dormito?" – il dottore era giovane e premuroso. "Bene grazie" aveva risposto Marianna "Ma quando ho cercato di muovermi, i punti mi hanno fatto veramente male." Il dottore le aveva somministrato l'iniezione. "Vedrá che si sentirà meglio tra qualche minuto . . . l'anti-dolorifico che le ho dato attutirá senz'altro il dolore. Naturalmente deve dare tempo al tempo, d'altronde il cesareo lo ha avuto solo ieri mattina."

Vincenzo aveva ringraziato il dottore e girandosi verso Marianna "Ti piacerebbe un caffè con un maritozzo alla panna?"

"Che buonissima idea" aveva risposto Marianna sbadigliando e senza neanche accorgersene si era nuovamente addormentata.

Dopo la nascita dei gemelli, i giorni erano volati e finalmente la famiglia Miele era ritornata a casa. I genitori di Marianna e di Vincenzo li aspettavano con gioia. Marianna camminava piano e leggermente curva per non soffrire i dolori dei punti che si facevano ancora sentire.

Le mamme di Marianna e di Vincenzo avevano giá preparato uno schema di turni notturno per dare le poppate ai gemelli. Tutti erano elettrizzati al prospetto di accudire i pupi e di aiutare Marianna a riprendersi il più presto possibile.

Le prime settimane erano state dure per tutti. I bimbi erano esigenti, ma erano buoni ed avevano cominciato a dormire tra le sei e le sette ore la notte. Marianna si era ripresa, il peso della gravidanza era quasi tutto sparito ma la stanchezza sul suo viso, rifletteva che era mamma di gemelli!

Una fitta inaspettata	*an unexpected twinge*
stavano tirando	*were pulling*
Sono due mangioni!	*They are two guzzlers*
per dare le poppate ai gemelli	*to give the milk to the twins*
I bimbi erano esigenti	*the babies were demanding*

Vincenzo era ritornato al lavoro e la famiglia Miele era completa.

Paola aveva giá accennato la data per il ricevimento a Marianna e Vincenzo, i quali eccitati e più che propensi a rinnovare le loro promesse matrimoniali, non vedevano l'ora d'intrattenere tutti i loro parenti, amici e colleghi per celebrare la loro gioia come coppia, ma soprattutto come i genitori orgogliosi di Francesca Romana e Massimiliano.

"Abbiamo otto settimane per organizzarci!" - aveva proclamato Paola tutta sorridente. Romina e Gabriele si erano guardati sbalorditi ed incapaci di rispondere solo - "Madonna mia. Che paura!"

Vincenzo e Marianna si erano guardati increduli "Sei sicura che avremo abbastanza tempo per organizzare il tutto? Dobbiamo ancora scegliere gli inviti, il menù ed in più, se non ti dispiace, vorrei comprarmi un'acconciatura per i capelli invece di rimettermi il cappello." – "Perché tra otto settimane?" La voce di Marianna l'aveva tradita.

"Marianna, tesoro mio, ascoltami . . . ho giá organizzato tutti gli appuntamenti . . . l'unica cosa che dovrai fare é di accompagnarmi e prendere le dovute decisioni. Non altro . . ."

"Hmmm . . ." – Marianna non era esattamente convinta. Solo il pensiero di dover fare quello che la madre voleva, l'aveva giá leggermente irritata. I gemelli esigevano tutto il suo tempo e solo l'idea di dover seguire un itinerario dettatole dalla madre la stava giá mandando in tilt.

Vincenzo era intervenuto "Grazie Paola . . . Marianna ed io daremo un occhiata ai tuoi piani e ti faremo sapere. Sei magnifica come al solito" ed avvicinandosi le aveva dato un bacio sulla sua guancia. Paola gli aveva sorriso, realizzando in quel momento come aveva imposto le sue idee sia a Marianna che a Vincenzo.

Una dopo l'altra, le settimane erano cominciate a volare. I pupi crescevano bene, i loro gorgheggi riempivano la casa di gioia ed i loro nonni erano diventati i loro commedianti personali per distrarli e farli mangiare. Le loro vite erano cosí cambiate dal giorno che erano nati e l'amore che avevano arrecato a tutti loro era insormontabile.

Marianna aveva finalmente scelto, non solo, l'acconciatura ma anche due completini in avorio per Francesca Romana e Massimiliano.

Don Augusto aveva accettato l'invito per andare all'Hotel Majestic per benedire Marianna e Vincenzo insieme con i loro gemelli, accettando anche l'invito di rimanere al ricevimento per l'intera serata.

Gli inviti erano pronti per essere imbucati ai loro 250 ospiti ed entrambe le famiglie Trinci e Miele erano eccitate al prospetto d'intrattenere i loro amici e parenti.

Gabriele aveva prenotato tre camere matrimoniali all'Hotel Majestic la sera prima del ricevimento, insieme con quattro ore di trattamenti di bellezza per Paola, Marianna e Romina.

La sera prima di andare all'hotel, Romina aveva invitato tutti ad andare a cena da loro. I gemelli erano giá nelle loro culle a dormire e tutti si erano cominciati a rilassare. Mentre le tre donne erano in cucina, Vincenzo con il padre ed Amedeo si erano seduti in salotto. Vincenzo aveva acceso il televisore per guardare le notizie che, per lui, era una vera rarità.

---

sbalorditi	*astounded*
un'acconciatura	*a headdress*
Gorgheggi	*baby chatter*
commedianti personali	*personal jesters*
insormontabile	*overwhelming*
in avorio	*in ivory colour*

I tre uomini stavano **chiacchierando del più e del meno**, quando la loro attenzione era stata attratta dall'annuncio del cadavere di un uomo che era stato trovato in un abitazione in Milano. L'allarme era stato lanciato dai vicini allertati dall'odore stomachevole e pungente. In base alle prime informazioni, l'uomo sarebbe deceduto un paio di settimane prima. Naturalmente la polizia era presente per tutti **i rilievi del caso**.

"Era questo un altro caso dovuto all'infame ma ormai notorio dramma della solitudine?" - si era chiesto il presentatore delle notizie.

Al momento tutte le ipotesi erano aperte e si presumeva che l'uomo fosse deceduto per cause naturali. Il corpo dell'uomo non era stato ancora identificato. "Povero Cristo!" – aveva detto Amedeo "Questo è il terzo caso in un mese – ci sono adesso troppi suicidi!"

"A tavola!" - Tutti si erano seduti in attesa di cominciare a mangiare una cena favolosa.

"A che ora pensate di andare all'hotel domani?", aveva chiesto Gabriele. "Dipende da come si comporteranno i gemelli!" aveva risposto Marianna guardando Vincenzo, tutta sorridente.

"Ragazze, ho un'idea!" - Romina aveva continuato "Allora, Marianna se tu vai al salone dopo che tu ed i gemelli avete fatto colazione, Paola ed io potremmo rimanere in casa con i piccini finché non si addormentano. **Dopodiché** Paola potrebbe raggiungerti mentre io potrei rimanere in casa con i pupi **finchè** non si svegliano. Poi Gabriele ed io potremmo portarli a spasso insieme e dar loro il pranzo. Quando ritorni, allora sarò io ad andare al salone di bellezza." – "Che ne pensate?"

Marianna e la madre si erano guardate, e Marianna non si era perduta l'opportunitá di risponderle affettuosamente "Per noi va più che bene Zia Romina, grazie . . . sei fantastica!"

La vigilia del loro ricevimento era giunta. Marianna **aveva accudito** ai suoi due **angioletti** ed una volta addormentati, aveva salutato la madre insieme con Romina, avviandosi all'Hotel Majestic per tutti i suoi trattamenti di bellezza. Vincenzo l'aveva accompagnata in macchina portando le due valigiette insieme con il suo vestito da sposa e dopo il check-in, Marianna si era avviata subito al salone, eccitata al prospetto di avere un massaggio classico al corpo per riequilibrare le sue energie, una piedicure insieme con una manicure, **la pulitura del viso** con ultrasuoni per rendere la pelle luminosa e levigata ed infine le *extensions* per **le ciglia**. La giornata era volata e Marianna si sentiva rinvigorita e pronta ad affrontare il suo ricevimento.

Vincenzo aveva chiamato la camera di Marianna per vedere come stava, rivelandole che era nel bar del Majestic insieme con i suoi amici e che Amedeo insieme con il padre li avrebbero raggiunti in serata. Marianna invece, aveva deciso di farsi un bel bagno caldo per rilassarsi.

Amedeo e Gabriele erano finalmente arrivati nelle loro camere e dopo aver aiutato le loro mogli con le valigie, erano scesi giù per trascorrere un pò di tempo con Vincenzo ed i suoi amici e colleghi.

---

chiacchierando del più e del meno	*chatting about this and that*
rilievi del caso	*findings of the case*
Dopodiché	*after that*
finchè	*until*
La vigilia del loro ricevimento	*the eve of their reception*
aveva accudito	*had seen to*
angioletti	*little angels*
la pulitura del viso	*a facial*
le ciglia	*eyelashes*

Paola e Romina erano andate nella stanza di Marianna per trascorrere la serata insieme e fare quattro chiacchiere. Paola aveva ordinato uno spuntino da essere inviato nella camera di Marianna insieme con una bottiglia di Prosecco per celebrare la serata.

La mattina dopo, Vincenzo aveva aiutato Marianna con i gemelli e dopo una buona colazione insieme con i loro genitori, tutti si erano ritirati nelle loro camere per prepararsi per il ricevimento.

Vincenzo si era vestito ed aveva raggiunto i genitori nella loro stanza per dare il tempo materiale alla parrucchiera ed alla truccatrice di preparare Marianna.

La sarta era anche arrivata per aiutare Marianna a vestirsi. Fortunatamente aveva avuto la presenza di spirito di portarsi ago e filo. Marianna si era snellita al punto che il vestito era diventato leggermente largo per lei e con pazienza la sarta aveva fatto le dovute modifiche.

La parrucchiera si era immersa e completamente focalizzata nel preparare i capelli di Marianna che erano stati messi tutti su. L'applique ai capelli consistente di perle, cristalli e peonie fresche aveva richiesto più tempo, per ottenere il *look* che la sua cliente voleva. Marianna era incredibilmente bella.

Paola e Romina erano entrate in camera con i gemelli vestiti come due principini e vedendoli Marianna si era leggermente commossa. "Come sono belli questi bimbi!", aveva esclamato, soffiando loro un bacino. Massimiliano e Francesca Romana avevano cominciato a sorridere e gorgheggiare, come se avessero capito i complimenti che la mamma aveva fatto loro.

Amedeo era entrato in camera. "Pronta?" "Si papá" aveva risposto Marianna dandosi un'ultima occhiata nello specchio. Paola si era girata prima di uscire con i gemelli "Ci vediamo giù bella".

Tutti gli ospiti erano arrivati ed erano giá seduti nel salone in attesa che Marianna arrivasse con il padre. Paola e Romina con i gemelli in braccio erano arrivate con Gabriele. L'hotel aveva organizzato ed eretto un piccolo altare, dove Don Augusto aspettava Marianna.

---

fare quattro chiacchiere	*have a chat*
parrucchiera	*hairdresser*
truccatrice	*make-up artist*
la sarta	*dress maker*
la presenza di spirito	*the presence of mind*
le dovute modifiche	*the necessary alterations*
focalizzata	*focused*
l'applique	*headpiece*

Capitolo 50

La musica aveva cominciato a suonare annunciando l'arrivo della sposa. Vincenzo e Gabriele, insieme con il resto della congregazione si erano tutti alzati voltandosi per vedere Marianna accompagnata dal padre.

Vincenzo si era leggermente commosso vedendo Marianna camminare verso di lui, ancora più bella di quello che era e realizzando solo in quel momento come il **fato** era stato generoso con lui permettendogli di avere una moglie cosí stupenda che lo aveva amato tutta la sua vita.

Don Augusto aveva dato la sua benedizione recitando diverse preghiere. In più aveva chiesto per i gemelli di esseri portati all'altare per benedirli. Marianna e Vincenzo avevano nuovamente confermato e scambiato le loro promesse di essere fedeli l'uno all'altro e di amare i bambini che avevano avuto insieme.

Alla fine della cerimonia, l'applauso era **assordante**, in più la gioia e la felicità di tutti gli ospiti era quasi palpabile, mentre l'orgoglio di Vincenzo era **lampante a tutti**.

Gli sposi si erano diretti in un altro salone per il ricevimento. Una tavolata alla fine del salone **sfoggiava** due sculture in ghiaccio a forma di due cigni che davano l'impressione di sorvegliare il buffet.

I camerieri si erano subito impegnati a servire gli ospiti. Paola e Amedeo insieme con Romina e Gabriele, erano invece **indaffarati** a parlare con i loro amici andando da tavolo in tavolo per salutare ognuno di loro.

Vincenzo e Marianna erano seduti al loro tavolo insieme con i gemelli parlando con gli amici che volevano incontrare Francesca Romana e Massimiliano. I bimbi erano eccitatissimi per tutta l'attenzione che stavano ricevendo dagli ospiti, i quali si divertivano a prenderli in braccio e baciarli.

Una delle sue colleghe, Marcella Apricena, si era avvicinata a Marianna abbracciandola improvvisamente. Marianna e Marcella avevano entrambe urlato con gioia, riabbracciandosi nuovamente. "Dove sono i principini?" Marianna si era voltata per vedere chi li aveva e chiamando la sua mamma, le aveva chiesto di riportarglieli.

Marcella era **rimasta sbalordita** quando aveva visto i gemelli di Marianna. "Sono un amore, una meraviglia!" – I bimbi le avevano gorgheggiato, sorridenti, come se in quel momento volessero parlarle. "Belli!" - aveva esclamato Marcella ricoprendoli nuovamente **con una marea di baci**.

"Marianna, prima che mi dimentico, una signora ha telefonato in ufficio pochi giorni fa chiedendomi di te." Marianna si era incuriosita "E chi era?" - "Non ho idea chi fosse, ma mi ha fatto tantissime domande." – aveva continuato Marcella. "Quando le ho chiesto di lasciarmi un messaggio spiegandole che ti avrei visto oggi, non ha fatto altro che mettere giù il telefono!" - Marianna aveva alzato le spalle.

Il fato	*fate*
Assordante	*deafening*
lampante a tutti	*blatently obvious to everyone*
sfoggiava	*showed off*
indaffarati	*busy*
rimasta sbalordita	*was stunned*
con una marea di baci	*with a ton of kisses*

I gemelli avevano mangiato bene e bevuto il loro latte. Le nonne si erano date il turno per coccolarli ed intrattenerli, ma l'ora era giunta per loro di andare a dormire. Marianna si era scusata per portare i gemelli in camera con l'aiuto della signorina dell'hotel che sarebbe rimasta con loro per il resto della serata.

Una volta ritornata al ricevimento, Marianna si era eccitata nel rivedere i suoi colleghi preferiti, che erano tutti avidi di scoprire quando sarebbe ritornata al lavoro. Marianna si era svincolata da tale domanda, immergendosi nei pettegolezzi che coinvolgevano i vari capi dei reparti differenti, ma specialmente riguardo Ginevra che non aveva mai potuto digerire. Nonostante lei sapesse che Riccardo fosse stato ricoverato in ospedale dopo la sua caduta giù per le scale, non si era mai degnata di andarlo a trovare durante la sua degenza in ospedale!

L'ora era giunta per tagliare la torta nuziale. Tutti gli ospiti erano ritornati ai loro posti ed un carrello enorme era stato spinto da due camerieri e posizionato nel centro del salone.

Il cerimoniere aveva invitato Marianna e Vincenzo a tagliare la torta. La coppia si era alzata e tenendosi per mano, si erano avviati verso il carrello. L'applauso era assordante. Vincenzo aveva tagliato un pezzettino di dolce e lo aveva dato a Marianna per assaggiarlo. Il cerimoniere aveva invitato tutti gli ospiti ad alzarsi per celebrare il momento con un brindisi alla salute della coppia e dei loro bellissimi bambini.

Una volta che tutti gli ospiti si erano riseduti, il cerimoniere aveva continuato
"Signore e Signori, vorrei adesso invitare gli sposi a ballare
il loro primo ballo, la canzone 'Someone Like You', sarà
cantata dal nostro Peppino di Liegi".

Marianna e Vincenzo avevano cominciato a ballare e poco per volta tutti gli altri ospiti li avevano raggiunti sulla pista da ballo. La serata era volata e verso le due della mattina gli ultimi ospiti erano andati via, permettendo agli sposi di finalmente ritirarsi.

I gemelli dormivano saporitamente bene nella loro stanza, dove la signorina impiegata dall'hotel, li stava aspettando. "Tutto a posto?" – aveva chiesto Vincenzo, dandole una bella mancia. "Sono stati due angioletti!" – "Dopo le loro bottiglie di latte, si sono quasi subito addormentati ed io mi sono finita di leggere il mio romanzo" – "Buona notte Signor Vincenzo, Signora Marianna e grazie mille!"

---

si era svincolata da tale domanda	*had managed to avoid answering such a question*
pettegolezzi	*gossip*
non aveva mai potuto digerire	*had never managed to stomach*
non si era mai degnata ad andarlo a trovare	*she had never bothered to go to visit him*
il cerimoniere	*master of cerimonies*
degenza	*stay*
per assaggiarlo	*to taste it*
un brindisi	*a toast*
dormivano saporitamente bene	*they slept soundly*
dandole una bella mancia	*giving her a substantial tip*

"Si figuri, grazie a lei, buona notte" – aveva risposto Vincenzo. Marianna e Vincenzo erano esausti – in più avevano solo poche ore per riposarsi, dato che la mattina dopo alle otto, sarebbero dovuti essere all'aeroporto di Malpensa per il loro volo a Trinidad e Tobago, dove avrebbero raggiunto la nave per la loro crociera nei caraibi che sarebbe durata circa dodici giorni. I gemelli sarebbero stati naturalmente **accuditi** dai genitori di Marianna e Vincenzo e quindi la possibilitá di rilassarsi e godersi pochi giorni insieme era garantita in pieno.

Paola, Amedeo insieme con Romina e Gabriele, avevano salutato Marianna e Vincenzo la mattina presto, prima che Francesca e Massimiliano si fossero svegliati. In mattinata i nonni, insieme coi gemelli erano tutti andati al ristorante dell'hotel a fare colazione.

I bimbi non sembravano preoccupati dal fatto che non avevano visto la loro mamma ed il loro papá per la semplice ragione che avevano i loro nonni che erano i loro **giullari**.

Si figuri	*don't mention it*
accuditi	*looked after*
giullari	*jesters*

Capitolo 51

Un cameriere si era avvicinato ad Amedeo sussurandogli che c'era una persona nell'entrata dell'hotel che voleva parlargli. Amedeo era stato momentaneamente infastidito dall'intrusione del cameriere "E chi è?" Amedeo si era agitato istantaneamente "Che cosa vuole?"

"Mi ha chiesto di darle il suo bigliettino da visita" - aveva risposto il cameriere. Amedeo si era preoccupato dal nome che aveva letto e scusandosi con tutti, si era subito avviato all'entrata dell'hotel, dove il Signor Moretti l'aspettava.

"Signor Trinci buon giorno" . . . "Mi dispiace veramente di disturbarla . . . mi hanno spiegato alla reception che era nel ristorante a fare colazione insieme con i suoi nipotini." – "La prego di porgere i miei auguri agli sposi".

"Grazie . . . grazie" aveva risposto Amedeo leggermente preoccupato. "Allora, la prego non mi tenga in sospeso, mi dica la ragione per cui è venuto a vedermi!"

Moretti aveva chiesto ad Amedeo di sedersi. "Cercherò di essere breve e succinto." Era lampante che Moretti si sentiva a disagio e leggermente innervosito dalla situazione in cui si trovava.

Moretti si era seduto e guardando Amedeo aveva incominciato a parlare -"Come ne sarà già al corrente, il Signor Riccardo Pace ha trascorso diverse settimane in ospedale in seguito ad una caduta che aveva causatogli problemi con la spina dorsale, levandogli temporaneamente l'uso delle sue gambe."

Amedeo che aveva già perduto un pò di pazienza, aveva esclamato con veemenza "Signor Moretti, sia mia moglie che io, insieme con il resto della nostra famiglia, siamo più che consapevoli di ciò che il Signor Riccardo Pace abbia attraversato. Francamente lui e la sua famiglia non hanno più niente a che fare con noi. Le posso solo ripetere, per l'ennesima volta, che non vogliamo essere assolutamente contattati da questo individuo vita natural durante! Mi sono spiegato bene?" – La voce di Amedeo era stata secca con un pizzico di assertività, totalmente e palesemente indifferente nei confronti di Riccardo.

"Mi dispiace, Signor Amedeo, e per favore tenga presente che non è la mia intenzione di scioccarla, ma pochi giorni fa il Signor Riccardo Pace è stato trovato morto nel suo appartamento. In base all'autopsia effettuata dal patologo, il Signor Pace è morto in seguito ad un infarto dovuto all'alcol che aveva consumato e mischiato insieme con dei medicinali che aveva preso in seguito alla sua caduta giù per le scale. Personalmente, sono dell'opinione che il Signor Riccardo non fosse cosciente del fatto che ingerendo troppo alcol avrebbe causatogli un infarto. La polizia ha già dichiarato che non stanno trattando il suo caso come un suicidio, ne tantomeno come un omicidio."

Sussurrandogli	*whispering to him*
infastidito	*irritated*
il suo bigliettino da visita	*his business card*
si sentiva a disagio	*he felt uncomfortable*
con la spina dorsale	*to his spine*
siamo più che consapevoli	*we are more than aware*
per l'ennesima volta	*for the umpteenth time*
vita natural drante	*for the rest of our lives*
palesemente	*blatently*
infarto	*heart attack*

Amedeo era rimasto sbalordito dalla notizia. "Oh Madonna mia . . . le notizie dell'altro giorno!" aveva esclamato Amedeo.

"Purtroppo sono stati proprio i **vigili del fuoco** a scoprire il suo corpo dopo che naturalmente i suoi vicini di casa si erano **lamentati di un odore putrido**." – aveva continuato Moretti. "Le posso solo ripetere che dal mio punto di vista, il Signor Pace non si sia suicidato per la semplice ragione che i vigili del fuoco hanno trovato dei medicinali che erano stati prescritti dall'ospedale e che in effetti, erano dei **fortissimi antidolorifici**."

Amedeo non riusciva a credere a quello che Moretti gli stava raccontando. "Il funerale del Signor Pace è avvenuto soltanto l'altro ieri mattina." - Amedeo lo aveva guardato sbalordito.

"Deve capire Signor Trinci, che considerate le circostanze la Signora Sabrina, la sorella del Signor Riccardo Pace, ha esatto e insistito d attendere il funerale del fratello."

Moretti si era cominciato **a sentire a disagio**.

"Naturalmente la sorella del Signor Pace è stata accompagnata al funerale da due guardie. Durante la messa, **la sorella del defunto** si é talmente sconvolta, che le due guardie l'hanno dovuta portare **al pronto soccorso**."

Moretti si era alzato dalla poltroncina ed aveva incominciato a camminare su e giú per parte del salone dell'entrata dell'hotel **che si trovava in una nicchia profonda** del *foyer*, **la cui ricchezza caratterizzava** il tipico stile settecento italiano. Girandosi e guardando Amedeo, aveva continuato **con la sua trama**.

"Mentre i dottori si stavano occupando della Signora Sabrina, diversi feriti e morti sono arrivati all'ospedale in seguito ad **un incidente stradale** avvenuto sull'Autostrada del Sole."

"Come può imaginare, un caos ha invaso l'entrata del pronto soccorso ed in un momento di distrazione . . ." Amedeo che era ormai preso completamente dalle parole di Moretti lo aveva interrotto **di punto in bianco** "non mi dica, per l'amor del cielo, che **quella strega sia riuscita a svignarsela** senza che le due guardie se ne accorgessero!" Moretti era stato capace **solo di annuire con la testa**.

Amedeo era completamente **allibito** ed inconsolabile. "**Per l'amore del cielo**, come hanno fatto quei due incapaci, a non rimanere con quella megera tutto il tempo?" - Amedeo si stava agitando sempre di più - "Cosa dico a mia moglie, oppure a mia figlia che è ormai la mamma di gemelli, od al marito o perfino ai genitori di mio genero?"

---

i vigili del fuoco	*fire fighters*
lamentati di un odore putrido	*had complained about a decomposing smell*
fortissimi antidolorifici	*very strong painkillers*
a sentire a disagio	*to feel uncomfortable*
la sorella del defunto	*the sister of the deceased*
al pronto soccorso	*to accident and emergency*
che si trovava in una nicchia profonda	*was in a deep recess*
la cui ricchezza caratterizzava	*the richness of which highlighted*
un incidente stradale	*a car accident*
con la sua trama	*with his story*
di punto in bianco	*out of the blue*
quella strega è riuscita a svignarsela	*that witch managed to slip away*
solo di annuire con la testa	*only to nod with his head*
allibito	*shocked*
Per l'amore del cielo	*for the love of God*

Moretti si era alzato "Signor Amedeo forse sarebbe meglio chiamare il Signor Miele insieme con suo genero. Penso che date le circostanze sia meglio rivelare a loro la situazione, specialmente il fatto che la Signora Sabrina è ora una fuggitiva non solo pericolosa perchè malata di mente, ma ricercata dalla polizia. In più, sono stato giá avvertito dalla polizia che un annuncio verrà dato in televisione entro la mattinata! Quindi la situazione è grave!!"

"Oh Madonna santa, mia figlia insieme con il marito sono partiti questa mattina presto per la loro luna di miele" e guardando al suo orologio Amedeo aveva continuato ". . . saranno giá partiti in aereo adesso per i caraibi!"

"Moretti, la prego . . ." Amedeo era sfinito, ". . . è mai possibile che mia figlia non abbia il diritto di godersi questi pochi giorni insieme con il marito in luna di miele?"

Moretti lo aveva guardato seriamente "La responsabilità è la sua. Le posso solo reiterare che ora sono tutti in pericolo. Finché la Signora Sabrina non verrà riarrestata, Dio solo lo sa cosa le stia passando per il cervello! D'altronde, e come già sa, la Signora è malata di mente."

Gabriele era apparso nell'entrata dell'hotel. "Amedeo, che è successo che stai a fare qui?" - "Paola ti stava cercando!" Gabriele si era irrigidito. "Amedeo che è successo?" Paola era giunta con in braccio Massimiliano. "Moretti? Che fa qui, è successo qualcosa di grave?"

Moretti aveva stretto la mano di Paola ed accarezzato la guancetta del bimbo. "Complimenti, suo nipotino è un gran bel bambino!" - Amedeo si era messo la testa tra le mani.

"Mi dispiace cosí tanto . . . mi sento come l'uccello del malaugurio . . ." Il volto di Paola si era annerito - "Cosa sta cercando di dirmi?"

Moretti le aveva preso la mano "Signora Paola, per favore, mi lasci spiegare." - "Il Signor Riccardo Pace è purtroppo morto in seguito ad un'infarto solo pochi giorni fa, dopo aver ingerito troppi alcolici insieme con degli antidolorifici che l'ospedale gli aveva prescritto." – "Personalmente, sono dell'opinione che forse il Signor Pace non fosse al corrente del fatto che non poteva ingerire alcolici." Moretti aveva guardato a Paola come se avesse voluto un suo permesso per continuare con la sua trama.

"Come ho già spiegato a suo marito, deve capire che il risultato dell'autopsia ha rivelato che gli antidolorifici mischiati con l'alcol hanno causato un crollo totale del suo fisico, causandogli un enorme attacco di cuore. Il funerale è avvenuto solo l'altro ieri mattina e purtroppo la sorella, la Signora Sabrina è . . . é scomparsa . . ."

Paola aveva potuto solo guardarlo incapace di dire una parola. "Cosa dobbiamo fare allora?" - "Amedeo?"

"Date le circostanze, sarebbe meglio impiegare un paio di guardie del corpo finché la Signora Sabrina non verrà ricatturata, od almeno fino a quando vostra figlia insieme con il marito ritorneranno dalla loro luna di miele." - aveva aggiunto Moretti con un tono alquanto serio e dittatorio.

Amedeo che era ancora seduto con la testa tra le sue mani, si era alzato di scatto ed andando incontro a Paola aveva solo risposto "Buon'idea! Allora. . . in mattinata noi ritorneremo a casa con i nostri nipotini e sarebbe ideale se le guardie ci raggiungessero entro il pomeriggio".

---

successo qualcosa di grave?	*has something serious happened?*
la guancetta del bimbo	*the baby's cheek*
l'uccello del malaugurio	*the bird of ill omen*
raggiungessero entro il pomeriggio	*could join us in the afternoon*

Amedeo aveva preso una breve pausa prima di continuare "Dica loro che dovranno essere da noi il più presto possibile e che dovranno pernottare nella nostra casa fino a quando saremo tutti sicuri che quella donna sia stata arrestata e rinchiusa in un manicomio. Non voglio assolutamente contrattempi ne scuse . . . ho i miei due nipotini da proteggere insieme con mia moglie ed i coniugi Miele, i genitori di mio genero. M'intende?"

Amedeo aveva raggiunto la moglie la quale teneva ancora in braccio Massimiliano e rivolgendole la parola aveva continuato "Dovremo invitare Romina e Gabriele a venire a stare da noi per i prossimi giorni così da stare tutti insieme con i nostri piccini". Paola aveva solo annuito con la testa.

"Grazie mille Signor Moretti" e con ciò Paola ed Amedeo erano ritornati al ristorante sciocccati dal prospetto di dover affrontare un altro incubo, ma ignari del fatto che Sabrina era già nell'hotel . . .

Da essere continuato . . . . . .   *[to be continuted . . .]*

Lightning Source UK Ltd.
Milton Keynes UK
UKHW032233200220
359047UK00010BB/853